PRETTY LITTLE LIARS

CB060017

Maldosas
Impecáveis
Perfeitas
Inacreditáveis
Os segredos mais secretos
   das Pretty Little Liars
Perversas
Destruidoras
Impiedosas
Perigosas
Traiçoeiras
Implacáveis
Estonteantes

PRETTY LITTLE LIARS

DE

SARA SHEPARD

Tradução
FAL AZEVEDO

Título original
BURNED
A PRETTY LITTLE LIARS NOVEL
VOL. 12

Copyright © 2012 by Alloy Entertainment e Sara Shepard

Todos os direitos reservados. Nenhuma parte desta obra
pode ser reproduzida, ou transmitida por qualquer forma ou
meio eletrônico ou mecânico, inclusive fotocópia, gravação ou sistema
de armazenagem e recuperação de informação, sem a permissão escrita do editor.

Edição brasileira publicada mediante acordo com Rights People, London.

Direitos para a língua portuguesa reservados
com exclusividade para o Brasil à
EDITORA ROCCO LTDA.
Av. Presidente Wilson, 231 – 8º andar
20030-021 – Rio de Janeiro – RJ
Tel.: (21) 3525-2000 – Fax: (21) 3525-2001
rocco@rocco.com.br | www.rocco.com.br

Printed in Brazil/Impresso no Brasil

preparação de originais
JOANA DE CONTI DOREA

CIP-BRASIL. CATALOGAÇÃO NA FONTE.
SINDICATO NACIONAL DOS EDITORES DE LIVROS, RJ.

Shepard, Sara, 1977-
S553d   Devastadoras / Sara Shepard; tradução Fal Azevedo. - Primeira edição. - Rio
de Janeiro: Rocco Jovens Leitores, 2014.
(Pretty Little Liars; 12)

Tradução de: Burned: a pretty little liars novel
ISBN 978-85-7980-216-4

1. Ficção infantojuvenil americana. I. Azevedo, Fal. II. Título. III. Série.

14-13703   CDD: 028.5
                                                        CDU: 087.5

O texto deste livro obedece às normas do
Acordo Ortográfico da Língua Portuguesa.

Para Colleen.

Línguas soltas afundam navios.

— DITADO NORTE-AMERICANO

BATER E CORRER

Alguma vez você já contou uma mentira para salvar sua pele? Talvez tenha jogado no seu irmão a culpa pelo amassado na Mercedes dos seus pais para não perder o baile de primavera. Ou, quem sabe, tenha jurado para sua professora de álgebra que não fazia parte do grupinho que colou na prova final, ainda que tenha sido você quem roubou o gabarito da mesa dela. Você não costuma ser uma pessoa desonesta, é claro. Mas tempos desesperados exigem medidas desesperadas.

Quatro belas garotas de Rosewood contaram algumas mentiras terríveis para se proteger. Uma dessas mentiras envolvia até mesmo abandonar a cena de um crime bem perto das suas casas. Ainda que tivessem se odiado por deixar o lugar, elas pensaram que ninguém descobriria.

E adivinhe só? Elas estavam enganadas.

No fim de junho, em Rosewood, na Pensilvânia, em um subúrbio abastado e tranquilo a cerca de trinta quilômetros da

Filadélfia, os últimos oito dias tinham sido de chuva e mais chuva, e ninguém aguentava mais aquilo. Os temporais tinham destruído os gramados perfeitos e afogado os primeiros vegetais orgânicos das hortas do lugar, transformando tudo numa piscina de lama. A água destruíra as armadilhas de areia dos campos de golfe, os contornos dos campos de beisebol da Liga Infantil e o Pomar de Pêssegos de Rosewood, cuja produção havia sido acelerada para a festa do começo do verão. Os primeiros desenhos daquele início de estação, feitos com giz nas calçadas, escorreram pelo meio-fio; cartazes indicando CÃO DESAPARECIDO ficaram encharcados e ilegíveis; um buquê solitário e murcho sobre a sepultura da linda garota que todos *pensavam* se chamar Alison DiLaurentis fora levado pela força da enxurrada. As pessoas diziam que aquele temporal de proporções bíblicas era, certamente, sinal de má sorte para o ano que se iniciava. Isso não era uma boa notícia para Spencer Hastings, Aria Montgomery, Emily Fields e Hanna Marin, que já tiveram mais azar do que poderiam suportar.

Não importava a velocidade com que os limpadores de para-brisa do Subaru de Aria funcionassem, não conseguiam dar conta da chuva. Aria semicerrava os olhos para enxergar melhor o caminho enquanto descia a Reeds Lane, uma estrada sinuosa que beirava um bosque abundante e escuro e que margeava o regato Morrell, borbulhante riacho que provavelmente transbordaria em menos de uma hora. Ainda que houvesse condomínios de luxo bem perto dali, logo do outro lado da colina, a estrada estava um breu: não havia poste de luz algum para guiá-las.

A certa altura, Spencer apontou para algo a frente.

— Será que é aquilo?

Aria freou bruscamente, derrapando o carro até quase atingir uma placa de limite de velocidade. Emily, que parecia exausta – ela havia acabado de começar um curso de verão na Temple –, espiou pela janela.

– Onde? Não consigo enxergar nada.

– Há luzes perto do riacho – respondeu Spencer, já desafivelando o cinto de segurança e saltando para fora do carro. A chuva deixou-a ensopada imediatamente, e ela desejou estar vestindo algo mais quente do que uma regata e shorts de ginástica. Quando Aria tinha ido apanhá-la, Spencer corria na esteira, preparando-se para a temporada de hóquei de campo. Após completar as cinco matérias de estudos avançados nas quais ela se matriculara em Penn, esperava não apenas estar entre os alunos aceitos antecipadamente em Princeton, como também queria ser a estrela do campeonato de hóquei em sua escola, Rosewood Day. Isso certamente contaria pontos extras.

Spencer pulou a grade de proteção e olhou para baixo na colina. Quando ela soltou um gritinho, Aria e Emily se entreolharam e saltaram também. Cobriram-se com os capuzes de suas capas de chuva e se aproximaram de Spencer pelo barranco.

Uma luz amarelada de faróis de carro iluminava o riacho turbulento. Uma BMW arrebentara-se contra uma árvore. A parte dianteira estava estraçalhada, e o airbag do lado do passageiro já murchara, mas o motor ainda funcionava. Cacos do para-brisa estilhaçado cobriam o chão do bosque, e o cheiro de gasolina pairava acima do cheiro da terra e das folhas encharcadas. Perto dos faróis, havia o vulto frágil de uma garota atordoada de cabelo castanho-avermelhado, olhando ao redor como se não tivesse a menor ideia de como havia chegado ali.

— Hanna! — gritou Aria, correndo encosta abaixo para alcançar a amiga. Hanna telefonara em pânico para as meninas havia apenas meia hora, dizendo que havia sofrido um acidente e que precisava de ajuda.

— Você se machucou? — Emily pegou a garota pelo braço. A pele de Hanna estava molhada e escorregadia, coberta de caquinhos de vidro do para-brisa.

— Acho que estou bem. — Hanna passou a mão pelo rosto, tentando enxugar a água que escorria pela sua testa. — Foi tudo tão rápido! Um carro surgiu do nada e me jogou para fora da estrada. Mas não sei se posso dizer o mesmo sobre... ela.

Hanna desviou o olhar para o carro. Havia uma garota inconsciente no banco do carona. Ela tinha a pele clara, maçãs do rosto salientes e cílios longos. Seus lábios eram bonitos e arqueados, e havia um sinalzinho em seu queixo.

— Quem é essa garota? — perguntou Spencer cautelosamente. Hanna não tinha mencionado que havia alguém no carro com ela.

— Ela se chama Madison — respondeu Hanna, tirando uma folha molhada que grudara em seu rosto. A chuva caía tão forte que parecia granizo, e Hanna precisou gritar a resposta para ser ouvida. — Nós nos conhecemos hoje, esse é o carro dela. Ela bebeu demais, então me ofereci para levá-la em casa. Ela mora em algum lugar por aqui, pelo que eu entendi. Ela meio que tentou me explicar, mas, sabe, ela estava... doidona. Alguma de vocês a conhece?

As meninas menearam a cabeça, sem conseguir acreditar naquilo.

Então, Aria franziu a testa.

— Mas onde vocês se conheceram?

Hanna baixou os olhos.

— No Cabana. — Ela parecia encabulada. — É um bar na South Street.

As amigas trocaram olhares, surpresas. Hanna jamais recusaria um cosmopolitan numa festa, mas não era do tipo que ia sozinha a bares. Por outro lado, todas elas andavam precisando de uma válvula de escape. Não apenas foram perseguidas e torturadas no ano anterior por duas psicopatas usando o pseudônimo *A* — primeiro Mona Vanderwaal, a melhor amiga de Hanna, e depois a verdadeira Alison DiLaurentis —, como também compartilhavam um segredo terrível sobre as férias de primavera há alguns meses. Todas elas pensaram que a Verdadeira Ali morrera num incêndio na casa em Poconos, até ela aparecer durante o recesso escolar em um resort na Jamaica, disposta a matar as quatro de uma vez por todas. As meninas a confrontaram no deque da cobertura onde estavam hospedadas, e, quando Ali avançou para pegar Hanna, Aria se adiantou e empurrou Ali. As meninas desceram correndo até a praia para procurar o corpo, mas ele havia desaparecido. Aquela lembrança assombrava cada uma delas, todos os dias.

Hanna abriu a porta do lado do carona.

— Chamei uma ambulância pelo celular, eles devem chegar a qualquer momento. Vocês precisam me ajudar a colocá-la no banco do motorista.

Emily recuou, erguendo as sobrancelhas.

— Espera aí. Como é que é?

— Hanna, nós não podemos fazer isso! — disse Spencer, ao mesmo tempo.

Os olhos de Hanna faiscaram.

— Meninas, nada disso é minha culpa. Eu não estava bêbada, mas... Bem, eu bebi um pouco durante a noite. E se eu esperar a polícia aqui e admitir que estava dirigindo, com certeza vou parar na cadeia. Posso já ter conseguido me safar depois de roubar e bater um carro, mas os policiais não vão ser tão compreensivos uma segunda vez. — No ano anterior, Hanna havia bebido um bocado e roubara o carro do seu ex, Sean Ackard, para logo depois arrebentá-lo contra uma árvore. O sr. Ackard tinha decidido não prestar queixa, e Hanna havia se safado apenas fazendo serviço comunitário. — Eu posso acabar *atrás das grades*! — continuou Hanna. — Vocês não entendem o que isso significa? A campanha do meu pai seria arruinada antes mesmo de começar. — O pai de Hanna planejava concorrer ao Senado nas eleições de outono. As notícias da candidatura estavam em todos os noticiários. — Não posso decepcioná-lo mais uma vez.

A chuva caía sem trégua. Spencer soltou uma tosse esquisita. Aria mordeu o lábio, desviando os olhos para a garota imóvel. Emily se contorceu, desconfortável.

— Mas e se ela tiver se machucado de verdade? E se movê-la piorar as coisas?

— Bem, mas, então, o que devemos fazer? — perguntou Aria. — Só... *abandoná-la* aqui sozinha? Isso parece tão... *errado*.

Hanna olhou para elas sem acreditar no que ouvia. Então, trincando os dentes, fez um gesto na direção da garota.

— Não é como se fôssemos largar Madison aqui por dias. E ela não parece machucada, eu acho que ela só desmaiou de tanta bebida. Mas se vocês não querem me ajudar, posso fazer tudo sozinha.

Ela se abaixou e tentou erguer Madison pelos braços. O corpo da menina tombou para o lado, como um enorme saco de farinha, mas mesmo assim não se mexeu. Grunhindo, Hanna apoiou-se melhor, colocou Madison de volta à posição vertical e começou a empurrá-la pelo painel central em direção ao assento do motorista.

— Não faça isso desse jeito! — gritou Emily de repente, adiantando-se. — Temos que manter o pescoço dela firme, para o caso de ter machucado a coluna. Precisamos encontrar um cobertor ou uma toalha, alguma coisa para manter o pescoço imóvel.

Hanna encostou Madison de volta no banco. Em seguida, espiou na parte de trás da caminhonete. Havia uma toalha no chão do carro. Apanhou-a, enrolou-a e ajeitou-a em torno do pescoço de Madison, como se fosse um cachecol. Por um segundo, Hanna olhou para cima. A lua tinha saído de trás de uma nuvem e iluminara a estrada por alguns minutos; todo o bosque pareceu ganhar vida nesse momento. As árvores balançavam-se violentamente com a força do vento. Quando um relâmpago atravessou o céu, tornando-o branco, todas elas poderiam jurar terem visto alguma coisa se mover perto do leito do riacho. Um animal, talvez.

— Acho que vai ser mais fácil tirar a garota do carro para depois mudá-la de lugar, em vez de tentar movê-la de dentro — disse Emily. — Han, você segura pelos braços, e eu pego pelos pés.

Spencer se aproximou.

— Eu seguro Madison pela cintura.

Ainda relutante, Aria olhou para dentro do carro e pegou um guarda-chuva no banco traseiro.

— Acho que ela não deve se molhar.

Hanna olhou para as amigas com gratidão.

— Obrigada, meninas.

Juntas, Hanna, Spencer e Emily ergueram Madison do banco do passageiro e, cuidadosamente, deram a volta por trás do carro com ela nos braços, na direção do lado do motorista. Aria segurava um guarda-chuva sobre o corpo da garota inconsciente, para que nem uma gota de chuva a molhasse. Chovia tanto que elas mal podiam enxergar por onde pisavam, tendo que piscar a todo instante para manter a água fora de seus olhos.

E foi então que aconteceu: no meio do caminho, Spencer escorregou na lama, que mais parecia areia movediça, soltou Madison, que se curvou violentamente, batendo a cabeça contra o para-choque. Ouviu-se um estalido – talvez fosse de um galho de árvore, talvez de um osso. Emily ainda tentou sustentar sozinha o peso de Madison, mas também escorregou, empurrando ainda mais o frágil e débil corpo da garota desmaiada contra a traseira do carro.

— Meu Deus! – berrou Hanna. – Não a deixem cair!

As mãos de Aria tremiam enquanto tentava manter o guarda-chuva firme nas mãos.

— Ela está bem?

— Eu... eu não sei. – respondeu Emily, ofegante. Ela olhou enfurecida para Spencer. – Você não estava prestando atenção por onde ia?

— Ei, eu não fiz de propósito, Emily! – Spencer encarou Madison. O estalido ecoou em sua mente. Será que aquele ângulo em que o pescoço da menina estava inclinado era natural?

O barulho de uma ambulância soou a distância. Encarando umas às outras apavoradas, as quatro recomeçaram a carregar Madison o mais rápido que podiam. Aria abriu a porta do lado do motorista. A chave ainda estava na ignição, e a seta indicando a esquerda ainda piscava. Hanna, Spencer e Emily moveram o airbag para o lado e acomodaram Madison no assento macio de couro, atrás do volante. O corpo dela pendia um pouco para a direita. Ela ainda estava de olhos fechados, com uma expressão tranquila no rosto.

Emily gemeu.

— Quem sabe se ficássemos aqui e...

— De jeito nenhum! — gritou Hanna. — E se tivermos *realmente* machucado Madison? Parecemos ainda mais culpadas agora!

As sirenes soaram mais alto.

— Vamos logo com isso! — Hanna apanhou sua bolsa do banco de trás do carro e fechou a porta do lado do motorista com um estrondo. Spencer fez o mesmo com a porta do carona. Todas elas se apressaram encosta acima e entraram no carro de Aria no mesmo instante em que a ambulância surgiu ao longe. Emily foi a última a entrar no carro.

— Vai! — gritou Hanna.

Aria enfiou a chave na ignição do Subaru, e o jipe rugiu. Manobrou e disparou pela estrada.

— Ai, meu Deus! Ai, meu Deus! — Emily mal conseguia respirar.

— Acelera, Aria! — resmungou Spencer, observando as luzes da sirene pela janela. Dois paramédicos saíram da ambulância e desceram a encosta, tomando cuidado para não

escorregar enquanto carregavam a maca e o equipamento.
— Não podemos ser vistas por eles!

Hanna se virou para também olhar pela janela, tomada por muitas sensações. Alívio era uma delas, sem dúvida alguma — Madison, enfim, receberia cuidados. Mas havia arrependimento também, e aquilo parecia sufocá-la. Elas teriam machucado Madison ao movê-la? O que, afinal, *acontecera*?

Hanna soluçou baixinho, escondendo o rosto entre as mãos sem conseguir controlar as lágrimas.

Emily também começou a chorar. E Aria também.

— Ei, meninas, parem com isso! — Spencer resmungou, apesar de também estar chorando. — Os paramédicos vão cuidar de Madison. Ela deve estar bem.

— Mas... E se ela *não* estiver bem? — perguntou Aria, atemorizada. — E se a deixamos *paralítica*?

— Eu estava apenas tentando fazer a coisa certa ao levar Madison para casa! — choramingou Hanna.

— Nós sabemos disso, Hanna. — Emily abraçou com força a amiga. — Nós sabemos.

Enquanto o Subaru enfrentava as curvas fechadas da estrada, havia outra coisa que todas elas queriam dizer em voz alta, mas não ousavam: *Pelo menos ninguém vai ficar sabendo de nada.* O acidente acontecera em um trecho isolado da estrada, e conseguiram deixar o local antes de serem vistas por alguém.

Elas estavam seguras.

As meninas esperavam que o acidente aparecesse em todos os jornais: CARRO DE GAROTA RICA ALÇA VOO DA MORTE NA REEDS

LANE. Elas fantasiavam as manchetes mais apavorantes. A reportagem investigaria o nível elevado de álcool no sangue de Madison e a violência da colisão. Mas o que mais os repórteres diriam? E se Madison *tivesse mesmo* ficado paralítica? E se ela acordasse e conseguisse se lembrar de que não estava dirigindo ou até mesmo se lembrasse de ter sido carregada por Hanna e as amigas?

Durante todo o dia seguinte, as quatro meninas mantiveram-se em vigília, zapeando os canais da televisão e vasculhando as últimas notícias nos celulares, atentas a tudo o que dizia o rádio. Mas nada se falou sobre o acidente.

Um dia se passou, e depois outro. Nenhuma novidade. Era como se o acidente nunca tivesse acontecido. Na manhã do terceiro dia, Hanna pegou o carro e dirigiu lentamente pela Reeds Lane, se perguntando se tudo aquilo não teria sido apenas sua imaginação. Mas não. Lá estavam a grade de proteção amassada, as marcas de derrapagem na lama e até mesmo alguns dos fragmentos de vidro espalhados pelo bosque.

— Talvez a família dela tenha ficado constrangida com o que aconteceu e feito um acordo com a polícia para manter segredo — sugeriu Spencer quando Hanna telefonou para ela, aflita com a falta de notícias. — Você se lembra de Nadine Rupert, amiga de Melissa? Uma noite, quando elas estavam no último ano, Nadine encheu a cara e enfiou o carro numa árvore. Não se machucou, mas a família pediu à polícia que não mencionasse que ela estava dirigindo alcoolizada, e eles não mencionasse. Nadine faltou à escola por um mês enquanto frequentava um programa de reabilitação e disse a todo mundo que tinha ido para um spa. Tempos depois, ela tomou outro porre e contou tudo a Melissa.

— Eu só queria saber se ela se machucou. — Suspirou Hanna.

— Eu sei. — Spencer parecia consternada. — Vamos ligar para o hospital.

Elas ligaram juntas, mas como Hanna não sabia o sobrenome de Madison, as enfermeiras não puderam fornecer informação alguma. Hanna desligou o celular, olhando para o nada. Ela pesquisou pelo nome da garota no site da Penn, esperando descobrir o sobrenome dela. Mas as meninas chamadas Madison nas turmas do segundo ano eram numerosas demais, tornando impossível checar uma por uma.

Será que ela se sentiria melhor se procurasse a polícia e confessasse? Mas mesmo que Hanna explicasse que o outro carro aparecera de repente, jogando-a para fora da estrada antes que pudesse reagir, ninguém acreditaria. A polícia iria supor que ela, naquela noite, estava tão bêbada quanto Madison. Os policiais não a elogiariam pelo gesto de honestidade e a colocariam na cadeia. E, notando que o corpo de Madison não poderia ser movido por uma pessoa só, perceberiam que Hanna pedira ajuda para carregar Madison. Suas amigas também teriam problemas.

Pare de pensar nisso!, disse Hanna a si mesma. *A família de Madison quer esquecer essa história, você deveria fazer o mesmo.* Assim, Hanna foi às compras. E depois foi pegar um bronzeado na beira da piscina do Country Clube. Evitou Kate, sua meia-irmã, de todas as formas que pôde e foi dama de honra do casamento de seu pai com Isabel, usando um vestido verde pavoroso. Aos poucos, Hanna parou de pensar em Madison a cada segundo do dia. O acidente não fora sua culpa, afinal, e Madison estava bem. Provavelmente. De qualquer maneira, não era como se Hanna fosse íntima de Madison. Provavelmente nunca mais veria a garota na sua frente.

Mal sabia Hanna que Madison estava ligada a uma pessoa que ela e todas as suas amigas conheciam muito bem – alguém que as detestava, aliás. Se esse certo alguém soubesse no que se meteram, coisas terríveis poderiam acontecer. Atos de retaliação. Vingança. Tortura. Esse alguém – um garoto ou uma garota – poderia tomar para si a missão de se tornar a pessoa que as quatro amigas mais temiam no mundo.

Um novo – e muito mais apavorante – A.

1

CUIDADO, SUAS MENTIROSAS

Numa tempestuosa manhã de segunda-feira no fim de março, Spencer Hastings olhou para o baú vintage da Louis Vuitton aberto sobre a cama queen size. Estava cheio de roupas que ela levaria para o Cruzeiro Ecológico que os veteranos de Rosewood Day fariam pelo Caribe – uma combinação de viagem de campo e seminário de ciência ambiental. Aquele malão fazia parte de uma longa tradição de boa sorte da família: ele pertencera a Regina Hastings, a trisavó de Spencer. Regina tinha uma reserva na primeira classe do Titanic, mas decidira ficar em Southampton por mais algumas semanas e pegar o próximo navio para Nova York.

Enquanto Spencer jogava um terceiro frasco de protetor solar no topo da pilha de roupas, seu celular fez um bipe. Um balão de mensagem apareceu na tela: era de Bagana Fredericks. *E aí, coração, o que você está aprontando?*, dizia.

Spencer procurou pelo número de Bagana em sua lista de contatos e ligou para ele.

— Estou fazendo as malas para a viagem — disse ela, quando o rapaz atendeu ao primeiro toque. — E você?

— Tomando as últimas providências — contou Bagana. — Mas estou arrasado. Não consigo encontrar minha sunga Speedo.

— Ah, tenha dó! — zombou Spencer, enrolando uma mecha do seu cabelo louro mel em torno do dedo. — Você não tem uma Speedo.

— Você me pegou. — Bagana riu. — Mas realmente *não consigo* encontrar minha sunga.

O coração de Spencer bateu um pouquinho mais rápido ao imaginar Bagana de sunga — dava para perceber, pela malha da camiseta, que ele era musculoso. A escola dele também participaria do cruzeiro, assim como vários outros colégios particulares dos estados vizinhos.

Conhecera Bagana algumas semanas antes, no jantar oferecido por Princeton para os alunos aceitos antecipadamente. Embora estranhasse o estilo hippie e maconheiro de Bagana, ficar amiga dele acabou sendo a melhor coisa que acontecera naquele desastroso fim de semana de pré-calouros no campus.

Desde que Spencer voltara para Rosewood, ela e Bagana mantiveram contato, mandando mensagens e ligando um para o outro... *quase o tempo todo*. Durante uma maratona de *Doctor Who*, telefonaram um para o outro durante os intervalos para discutir sobre os bizarros oponentes alienígenas que o Doutor enfrentara. Spencer apresentou Bagana à banda Mumford & Sons, e ele ensinou-a a curtir o som de Grateful Dead, Phish e outras bandas do gênero. Antes que percebesse, Spencer estava totalmente a fim dele. O rapaz era divertido, inteligente e, mais do que isso, não parecia se abalar com nada. Bagana era o equivalente humano a uma massagem com pedras quentes – justamente o tipo de cara de que precisava naquele momento.

Spencer esperava que alguma coisa rolasse entre eles durante a viagem. O convés superior do navio parecia ser o cenário perfeito para um primeiro beijo emoldurado por um entardecer tropical alaranjado e brilhante. Ou talvez o beijo pudesse acontecer durante um mergulho – eles fariam aula juntos. Poderia ser enquanto estivessem nadando ao redor de um recife de coral rosa neon; suas mãos, de repente, se encontrariam debaixo d'água. Nadariam para a superfície, tirariam suas máscaras e então...

Bagana deu uma tossidinha no outro lado da linha, e Spencer corou como se tivesse expressado seus desejos em voz alta. A verdade é que não sabia exatamente como ele encarava o relacionamento dos dois – ele havia flertado com ela em Princeton, mas pelo que podia perceber, Bagana se comportava assim com todas as garotas.

No mesmo instante, uma reportagem na televisão chamou sua atenção.

MORTE NA JAMAICA:
COMEÇA INVESTIGAÇÃO DO ASSASSINATO DE JOVEM.

A fotografia de uma menina loura familiar apareceu na tela. TABITHA CLARK, informava a legenda.

– Hum... Bagana? – disse Spencer, abruptamente. – Ligo para você mais tarde.

Spencer desligou o celular com os olhos fixos na televisão. Um homem grisalho e de aparência severa apareceu em seguida. MICHAEL PAULSON — FBI, dizia uma legenda sob o rosto dele.

— Estamos começando a juntar as pistas do que poderia ter causado a morte da srta. Clark — revelou a um grupo de jornalistas. — Até onde sabemos, a srta. Clark viajou sozinha para a Jamaica, mas estamos tentando recriar a trajetória de onde e com quem ela esteve no dia de sua morte.

Depois disso, o noticiário começou a falar sobre um assassinato ocorrido em Fishtown. Subitamente, as roupas de viagem coloridas e alegres arrumadas no baú, dobradas com tanto cuidado, pareceram perversas, ridículas. O solzinho sorridente na etiqueta do frasco de protetor solar zombava dela. Era ridículo embarcar numa viagem para um paraíso tropical como se não houvesse algo de errado na sua vida. *Tudo* estava errado. Ela era uma assassina insensível e a investigação do FBI rapidamente chegaria a ela.

Desde que Spencer e suas amigas descobriram que haviam matado Tabitha Clark — e não a verdadeira Alison DiLaurentis, como acreditaram no começo —, Spencer não conseguia respirar profundamente. Em um primeiro momento, a polícia acreditara que Tabitha havia se afogado acidentalmente, mas agora estava claro que a garota fora assassinada. E a polícia não era a única a saber disso.

O novo A também sabia.

Spencer não tinha ideia de quem o novo A poderia ser — e ele (ou ela) não parava de enviar mensagens traiçoeiras para as meninas. Primeiro, ela e suas amigas acreditavam se tratar da Verdadeira Ali — talvez ela tivesse sobrevivido à queda do deque na cobertura do hotel da Jamaica e as estivesse perseguindo para acabar com elas de uma vez por todas. Mas quando as autoridades identificaram os restos mortais encontrados como sendo o corpo de Tabitha, as quatro se deram conta de que estiveram completamente loucas por pensar que Ali pudesse, de alguma forma, ter sobrevivido ao incêndio da casa em Poconos. Os ossos dela não tinham sido encontrados, mas ainda estava dentro da casa quando a explosão ocorreu. Não havia possibilidade alguma de a Verdadeira Ali ter conseguido sair de lá, apesar de Emily ainda se agarrar a essa teoria.

Depois, as garotas pensaram que A poderia ser Kelsey Pierce, a menina que Spencer denunciara por posse de drogas no verão anterior. Fazia sentido que fosse Kelsey: não apenas Spencer acabara com a vida dela, mas a garota também estivera na Jamaica nos mesmos dias em que as quatro.

Mas essa acabou se revelando mais uma explicação equivocada. A hipótese seguinte foi a de que A era Gayle Riggs, a mulher a quem Emily prometera — e depois desistira de entregar — seu bebê e que, no fim das contas, era madrasta de Tabitha. O problema é que essa teoria havia sido descartada porque Gayle fora assassinada na garagem da própria casa. Sabe o que tornava tudo ainda mais apavorante? As meninas tinham certeza de que o novo A matara Gayle.

Isso era desconcertante — e assustador. Será que Gayle sabia de alguma coisa que não deveria saber? Ou A tinha a intenção de matar Spencer e as outras, em vez de Gayle? A sabia *de tudo*. Não apenas enviara fotos das meninas conversando com Tabitha durante o jantar na noite em que a mataram, como as amigas também receberam uma foto do corpo de Tabitha caído sobre a areia. Era como se A estivesse na praia, com a câmera apontada para o lugar certo, prevendo a queda fatal. A história tivera outra reviravolta estranha: Tabitha tinha sido paciente na mesma clínica psiquiátrica em que a Verdadeira Ali estivera, ao mesmo tempo. Será que eram amigas? Teria sido por isso que Tabitha agira exatamente como a Verdadeira Ali quando a encontraram na Jamaica?

O celular de Spencer fez um bipe novamente, e ela deu um pulo, assustada. O nome Aria Montgomery apareceu na tela.

— Você está assistindo ao noticiário, não está? — perguntou Spencer, assim que atendeu.

— Estou — respondeu Aria, parecendo consternada. — Emily e Hanna estão na linha também.

— Meninas, o que vamos *fazer*? — Hanna soava histérica. — Devemos contar à polícia que estávamos no resort ou devemos ficar de boca fechada? Mas se *ficarmos* de boca fechada e *outra* pessoa contar à polícia que nós estávamos lá, vamos parecer culpadas, não vamos?

— Ei, calma aí. — Spencer deu uma espiada no noticiário. O pai de Tabitha, que também era marido de Gayle, estava na tela. Ele parecia arrasado, o que era de se esperar. Afinal, sua mulher e filha tinham sido assassinadas em menos de um ano.

— Talvez devêssemos nos entregar — sugeriu Aria.

— Você ficou completamente louca? — sussurrou Emily.

— Tudo bem, talvez *eu* devesse me entregar. — Aria se corrigiu. — Fui eu quem a empurrou da cobertura. Eu sou a mais culpada.

— Isso é ridículo! — retrucou Spencer no mesmo instante, baixando o tom de voz. — Estamos *todas* juntas nessa, você não está sozinha. E ninguém vai se entregar, entendido?

O movimento sutil de alguma coisa se mexendo do lado de fora chamou sua atenção, mas quando Spencer se aproximou da janela, não viu nada suspeito. O noivo de sua mãe, o sr. Pennythistle, estacionara o enorme SUV na entrada de carros. A mulher que se mudara para a casa dos Cavanaugh, do outro lado da rua, estava ajoelhada junto ao canteiro de flores, arrancando ervas daninhas. E um pouco mais para a esquerda, tudo o que Spencer conseguia ver era a janela do antigo quarto de Alison DiLaurentis. Quando aquele era o quarto de Ali, as cortinas cor-de-rosa estavam sempre abertas, mas a nova dona do quarto, Maya St. Germain, mantinha as persianas sempre fechadas.

Spencer se acomodou na cama.

– Talvez não faça diferença a polícia ter descoberto que Tabitha foi assassinada. Ainda assim, não há chance alguma de os investigadores ligarem o assassinato a nós.

– Bem, a não ser que A conte para eles – advertiu Emily. – E quem é que sabe do que A é capaz? A pode não ficar satisfeito por nos indicar como suspeitas pelo assassinato de Tabitha. A também pode nos culpar pela morte de Gayle. Nós estávamos lá.

– Alguém teve notícias de A? – perguntou Aria. – Esse silêncio desde o funeral de Gayle é muito esquisito... – O enterro tinha sido há quase uma semana.

– Nenhuma – respondeu Spencer.

– Eu também não – garantiu Emily.

– A deve estar planejando o próximo grande ataque – disse Hanna, soando preocupada.

– Precisamos impedir, antes que A venha para cima de nós mais uma vez – disse Spencer.

Hanna perdeu a calma.

– E como vamos fazer *isso*?

Spencer se inclinou sobre a cama e mexeu, nervosa, no fecho dourado do seu baú. Ela não tinha a menor ideia. Quem quer que fosse o novo A, era um maluco de carteirinha. Quem poderia prever o próximo passo de um lunático?

— A matou Gayle — ponderou Spencer, depois de um momento. — Se conseguirmos descobrir quem é A, podemos ir à polícia.

— Ah, sei, e então A vai pagar na mesma moeda, contando aos policiais sobre nós — disse Hanna.

— Talvez os policiais não acreditem em um assassino — disse Spencer.

— Sei, só que A tem *fotos* para provar suas acusações — sibilou Aria.

— Bem, mas não são fotos de nós quatro, especificamente — disse Spencer. — E, de qualquer jeito, se nós descobrirmos quem é A, talvez possamos encontrar as fotos e apagá-las.

Aria franziu o cenho.

— Olha, seria um plano genial se fôssemos, tipo, James Bond. Mas, no momento, não sabemos nem *quem é* A.

— Querem saber? Essa viagem vai ser ótima para nós — afirmou Hanna, depois de um instante. — Teremos tempo para pensar.

Aria fungou, descrente.

— Você acha mesmo que A vai largar do nosso pé?

Hanna respirou fundo.

— Você está dizendo que A poderia *ir junto* no navio?

— Espero que não — disse Aria —, mas não coloco minha mão no fogo.

— Nem eu — concordou Spencer. Ela também pensara nisso, na possibilidade de A embarcar com elas. A ideia de ficar presa no meio do oceano com um psicopata era bastante assustadora.

— Como vocês estão se sentindo com a ideia de voltar ao Caribe? — perguntou Emily, parecendo aflita. — Sinto como se eu fosse me lembrar de... bem, de tudo.

Aria gemeu.

— Pelo menos não iremos para a *Jamaica* — disse Hanna. O navio ancoraria em St. Martin, Porto Rico e Bermudas.

Spencer fechou os olhos e pensou em como estivera ansiosa com as férias na Jamaica na primavera passada. Ela e as amigas tinham tudo planejado para deixar para trás de uma vez por todas a Verdadeira Ali, as mensagens apavorantes que receberam dela e a aventura quase fatal que viveram na casa em Poconos. Spencer empacotou biquínis, camisetas e o mesmo protetor solar que acabara de colocar no baú, com o coração cheio de esperança. *Acabou!*, pensava ela. *Minha vida vai ser incrível de agora em diante.*

Ela desviou os olhos para o relógio sobre a mesa de cabeceira.

— Meninas, são dez horas. É melhor nos apressarmos. — Elas deveriam estar na doca em Newark, Nova Jersey, pouco depois do meio-dia.

— Ah, *droga*! — disse Hanna.

— Vejo vocês lá! — despediu-se Aria.

Todas desligaram. Spencer jogou o celular na bolsa de praia de lona, colocou-a no ombro e pegou o baú de cima da cama. Quando estava quase na porta, alguma coisa na janela chamou sua atenção mais uma vez.

Spencer olhou para o quintal da casa onde vivera a família DiLaurentis. Em um primeiro momento, não soube identificar o que havia de diferente. As quadras de tênis, que os novos donos da casa haviam construído sobre o buraco no qual os pedreiros haviam encontrado o corpo de Courtney DiLaurentis, estavam vazias. As persianas de madeira na janela do antigo quarto de Ali ainda estavam fechadas. A varanda de vários níveis no fundo da propriedade, onde as meninas costumavam se reunir para fofocar e falar sobre garotos, estava limpa, sem folhas. E foi então que ela viu: havia um colete salva-vidas infantil no meio do quintal de Ali. Era listrado de vermelho e branco, como um pirulito de Natal. Amarrado no colete, estava um pergaminho como os que Johnny Depp carrega em *Piratas do Caribe*, no qual se lia OS MORTOS NÃO CONTAM MENTIRAS.

Spencer sentiu um gosto ruim na boca. Ainda que não houvesse alguém por ali, teve o pressentimento de que aquela era uma mensagem muito clara de A.

Trate de cuidar de sua preciosa vida, A parecia estar avisando, *caso contrário, posso fazer você caminhar pela prancha.*

2

A PEQUENA SEREIA DE EMILY

A rodovia que levava até os estaleiros em Newark era uma autoestrada de duas pistas sem demarcação, ladeada por prédios de escritórios de aparência comum, postos de gasolina e espeluncas decadentes. Mas quando Emily Fields e o pai fizeram uma curva acentuada na direção do mar, o céu se abriu, o ar se encheu com o cheiro da maresia e Celebrity, um enorme navio de cruzeiro, apareceu diante dela como um imenso bolo de casamento de várias camadas.

– Uau! – suspirou Emily. O navio se estendia por vários quarteirões, exibindo em cada andar mais escotilhas do que ela conseguiria contar. Emily tinha lido no folheto do Cruzeiro Ecológico que havia um teatro a bordo, além de um cassino, uma academia com dezenove esteiras, uma sala de ioga, um salão de cabeleireiro e spa, treze restaurantes, onze lounges, uma parede de escalada e uma piscina de ondas.

O sr. Fields estacionou numa vaga perto de uma grande tenda com uma faixa que dizia: PASSAGEIROS, FAÇAM O

CHECK-IN AQUI! Havia uma fila de cerca de trinta garotos e garotas com malas e mochilas. Depois de desligar o carro, ele manteve os olhos fixos no para-brisa. Gaivotas se exibiam fazendo círculos no céu. Duas garotas deram gritinhos histéricos quando se encontraram em meio à multidão.

Emily tossiu, constrangida.

– Obrigada pela carona.

O sr. Fields se virou de repente e a encarou, sério. O olhar dele era duro; rugas em torno de sua boca acentuavam a irritação que sentia.

– Papai... – O estômago de Emily começou a doer. – Será que podemos falar sobre isso?

O sr. Fields trincou os dentes e virou-se para frente. Em seguida, ligou o rádio. Durante a segunda metade da viagem, eles escutaram um canal de notícias de Nova York; agora, um repórter tagarelava sem parar sobre alguém apelidado de A Bandida Bonitinha, que fugira de uma prisão de Nova Jersey naquela manhã.

– A srta. Katherine DeLong pode estar armada e é perigosa – dizia o repórter. – E vamos à previsão do tempo...

Emily baixou o volume novamente.

– Pai?

Mas o sr. Fields não fez menção de ter escutado a filha. Os lábios de Emily tremeram. Na semana anterior, não aguentando mais, contou aos pais que tivera uma filhinha em segredo no verão e que a entregara para a adoção. Emily omitiu alguns dos detalhes mais sórdidos, como ter aceitado dinheiro de Gayle Riggs, uma mulher rica que desejara ficar com o bebê. E o fato de ter mudado de ideia depois, devolvendo toda a quantia, infelizmente interceptada por A. Ainda assim, contou muitas coisas aos pais: como passara o terceiro trimestre da gravidez escondida na Filadélfia, no dormitório de Carolyn, a sua irmã mais velha; que fizera as consultas do pré-natal com uma obstetra na cidade e que marcara uma cesariana no Hospital Jefferson.

A mãe de Emily mal piscou enquanto ouvia toda a história. Após Emily terminar, a sra. Fields deu um longo gole em seu chá e agradeceu a Emily por sua honestidade. E ainda perguntou à filha se ela estava bem.

Emily sentiu que um peso enorme tinha saído de cima de seus ombros. A mãe dela estava agindo de forma *natural* – ora, ela estava até sendo legal!

– Estou levando numa boa – respondeu à sra. Fields. – O bebê está com uma família realmente bacana, estive com eles há pouco. Eles a batizaram de Violet. Ela está com sete meses.

Subitamente, a sra. Fields ficou tensa.

– Sete meses?

– Isso – confirmou Emily. – Ela já sorri. E dá tchauzinho. Eles são pais maravilhosos.

De repente, como se uma luz tivesse subitamente se acendido em sua cabeça, a realidade caíra sobre a mãe de Emily com força total. Às cegas, ela procurara pela mão do marido, como se estivesse sentada sobre um bloco de gelo indo a pique. Após soltar um gritinho agudo, ela deu um salto e correu para o banheiro.

O sr. Fields permaneceu ali por um momento, atordoado. Até que se virara para Emily.

– Você disse que sua irmã sabia o que estava acontecendo com você?

— Sabia, sim. Mas, pai, por favor, não brigue com ela – murmurara Emily.

A partir daquele dia, a mãe de Emily mal saíra do quarto. O sr. Fields assumira as tarefas da casa, fazendo o jantar, assinando as permissões para que Emily pudesse ir ao Cruzeiro Ecológico e lavando a roupa. Toda vez que Emily tentava puxar assunto, o pai a fazia calar-se. E nem pensar em conversar com a mãe. Quando Emily se aproximava do quarto dos pais, o sr. Fields se materializava ao lado da porta, como um cão de guarda furioso e superprotetor, e a fazia dar meia-volta.

Emily não sabia o que fazer. Ela preferiria ter sido mandada para o reformatório ou viver com seus parentes fanáticos religiosos em Iowa, como os pais já haviam feito em brigas anteriores. Talvez não devesse ter contado a eles sobre o bebê, mas não queria que eles soubessem por outra pessoa, como o novo A. O Departamento de Polícia de Rosewood sabia que ela tivera uma filha, assim como Isaac, o pai do bebê, e o sr. Clark, marido de Gayle.

Surpreendentemente, a notícia sobre o bebê não havia se espalhado por Rosewood Day, mas isso não importava, porque Emily ainda se sentia uma pária. Adicione a isso o fato de que ela testemunhara um assassinato duas semanas antes e que o FBI assumira as investigações da morte de Tabitha: na maior parte dos dias Emily mal conseguia se aguentar em pé. Estava mais certa do que nunca de que A era a Verdadeira Ali – que a garota sobrevivera ao incêndio na casa de Poconos e estava de volta para acabar com elas de uma vez. A Verdadeira Ali havia tramado uma armadilha para Kelsey Pierce, quase levando Emily a matá-la na Pedreira do Homem Flutuante. Em seguida, jogara toda a suspeita sobre Gayle, e dera um tiro nela quando ela se intrometera. Emily estremeceu. O que A faria em seguida?

Um sonoro apito do navio a arrancou do devaneio.

— Bom, acho que chegou minha hora — disse Emily baixinho, dando mais uma olhada para o pai. — Obrigada por... bem, por me deixar viajar.

O sr. Fields deu um gole da sua garrafa de água.

— Agradeça ao professor que te indicou para a bolsa. E ao padre Fleming. Eu ainda não acho que você *deveria* ir.

Emily torcia o boné da Universidade da Carolina do Norte em seu colo. Sua família não tinha dinheiro para mandar os filhos em viagens sem sentido com os amigos, mas ela ganhara a excursão da direção da escola, um prêmio por seu desempenho nas aulas de botânica. Depois que os pais souberam sobre o bebê, o sr. Fields tinha ido conversar com o padre Fleming, seu confessor, para perguntar se ainda deveriam deixá-la viajar. O padre Fleming disse que sim. A viagem daria tempo aos pais para que processassem o que haviam descoberto e para que entendessem como se sentiam sobre aquilo tudo.

Não havia mais nada para Emily fazer ali, além de abrir a porta, apanhar suas malas e seguir na direção da tenda de check-in. Ela não havia se afastado do carro nem três passos quando o pai deu a partida e simplesmente foi embora, sem nem mesmo esperar para ver o navio zarpar, como a maioria dos pais faria. Emily piscou repetidas vezes, tentando não chorar.

Quando entrou na fila, um sujeito de vinte e poucos anos, usando um par de óculos de sol vermelhos em forma de estrela, abordou-a.

— Estou de olho em você! — disse ele, brandindo um dedo na cara dela.

O rosto de Tabitha apareceu na mente de Emily no mesmo instante.

— O-Oi?

— Tá na cara que você é fã do Cirque du Soleil e não admite! — O garoto estendeu a mão. — Meu nome é Jeremy. Sou o gerente do cruzeiro esta semana. O que você acha de ser uma convidada de honra do espetáculo de estreia do Cirque du Soleil esta noite? O tema da apresentação é *Mãe Terra*, em homenagem ao nosso Cruzeiro Eco e tal.

Garotos e garotas que estavam por ali pararam e sorriram ao ouvir aquilo.

— Ah... Acho que passo — murmurou Emily, seguindo em frente.

Ela mostrou seu passaporte para a garota do check-in e recebeu a chave da sua cabine, um cartão de refeições, o cardápio de cada dia e um mapa do interior do navio. Por último, mas não menos importante, recebeu um panfleto com listas e mais listas das muitas aulas, palestras, atividades, seminários, reuniões de grupo e oportunidades de voluntariado que aconteceriam por ali naquela semana. Os alunos eram obrigados a assistir a pelo menos um curso, para receber créditos, e também a se apresentar como voluntários em tarefas como limpar, cozinhar, planejar eventos ou cuidar do enorme aquário de peixes ameaçados de extinção do navio. O serviço voluntário era destinado a cada um por ordem de chegada, e Emily já se inscrevera para ser salva-vidas na piscina principal. Ela ainda não sabia de qual curso ou atividade participaria, por isso deu uma passada de olhos pela lista. As aulas disponíveis incluíam "Explorar os recifes com responsabilidade", "Caça ecológica ao tesouro" e "Despoluir o mar em um caiaque". Acabou se decidindo por um curso que se chamava "Observação de aves caribenhas".

Emily entrou no elevador que a levaria para seu quarto. Uma banda de calipso tocava bem alto em um deque mais acima, o som do baixo elétrico ecoando através das paredes. Um grupinho de garotas falava sobre um bar incrível em St. Martin do qual todas elas tinham ouvido falar. Dois rapazes conversavam sobre praticar *kitesurf* em Porto Rico. Todo mundo usava bermudas e chinelos, ainda que lá fora a temperatura não passasse de sete graus.

Emily invejava o entusiasmo despreocupado daquela turma; ela não conseguiria sequer forçar os cantos dos lábios numa imitação de sorriso. Tudo no que conseguia pensar era o olhar vago de sua mãe, a censura na expressão séria do pai, o rancor que se acumulava em seus corações. O agente do FBI no noticiário daquela manhã; o corpo sem vida de Gayle; o rosto de Tabitha assim que percebera que estava caindo; alguma coisa à espreita na escuridão, rindo, pronta para fazer mal a ela.

Emily pensou em Ali, na Verdadeira Ali e na Ali Delas. Durante todo aquele tempo, Emily escondera um segredo: em Poconos, as amigas tinham escapado da casa em chamas pouco antes de ela explodir, enquanto a Verdadeira Ali ainda estava lá dentro. O que as outras meninas não sabiam, porém, era que Emily deixara a porta da cabana aberta para que a Verdadeira Ali também pudesse escapar. Dissera a todas que havia batido a porta com força. E quando os policiais não conseguiram localizar o corpo, Emily teve certeza de que ela conseguira escapar e que estava viva.

Durante meses a fio Emily esperara que a Verdadeira Ali recuperasse a razão e pedisse desculpas às meninas por ser A. Emily seria a primeira a perdoá-la, é claro. Afinal de contas, ela amara Ali — *ambas* as Alis. E beijara ambas: a Ali Delas na sua casa da árvore no sétimo ano e a Verdadeira Ali no ano anterior.

Mas isso foi antes de a Verdadeira Ali ter ameaçado a vida de Violet, sua filha. Alguns dos recados de A eram assustadores. E Emily se deu conta de que a Verdadeira Ali passara dos limites. A Verdadeira Ali não dava a mínima para Emily, e ela certamente não tinha a intenção de fazer as pazes com ninguém. Ela era apenas... *má*. Quase imediatamente, a esperança e o amor que Emily sempre nutrira desapareceram, deixando um enorme buraco em seu coração.

O elevador deu um apito e uma gravação anunciou que ela havia chegado ao convés Luz do Sol. Um grupo de jovens seguia pelo longo corredor suntuosamente acarpetado procurando por seus quartos. Sem paciência para acompanhar a manada, Emily se virou na direção de uma porta de correr de vidro que levava a uma pequena varanda com vista para o oceano. Emily saiu e deixou o ar frio e salgado encher seus pulmões.

Gaivotas guinchavam acima de sua cabeça. Dava para ouvir o trânsito da rodovia a distância. O mar exibia ondas coroadas por espumas branquinhas e um bote salva-vidas oscilava junto ao casco do navio, sete deques abaixo. Nesse instante, alguém tossiu e Emily pulou de susto. Uma garota morena, com longos cabelos castanhos, estava na outra ponta da varanda. Usava óculos escuros, um vestido branco soltinho de renda e sapatilhas com tiras brancas e cor-de-rosa.

Num primeiro momento, Emily não disse nada. A menina parecia tão etérea e relaxada que ela pensou que talvez fosse um fantasma.

Mas então a garota se virou na direção de Emily e sorriu.
– Oi.
– Ah... – balbuciou Emily, recuando. – Você me assustou. Não tinha certeza de que você era real.

A menina levantou os cantos dos lábios.
– Você *costuma* ver pessoas que não existem?
– Nunca ninguém parecido com *você* – disse Emily sem pensar, para, em seguida, calar a boca. Por que ela dissera aquilo?

A menina ergueu as sobrancelhas e se aproximou. De perto, Emily pôde ver as covinhas das suas bochechas. Já sem os óculos, seus arrasadores olhos verdes faiscavam, e seu perfume de jasmim era tão inebriante que Emily sentiu-se tonta.

– Talvez eu *seja* mesmo um fantasma – sussurrou a garota. – Ou talvez uma sereia. Estamos em alto-mar, afinal de contas.

Então, a menina tocou a ponta do nariz de Emily, virou-se e desapareceu, atravessando a porta de correr. E Emily ficou ali, envolta em uma nuvem de jasmim, o queixo caído, a ponta do nariz formigando. Não tinha certeza do que acabara de acontecer, mas, ei, definitivamente tinha gostado daquilo. Por apenas um segundo, o fantasma – sereia ou o que quer que aquela menina fosse – fez com que ela se esquecesse de absolutamente tudo o que havia de errado na sua vida.

3

OS MELHORES CASAIS SEMPRE SE COMPROMETEM

– Bem-vindos à Feira de Atividades e Voluntariado! – disse um sujeito louro a Aria Montgomery e o namorado dela, Noel Kahn, enquanto eles caminhavam na direção do cassino do navio. – Vocês não estão *completamente* alucinados por estarem aqui?

– Ah, é, com certeza – disse Noel, olhando para o cara com certa reserva.

– Sensacional! – comentou o sujeito. Aria estava quase certa de que, aos seis anos, ela tinha um par de óculos de sol vermelhos em formato de estrela idênticos aos que aquele cara usava agora. Enquanto falava, o estranho chegava perto demais de Aria, deixando-a desconfortável.

– Eu me chamo Jeremy e sou o gerente do cruzeiro esta semana – continuou ele. – Nossa viagem vai ser divertida, divertida, divertida! Temos os melhores shows dos sete mares e o comediante mais engraçado do Lou, o Singrador de Terras. Vocês vão se divertir e, *de quebra*, aprender a salvar o planeta! – Ele os fez entrar. – Deem uma volta! Façam novos amigos! E não se esqueçam de que precisam escolher uma atividade e um trabalho voluntário!

Aria olhou em volta. Máquinas caça-níqueis barulhentas, mesas de feltro verde de pôquer e vinte-e-um por todos os lados, um bar cujo tampo de mármore se estendia até onde os olhos alcançavam. Mas não havia garrafas de bebidas nas prateleiras do bar, nem baralhos sobre as mesas. Quando Noel puxou a alavanca da máquina caça-níqueis, uma mensagem de TENTE MAIS TARDE apareceu no visor.

O rapaz olhou para uma funcionária do navio, uma mulher de lábios brilhantes que usava um terninho branco.

– Podemos jogar?

– Ah, claro que sim, na noite do cassino! – O rosto dela era inexpressivo como o de uma Barbie. – Mas saiba que os jogadores não ganham dinheiro de verdade, e sim umas moedas engraçadinhas de golfinho que podem levar para casa como lembrança! São feitas por mulheres de tribos da África do Sul, com 100% de lã reciclada!

Noel fez uma careta. Aria cutucou-o.

– Acho que é uma boa ideia não podermos jogar valendo dinheiro, sabe? Lembra-se daquela vez em que jogamos vinte-e-um e você tentou contar as cartas? Eu acabei com você.

– Você não acabou, não – resmungou Noel.

– Eu estraçalhei você!

– Bem, exijo uma revanche. Ainda que seja usando fichas recicladas de golfinho. – Ele torceu a boca.

Aria deu um sorriso, adorando aquilo. Era maravilhoso que Noel e ela se dessem bem novamente. Nos últimos tempos, tinham brigado muito. Primeiro, Aria estava certa de que Noel tivera uma paixonite por Klaudia, a estudante de intercâmbio que morava com sua família – felizmente, a garota estava tendo problemas com o visto e por isso não pudera vir ao cruzeiro. Depois, Aria descobrira um segredo sobre o pai de Noel, o que só aumentara a confusão. Mas eles haviam conversado e resolvido todos os problemas; agora, estava tudo bem.

Eles continuaram explorando o cassino, xeretando nos expositores sobre expedições e trilhas, eventos artísticos e cursos obrigatórios para obtenção de créditos, como "Aprenda a converter seu carro para combustível de milho"! Noel apertou o braço de Aria.

– Tem certeza de que não está chateada por eu ter ido naquela aula esta manhã? – perguntou ele.

– É claro que não! – respondeu Aria, parecendo madura. O navio zarpara poucas horas antes, e Noel, quase que imediatamente, abandonara Aria para ter uma aula com um surfista, um ex-profissional, na piscina de ondas. Agora, dava para sentir o cheiro de cloro nele a quilômetros de distância, e seus olhos estavam meio caidinhos, como sempre ficavam quando terminava um treino intenso.

– Por favor – insistiu Noel –, fale a verdade.

Aria suspirou.

– Tudo bem, Noel, talvez eu esteja um *pouquinho* desapontada por não termos passado as primeiras horas no navio juntos. Especialmente na hora em que zarpamos, sabe? Eles tocaram 'Over the Rainbow'! Foi tão lindo, tão romântico! Mas vamos ter muito tempo para ficar juntos, não é?

– É claro que sim. – Noel tomou o rosto de Aria em suas mãos. – Sabe, eu realmente gosto da nossa nova política de 'vamos sempre ser honestos'.

— Eu também — disse Aria, para logo se distrair com os cordões da sua blusa estampada com um veleiro. Ela e Noel estavam dando duro para seguir a nova regra, "honestidade é a melhor política", dizendo sempre a verdade um ao outro, em todas as ocasiões. Quando Aria não queria assistir a *Game of Thrones* pela enésima vez, ela dizia. Quando Noel queria *de verdade* ir ao drive-thru do McDonald's em vez de jantar de novo no restaurante vegetariano favorito de Aria, ele também era franco.

Era bastante libertador, mas Aria meio que se sentia como uma fraude, porque ainda não contara seus *grandes* segredos a Noel, como aquilo que acontecera na Islândia no último verão. Apenas uma pessoa sabia sobre o ocorrido. Noel também não fora informado de que um novo A chegara à cidade ou de que Aria e suas amigas tinham feito algo terrível na Jamaica.

Para piorar, agora que a morte de Tabitha estava sendo investigada como assassinato, Noel, de repente, passara a se interessar pela história. Alguns dias antes, quando estavam juntos na casa dele, a CNN exibira uma reportagem sobre o caso. Noel olhou para a tela, para o rosto de Tabitha em uma fotografia.

— Essa garota me parece tão familiar — comentara.

Aria mudara de canal no mesmo instante, mas podia sentir a mente de Noel trabalhando. Ele notara Tabitha durante a viagem à Jamaica. Quando ele ligaria os pontos? Assim que isso acontecesse, era bem provável que Noel fosse à polícia para contar tudo o que se lembrava sobre a menina. Contaria aos policiais que Aria estivera com ele na Jamaica, também. Na sequência, a polícia iria *interrogá-la*.

Na última conversa ao celular com as meninas, Aria mencionara uma ideia que vinha amadurecendo em sua mente durante toda a semana: entregar-se. Por um lado, seria um enorme alívio não precisar mais se esconder de nada. Por outro, sua vida estaria acabada. Ela realmente queria que isso acontecesse?

Aria alimentava a esperança de aproveitar o tempo no cruzeiro para descobrir o que desejava de fato, mas estava preocupada com a investigação policial. E se o FBI descobrisse tudo antes que ela decidisse se entregar? E se A fornecesse à polícia uma pista que nem mesmo elas sabiam que *estava em suas mãos*? Aria preferia que a confissão fosse nos termos *dela*, *sua* decisão, mas parecia que o tempo estava se esgotando.

Noel e ela circularam por diversos estandes que aceitavam inscrições para oficinas de contos, aulas de cerâmica e até para uma excursão ecológica patrocinada pelo Greenpeace. Então, Aria viu uma faixa que dizia CAÇA ECOLÓGICA AO TESOURO! Próximo à faixa, havia um monte de fotos de garotos e garotas analisando as pistas, andando em tirolesas e seguindo uma trilha pela floresta tropical. EXPLORE AS ILHAS! FAÇA A DIFERENÇA NA LUTA PELA PRESERVAÇÃO DO MEIO AMBIENTE! GANHE PRÊMIOS INCRÍVEIS!

— Que demais! — vibrou Aria, apanhando um panfleto.

Uma garota gordinha com cabelo louro-avermelhado, com uma etiqueta escrito GRETCHEN colada no peito aproximou-se dela com um grande sorriso estampado no rosto sardento.

— Ei, você gostou? — perguntou ela. — Damos pistas que levam vocês para três ilhas. Vocês terão de fazer pesquisas também e, assim, podem completar os créditos necessários participando da atividade. Será como frequentar um curso, só que mais divertido.

— Parece ótimo! — Aria já conseguia ver a si mesma caçando as pistas e explorando as ilhas com Noel. Mas, quando se virou para pedir a opinião dele, Noel já estava no estande ao lado batendo um papo animado com um sujeito alto, com o rosto tostado de sol. TORNE-SE UM SURFISTA CAMPEÃO EM SETE DIAS, dizia uma faixa sobre a cabeça do Carinha Bronzeado. Surpreendentemente, aquela também era uma atividade que valia créditos. Era a versão do cruzeiro para as aulas de Educação Física.

— Cara, quero me inscrever! — disse Noel todo animado, já apanhando uma caneta de uma caneca com um surfista estampado na frente.

— Noel, espera! — Aria segurou-o pelo braço. — Você não acha que aquela atividade poderia ser divertida para fazermos juntos? — Ela apontou para a faixa da caça ao tesouro.

Noel fez uma careta.

— Ah, não, surfar juntos vai ser mais legal.

Aria se virou para o Carinha Bronzeado, que parecia ser o instrutor.

— Posso fazer essas aulas mesmo sem ser a melhor nadadora do mundo?

Ele franziu o nariz sardento.

— Você sabe nadar?

— Bem, eu consigo nadar cachorrinho — respondeu ela, cheia de otimismo. Aria nunca tivera aulas de natação... Houve tantas atividades mais divertidas que ela quis experimentar na infância. Além disso, mergulhar de penhascos na Jamaica a deixara apavorada. Aria tinha obrigado Emily a ficar bem perto do lugar de onde pularia para que ela a resgatasse caso fosse preciso.

O instrutor pareceu descrente.

— Surfistas precisam ser capazes de remar através de algumas ondas bem difíceis. Não me parece que você seria capaz de fazer isso.

Noel parecia arrasado. Aria tocou o braço dele.

— Ei, não faz mal. Faça as aulas de surfe!

— Não — respondeu ele, sem pensar.

— Noel, está tudo bem. — Aria segurou as mãos dele. — E daí se nós não estivermos na mesma atividade? Talvez possamos fazer algum trabalho voluntário juntos! Ou então ficamos juntos nas horas livres.

— Você tem certeza? — hesitou Noel.

— Tenho toda a certeza. — Aria beijou o nariz dele. — Quero que a gente se divirta aqui.

Noel passou os braços em volta da namorada e ergueu-a do chão.

— Você é a pessoa mais doce do mundo!

Ele a colocou no chão, e, por um momento, Aria se sentiu *mesmo* muito doce. Mas, então, o cabelo em sua nuca eriçou-se, e ela sentiu uma presença atrás de si. Virou-se para olhar através do grupo de jovens que se amontoavam nos estandes e em torno das máquinas de caça-níqueis que piscavam. Havia uma grande faixa sobre uma mesa vazia que dizia PROTEJA OS MARES. SALVE O PLANETA. APROVEITE A VIDA AO MÁXIMO. Uma sombra se moveu atrás dela, e, em seguida, a porta com uma plaqueta que dizia SOMENTE FUNCIONÁRIOS fechou-se. O coração de Aria acelerou, e ela olhou fixamente para a porta, desejando que quem tivesse entrado lá voltasse.

A porta permaneceu fechada. Mesmo assim, destacando-se acima do barulho das máquinas caça-níqueis, dos gritos dos líderes das atividades e dos altos decibéis de todos os jovens que enchiam a sala de entusiasmo, uma risada estridente e misteriosa pôde ser ouvida. Alguma coisa dentro do peito de Aria se quebrou. Toda vez que ela ouvia aquela risada, por coincidência ou não, uma pessoa estava por perto.

A.

# 4

OLÁ, COLEGA DE QUARTO!

Um pouco mais tarde, naquela mesma noite, Hanna Marin acomodou-se com seu namorado, Mike Montgomery, em uma mesinha do Café Moonlight, um restaurante ao ar livre instalado no convés superior. Estrelas brilhavam no firmamento e, de vez em quando, uma brisa suave, carregada de maresia, apagava as velas sobre as mesas. Os garçons andavam para lá e para cá entregando grandes tigelas com saladas feitas com vegetais orgânicos, porções de galinha caipira supertemperadas, e a melhor batata-doce frita que Hanna já experimentara. Uma banda de reggae tocava uma canção de Bob Marley, os músicos vestidos em batas tropicais floridas.

Quando a música parou, o gerente do cruzeiro – a quem Hanna chamava de *Jeremy Esquisitão* por causa da forma aflitiva que ele tinha de se aproximar das pessoas com quem conversava, sempre com um sorriso estranho estampado no rosto – assumiu o microfone.

— Ei, esses caras não são incríveis? Se você acha que faz um som ainda melhor, se apresente no show de talentos, na noite de domingo! Comecem logo a ensaiar, amigos! O prêmio para o primeiro lugar é uma Vespa!

Mike cruzou os braços sobre o peito.

— Noel e eu estamos ensaiando um número de hip-hop.

Hanna olhou para ele como se Mike tivesse perdido a razão.

— Você vai mesmo *participar* de um show de calouros?

Mike deu de ombros.

— Você não ouviu o que ele disse? O prêmio para o primeiro colocado é uma Vespa. E Noel e eu inventamos umas rimas incríveis na Jamaica.

Hanna quase engasgou com uma batata. A última coisa que ela queria era se lembrar da Jamaica. Mas parecia que tudo naquele dia remetia àquela viagem horrenda: o cheiro de morango do protetor solar de alguém, a marca de suco de laranja vendido em uma das cafeterias, um menino com uma camiseta que dizia JAMAIQUENLOUQUECEDORA! e a festa jamaicana que o navio ofereceria dali a dois dias – o que sequer fazia sentido, já que o cruzeiro não iria até a Jamaica.

Hanna enfiou outra batata na boca, decidida a não pensar na Jamaica durante o cruzeiro e em nenhum dos outros problemas que tivera nos últimos tempos. Incluindo o fato de que ela testemunhara um assassinato na semana anterior. Ah, claro, um assassinato do qual *ela* era o alvo. Ou que o FBI estava se aproximando *perigosamente* de descobrir o que ela e as amigas tinham feito com Tabitha. O que aconteceria quando os agentes descobrissem tudo? O nome da família dela seria arrastado na lama, é claro. A campanha do pai dela ao Senado estaria arruinada. E Hanna aproveitaria uma longa vida atrás das grades.

James Freed, um amigo de Mike, aproximou-se da mesa deles.

— E aí, cara? — Ele desabou sobre uma cadeira. — Você está ligado que as meninas do colégio católico estão aqui? Elas são uma DE-LÍ-CI-A! — sussurrou Freed, teatralmente. — E, até onde eu soube, maluquinhas por companhia!

— *Oláááá*, James, tudo certo? — saudou Hanna com os olhos fixos nele, como que para lembrá-lo de que ela era a namorada de Mike.

James olhou para Hanna com indiferença.

— Ei, e aí? — disse ele, antes de se virar de novo para Mike. — Algumas praias em St. Martin permitem que se pratique nudismo. Quer me ajudar a convencer as meninas a dar uma volta até lá?

— Mas é claro que sim! — Mike estava praticamente babando.

Hanna deu um beliscão no braço de Mike.

— Até parece!

— Ei, eu só estou brincando! — desculpou-se Mike rapidamente, inclinando-se para mais perto dela. — A menos que você queira brincar um pouquinho com as outras meninas e...

Hanna o beliscou de novo e, em seguida, jogou seu cabelo castanho-avermelhado para o lado e encarou James.

— De qual escola católica você está falando?

Mais uma vez, James olhou para Hanna como se ela fosse uma daquelas moscas inoportunas que zumbiam em volta deles enquanto o navio zarpava.

— Sei lá. Villa... alguma coisa.

— Villa Louisa? — perguntou Hanna, irritada.

— Acho que é isso. — James olhou feio para ela. — Por quê? Está pensando em persegui-las?

Hanna cravou as unhas na palma da própria mão.

— Rá, rá. Muito engraçado.

Duas semanas antes, Hanna conseguira afastar o namorado do que ela agora chamava de "o erro de Mike", Colleen Bebris. Apesar de A ter enviado para os celulares de todos na escola uma edição constrangedora de diversas filmagens de Hanna perseguindo Colleen furtivamente para tentar descobrir algo escandaloso sobre ela. E, apesar de Mike parecer ter esquecido o vídeo, todo mundo se lembrava dele. As garotas de Rosewood Day e de outras escolas particulares cutucaram umas às outras e riram abertamente da cara de Hanna durante o embarque daquela manhã. De tarde, quando ela tentou participar de uma aula de spinning, uma fulaninha "nem tão bonita nem tão magra assim" da escola Quaker colocara sua garrafa de água em uma bicicleta vazia ao ver que Hanna se sentaria ali, dizendo que estava guardando o aparelho para alguém. Para Hanna, parecia que ela estava usando um aviso colado em suas costas onde se lia PERDEDORA — e só ela não sabia disso.

Hanna sabia da *fama* das alunas do Villa Louisa, mas não conhecia nenhuma delas pessoalmente. Os alunos de outras escolas as chamavam de Villa Gorilas. Elas circulavam pelo shopping King James com ar arrogante, exibindo seus uniformes quadriculados e meias três quartos, parecendo clichês de garotas "safadinhas com cara de certinhas", sentindo-se tããão sensuais, flertando com todos os meninos disponíveis (e não disponíveis). Era difícil decidir qual das Gorilas era mais loura, linda e magra, e corria um boato de que todas possuíam incríveis talentos sexuais. Uma porção de gente tinha teorias a respeito: dizia-se que as freiras as benziam com água benta temperada com um antigo afrodisíaco. Que seus uniformes eram justos nos lugares certos. Que todas elas tinham pais superconservadores que as proibiam de falar com os rapazes e, por isso, estavam loucas por alguma interação com o sexo oposto. Hanna tinha quase certeza de que Kate, a filha da mulher de seu pai, conhecia algumas meninas da escola católica, mas ela decidira não ir ao cruzeiro para fazer um projeto de serviço comunitário em casa com o namorado, Sean Ackard.

— Ei! — Mike cutucou Hanna, entusiasmado. — Talvez sua colega de quarto seja uma menina de Villa Louisa!

— Bem, então você nunca irá ao meu quarto — brincou Hanna. Mas, no fundo, ela estava um pouco preocupada. Os colegas de quarto tinham sido escolhidos de forma aleatória pelos organizadores do cruzeiro. Jeremy se gabara de ter tirado pessoalmente os nomes do chapéu do capitão. Ninguém sabia com quem ficaria preso por uma semana até se instalar no navio. Não havia nenhum sinal da colega de quarto de Hanna quando ela arrumara suas coisas naquela manhã.

Precisar dividir o quarto com uma Villa Gorila era uma terrível possibilidade. Hanna não queria ser a colega de quarto *feia*. E ela se sentia patinando em gelo fino com Mike — um maníaco por sucesso —, já que sua popularidade não estava lá essas coisas.

A conversa entre Mike e James tinha ido das meninas do Villa para o fato de que um monte de gente tivera pertences roubados de seus quartos logo no primeiro dia.

— Nada de iPads ou celulares — dizia James. — Estão sumindo coisas sem importância, como xampus e meias.

— Cara, é melhor esconder minhas cuecas — brincou Mike.

Então, James tirou um frasco de sua mochila.

— Quer um gole? — ofereceu, empurrando-o na direção de Mike, mas não de Hanna. Quando ele tirou a tampa, o ar ficou carregado com o cheiro de limões recentemente espremidos.

Hanna inalou o perfume da margarita — aquele era um dos aromas preferidos dela, apesar de fazer séculos que não o sentia. De repente, foi tomada pela memória da última vez em que sentira aquele cheiro. A lembrança remetia a outro segredo que ela escondia, o segredo do verão anterior relacionado a Madison.

Naquele dia, Hanna estava na Filadélfia com seu pai, que compareceria a um comício político de um dos seus aliados. A campanha dele ainda não havia decolado, mas ele vinha fazendo sua parte, apertando mãos e levantando fundos. Depois do comício, o pai dela fora a um jantar sofisticado no Four Seasons, e Hanna decidira ir até a South Street, desejando desaparecer no meio da multidão de turistas. Ainda que estivesse entusiasmada com o fato de seu pai concorrer a um cargo público, o segredo recente das férias de primavera pesava sobre seus ombros. E se alguém descobrisse o que havia acontecido?

Hanna reparara que havia alguém sorrindo para ela numa das ruas laterais e se deparara com um sujeito bonitão bem em frente a um bar chamado Cabana. Ele era bonito de um jeito certinho: o típico garoto de fraternidade.

— Bebidas pela metade do preço — dissera ele, apontando para o bar. — Venha participar da nossa *happy hour*.

— Ah... Olha, eu tenho namorado — avisara Hanna.

O sujeito dera um sorriso de canto de boca.

— Eu sou o barman. Estou curtindo meu intervalo, não dando em cima de você.

Hanna espiara dentro do bar. Não parecia ser o tipo de lugar que ela frequentava — numa das janelas havia uma tabela ultrapassada dos Phillies, o capacho da porta da frente tinha o formato de um corpo feminino, e, mesmo da calçada, dava para sentir que o lugar exalava um cheiro de cerveja velha e cigarros. Mas havia uma velha jukebox nos fundos, tocando música country das antigas. Ninguém sabia, mas música country antiga era o fraco de Hanna. Ela queria se sentar no escuro e não pensar em nada por algum tempo. Além disso, aquele parecia ser o tipo de lugar que ninguém da campanha do sr. Marin frequentaria, ou seja, ela não seria vista.

Assim, ela seguira o sujeito para dentro do bar. Havia uns caras cabisbaixos, algumas mulheres bebendo cerveja junto ao balcão e dois camaradas desanimados jogando dardos nos fundos.

O barman que a convencera a entrar assumira seu posto atrás do balcão.

— A propósito, eu me chamo Jackson — apresentara-se ele. — O que eu posso servir para você?

Hanna não estava a fim de beber, mas mesmo assim pedira uma margarita. Quando ela inspirou fundo o cheiro adocicado da bebida, alguém do outro lado do bar dissera:

— Devagar aí, garota. Essas coisas são um perigo.

A dona da observação era uma moça magrinha, alguns anos mais velha do que Hanna, com olhos azuis enormes e maçãs do rosto salientes. Havia algo de despojado em seus ombros largos, na pele fresca e no rabo de cavalo loiro e alto.

Ela meneara a cabeça na direção da bebida de Hanna.

— Estou falando sério. Jackson devia ter lhe avisado.

Hanna lambera os dedos de novo.

— Obrigada pelo aviso. Vou me lembrar dele.

A menina apanhara seu copo, levantara-se e deslizara para um banco perto de Hanna.

— Ele até que é bonitinho.

Hanna dera de ombros.

— Parece membro de alguma equipe de remo. Não é meu tipo.

A menina bebericara sua bebida.

— Eu desafio você a convidá-lo para beber com a gente.

— Nem pensar! — dissera Hanna, no mesmo instante. Ela não estava no clima de festa.

A menina inclinara a cabeça.

— Ei, alguém aqui está com medinho?

Hanna se encolhera. Ali costumava instigar Hanna, Emily, Aria e Spencer a fazer todo tipo de coisas que elas não queriam e, quando se recusavam, chamava-as de medrosas. Aquilo sempre as fazia se sentir umas perdedoras.

— Tudo bem. — Hanna fizera um sinalzinho para Jackson e pedira mais três drinques; um para ele também. O barman e a menina viraram as bebidas num só gole, mas Hanna jogara a dela no chão quando eles não estavam prestando atenção.

A garota limpara a boca de um jeito meio desleixado e sorrira com aprovação para Hanna.

— Qual é o seu nome, afinal?

— Olivia. — Hanna falara o primeiro nome no qual conseguira pensar. Olivia era a cerimonialista do casamento do pai dela e de Isabel, com quem Hanna tinha falado mais cedo naquele dia.

— Eu me chamo Madison. — Madison erguera seu copo vazio. — Estou celebrando minha última noite de liberdade antes de voltar para a Penn State. Estou num tipo de liberdade condicional acadêmica, lá você é punido se for pego em um exame no bafômetro, ainda que com uma taxa minúscula de álcool no sangue. Em qual faculdade você está?

— Temple. — Outra resposta instantânea. Emily começaria um curso de verão na Temple na semana seguinte.

Madison fizera outras perguntas a Hanna, que continuou inventando as coisas. Contara que praticava *cross country*, que queria ser advogada e que vivia em Yarmouth — perto de Rosewood, mas *não era* Rosewood. Hanna sentira-se bem em ser outra pessoa por algumas horas. Olivia, aquela moça inventada, não tinha duas melhores amigas psicopatas nem uma porção de stalkers malucos. Sua vida era invejável de tão simples. A única coisa real que Hanna colocara na historinha que contava foi que, em breve, viajaria para Reykjavik, na Islândia, com Aria, Noel e Mike.

— É nessa cidade que se pode fumar maconha na rua? — perguntara Madison, entusiasmada.

Hanna sacudira a cabeça.

— Não, é em Amsterdam. — Madison parecera desapontada.

Em seguida, a garota dissera a Hanna que morava ali perto, apesar de não dizer exatamente onde. A princípio, parecia alegre por voltar para a faculdade no próximo outono, mas depois de ingerir drinque após drinque, seu entusiasmo começava a soar forçado e falso.

Em uma hora, Madison flertara descaradamente com todos os caras do bar — especialmente com Jackson, que, segundo ela, fazia compras na loja que ela trabalhava. Depois de um tempo, ela passou a gaguejar, a derrubar coisas e a derramar seu sexto drinque no balcão. Enquanto Hanna se apressara para apanhar guardanapos, Jackson tinha recolhido o copo vazio. Hanna quis dizer a ele para não dar mais bebida para Madison — ela mal conseguia se aguentar de pé.

— Vamos fazer um intervalo, voltamos já, já! — As batidas de um tambor alcançaram Hanna, arrancando-a se suas lembranças. Ela olhou em volta. O prato de batatas-doces fritas agora estava vazio. James já tinha ido, e Mike mexia em seu celular. Hanna rangeu os dentes, irritada por se lembrar de Madison. Ela não tinha jurado a si mesma que não pensaria nas coisas ruins do seu passado?

— Eu ainda estou sem sinal — resmungou Mike, pressionando os botões, impaciente. — E se for assim por toda a viagem?

— A tripulação informou que o sinal aqui é bastante instável — lembrou-o Hanna. — Além disso, para que você precisa tanto do seu celular? Está trocando mensagens em segredo com uma das garotas do Villa?

— Nunca! — disse Mike, para depois de levantar. — Vou desfazer a mala. Quer me encontrar mais tarde no seu quarto? — Seus olhos piscaram alegremente.

— Vamos, mas só se minha colega de quarto *não for* uma menina Villa — afirmou Hanna. — Eu aviso você.

Hanna também foi para a cabine dela, que ficava dois deques abaixo, após um labirinto de corredores. No caminho para seu aposento, viu Zelda Millings, uma menina muito bacana da escola Doringbell Friends que estava sempre nas festas de Noel Kahn.

— Ei, Zelda! — chamou.

Zelda olhou para Hanna, então torceu o nariz e fingiu falar em seu celular. Hanna olhou em volta temendo que alguém pudesse ter visto a cena.

Quando abriu a porta de sua cabine, o quarto parecia diferente do que ela havia deixado. As luzes que Hanna tinha apagado estavam acesas de novo, e a televisão estava ligada.

— Olá — chamou Hanna, hesitante, olhando ao redor. Alguém tinha despejado o conteúdo da mala em cima da segunda cama. Dois jeans skinny amarelo neon estavam jogados no chão. Um lenço de seda, várias camisetas extrapequenas e um par de alpargatas jaziam espalhados pelo colchão. Os olhos de Hanna percorreram o resto do quarto. Não havia um uniforme xadrez do colégio católico à vista. Graças a Deus.

— Olá — chamou de novo, mais aliviada dessa vez.

Um vulto apareceu na porta da varanda.

— *Hanna?*

Hanna estreitou os olhos para ver quem era. De pé diante dela, envolta em uma nuvem do perfume que costumava usar, Kate Spade Twirl, havia uma menina com pernas longas e flexíveis, cabelo louro-platinado e olhos azul-cinzentos. Alguém que Hanna não estava preparada para encontrar.

— Ah... — balbuciou Hanna, confusa. Não era uma garota Villa. Era Naomi Zeigler.

Hanna se preparou para ouvir algum desaforo de Naomi — provavelmente uma gozação por ela ser uma stalkers pirada. Ou talvez Naomi apenas gemesse de desgosto e deixasse o quarto, desapontada por ter acabado com Hanna, a maior cretina do navio.

Mas o rosto de Naomi se abriu em um enorme sorriso.

— Ah, *graças a Deus!* — disse ela, deixando os ombros caírem de alívio. — Eu estava apavorada de acabar presa uma semana com alguém como Chassey Bledsoe!

Naomi foi até Hanna e enganchou seu braço com o dela, que estava rígido de tensão.

— Estou *tão* feliz por você ser minha colega de quarto! — disse Naomi, alvoroçada. Ela apertou o braço de Hanna. — Quero alguém com quem eu possa me divertir! O que você acha?

Hanna umedeceu os lábios. Queria perguntar a Naomi onde estava sua melhor amiga, Riley Wolfe, mas, pensando bem, ela não tinha visto a garota em lugar algum. Talvez Riley não tivesse ido.

Hanna encarou seu reflexo no espelho sobre a cômoda. Seu cabelo castanho-avermelhado era como um véu cobrindo suas costas, as espinhas em sua testa pareciam ter desaparecido de repente, e seus braços pareciam tonificados e fortes, não inchados de tanto comer por causa do estresse. Ainda que Naomi só estivesse falando com Hanna porque suas outras amigas não estavam a bordo, fazia um tempão desde que uma garota popular quisera ser amiga dela. E o fato de todo mundo estar rindo dela e a esnobando por causa de toda aquela história de perseguição tornava a oferta ainda mais tentadora. Com Naomi ao seu lado, em pouco tempo Hanna voltaria a ser uma abelha-rainha. E não era isso que Hanna sempre desejara?

Eu sou Hanna Marin e sou fabulosa, ela costumava dizer quando era amiga de Mona. E, tudo bem, talvez ela não se sentisse *tão* fabulosa assim nos últimos tempos, mas certamente ainda havia alguma faísca sobrando por ali.

Ela se virou para Naomi e a pegou pelo braço.

— A festa é nossa!

5

POR FALAR NAS GAROTAS VILLAS

Às dez daquela mesma noite, Emily estava no Convés Fiesta acompanhada de Spencer, Aria e Hanna para o Luau de Boas-Vindas ao Paraíso. Do arco de entrada, pendiam colares de flores perfumadas. Palmeiras brotavam de enormes vasos de cerâmica. Do teto, eram lançados fachos de luzes estroboscópicas rosadas e amareladas. O lugar estava tão lotado que os pés de Emily foram pisoteados um zilhão de vezes. O ar era pesado, carregado de umidade e suor. A cada poucos segundos um flash estourava.

– É ótimo ver todos vocês balançando os esqueletos! – gritou Jeremy do palco enquanto o DJ soltava "I'm Sexy and I Know It" nas caixas de som. Um grupo de garotas soltou gritinhos estridentes.

Emily observava a animação delas na pista de dança, sem tirar os olhos de uma menina alta, de cabelo escuro e olhos perturbadores – a Garota Fantasma, como ela passara a chamá-la. Emily não tinha pensado em outra coisa desde que conversaram na varanda. Houvera uma conexão mágica entre elas ou era só sua imaginação? E por que Emily deixara a Garota Fantasma ir embora sem perguntar quem era ela?

Spencer, cujos olhos vagavam sem rumo pela multidão, apontou para uma mesa do outro lado do salão.

– Que tal um sorvete?

Ela tinha descoberto uma estação de sundae do tipo faça você mesmo no canto do salão. Era uma área um pouco menos movimentada, e ela e as amigas foram diretamente para lá.

Assim que escolheram suas taças e pegaram as longas colheres de prata, Aria cutucou Emily, apontando para uma mesa distante.

– Ei, aquela ali não é a sua colega de quarto?

Emily olhou através dos corpos em movimento. Uma menina alta com o cabelo louro de raízes escuras, usando um vestido preto bem justo e botas pretas, estava levando uma cantada em um estande. Seus olhos cor de chocolate estavam bem maquiados, e ela usava um batom de um vermelho vampiresco, o que fazia Emily lembrar-se um pouco de Angelina Jolie. A cruz de prata do seu pescoço a fazia parecer tanto intocável quanto irresistível. Junto dela, havia algumas meninas louras de aparência afetada e, gravitando em torno delas, mais ou menos oito rapazes, flertando.

Emily revirou os olhos.

– É. *É ela.*

Hanna, que tinha acabado de colocar uma bola modesta de sorvete de baunilha em sua taça, engasgou.

– Sua colega de quarto é Erin BangBang?

Emily olhou para Hanna com uma cara de interrogação.

– O *quê?*

— Erin BangBang. Mas só os rapazes a chamam assim, não as meninas. Ela estuda no Villa Louisa, aquela escola católica onde são todos obcecados por sexo.

— Eu ouvi uma fofoca hoje sobre essa garota — confidenciou Spencer enquanto tentava se decidir entre chocolate ou arco-íris granulado. — Ela é a menina que terminou com o Justin Bieber porque achou que ele era muito chato, não é?

— Noel me disse que ela pegou o chef confeiteiro minutos depois de o navio zarpar — disse Aria. — E parece que ele criou uma sobremesa inspirada nela.

Hanna fez uma careta.

— Ela não é *tudo isso*, pelo amor de Deus.

Emily fixou o olhar nas etiquetas dos potes de sorvete. Todos eles tinham sido batizados com nomes politicamente corretos como Livre-Comércio de Baunilha, Chocolate Cultivado de Forma Sustentável, Morango Orgânico e Rocky Road Sem Crueldade com Animais (Sem Marshmallows). Então, ela deu uma espiada em Erin mais uma vez.

— Hoje de tarde ela entrou em nossa cabine por um minuto, deu uma única olhada para mim e foi embora — disse ela, sem emoção. — Acho que não sou digna de ser sua companheira de quarto.

— Nossa, Em... — Hanna colocou a mão no ombro da amiga. — Estou certa de que não foi por causa de alguma coisa errada com *você*.

— Eu adoraria ser a sua companheira de quarto — acrescentou Aria. — Estou presa a uma garota que está obcecada com o show de talentos do final da viagem. Ela já está ensaiando uma canção, e sua voz é *pavorosa*.

Emily sorriu para elas, sentindo-se imediatamente melhor. As inúmeras maldades que A fizera com elas tiveram, pelo menos, um bom resultado: ela e suas amigas estavam realmente unidas.

Elas se aproximaram do estande onde estava Erin Bang-Bang, que havia se sentado no colo de um sujeito grandalhão com cabelo louro parafinado de surfista.

— O que você diria de um momento Titanic mais tarde? — sussurrava Erin para o cara, parecendo meio bêbada.

O surfista arregalou os olhos.

— E qual momento seria esse? 'Eu sou o rei do mundo'? A parte em que Leo desenha Kate nua?

— O momento que você quiser — respondeu Erin BangBang, passando o dedo no rosto do garoto. — Quer vir até minha cabine em uma hora?

Emily se virou. Bem, se ela ainda tinha alguma esperança de fazer uma festa do pijama e confissões à meia-luz com sua colega de quarto, era melhor esquecer. Por alguma razão, Emily se sentiu como se *Erin* a estivesse rejeitando e não se comportando como uma vagabunda.

Spencer apanhou um guardanapo da pilha.

— Deixe essa garota para lá, Em, nós vamos nos divertir muito juntas. — Ela apontou para um cartaz do show de talentos, que exibia silhuetas de jovens dançando como se estivessem em uma propaganda de iPod. — Por que não fazemos uma apresentação juntas?

Hanna revirou os olhos.

— Por que estão todos tão interessados nesse estúpido show de talentos? Esse negócio não ficou fora de moda, tipo, no quarto ano?

— Ah, Hanna, *deixa de ser chata*. — Aria cutucou-a. — Nós poderíamos criar um número de dança.

— Que tal uma dança havaiana? — sugeriu Emily, entupindo seu sundae de cobertura de creme. — Nós poderíamos usar maiôs e fazer saiotes de palha.

— Perfeito! — disse Spencer. E quando notou a cara feia de Hanna, deu um beliscão na amiga. — Você vai participar, Hanna, quer você queira ou não.

— Ótimo — disse Hanna, bufando.

Com seus sundaes na mão, as meninas abriram caminho por entre a multidão, seguindo na direção de uma tenda que vagara naquele instante. Emily se jogou na cadeira e olhou em volta, observando o enorme salão mais uma vez. Havia garotos e garotas espremidos contra as balaustradas e aglomerados junto ao bar. Quando vislumbrou um vestido branco, seu coração deu uma leve acelerada. *Garota Fantasma*?

Mas, então, a menina ficou mais visível. Usava um rabo de cavalo louro e curto; seu nariz era grande. Os ombros de Emily penderam com a decepção.

Uma nova música começou, e a voz de Jeremy soou através das caixas de som:

— Esta será a última canção da noite. Espero que todos tenham se divertido muito, mas precisamos do nosso soninho da beleza!

Spencer disfarçou uma risada.

— *Sono da beleza*? Esse cara é tão esquisito.

— Alguém, além de mim, acha que ele pode ser uma espécie de pervertido? — sussurrou Hanna. — Juro que me senti como se alguém estivesse me observando o dia todo. E quando eu me virava, ele sempre estava lá.

— Você tem certeza de que não é *A*? — perguntou Aria.

— A não está no navio — insistiu Emily. — Você não viu todos aqueles seguranças checando os documentos de identidade na entrada?

Aria ergueu as sobrancelhas.

— Mas quem foi que disse que A não teria uma identidade? Concordo com Hanna. Desde que embarquei no cruzeiro, eu me sinto... *desconfortável*. Como se alguém estivesse me observando e se esquivando antes que eu pudesse descobrir quem é.

— Mas... — Emily desistiu de completar a frase. Não queria *nem imaginar* que A pudesse estar ali no navio.

Ela examinou o salão à sua volta. Uma sombra deslizou para trás de uma planta, mas quando Emily se virou para ver quem era, não havia ninguém ali. James Freed estava fazendo charme para algumas meninas de Pritchard. Phi Templeton passou por elas com uma enorme taça de sorvete nas mãos.

Quando um novo verso começou na canção de Beyoncé, Jeremy limpou a garganta:

— Mais um aviso, pessoal. Não quero ser estraga-prazeres, mas desapareceram algumas coisas das cabines de nossos amigos. Por favor, estejam cientes de que não vamos tolerar esse tipo de comportamento. Respeitem a Terra, respeitem os pertences das pessoas, combinado?

Zora-Jean Jaffrey, uma aluna bastante estudiosa de Rosewood Day a quem todos chamavam Z-J, bateu a colher contra sua taça de sundae na mesa ao lado.

— Esse ladrão roubou meu estojo de maquiagem! — disse a seu grupo de amigos. — Além de tudo, foi minha mãe quem o costurou para mim!

Quando a música acabou, as luzes foram acesas. Os jovens começaram a seguir em direção à saída. Spencer se inclinou para frente.

— Então, qual é o nosso plano de ação, meninas? O que devemos fazer em relação a A?

— Deveríamos tentar juntar as pistas para descobrir quem pode ser A — disse Emily, encolhendo os ombros. — É alguém que sabe de tudo, que esteve na Jamaica *e* em Rosewood. Eu sinto que a resposta está bem diante de nosso nariz; nós simplesmente não estamos conseguindo vê-la.

— Cuidado com o que você fala — disse Aria, cautelosamente. — A *pode* estar literalmente bem debaixo de nosso nariz. Se vocês virem alguém estranho, mandem mensagens pelo celular, certo?

— E talvez nós devêssemos tentar curtir um pouquinho, também. — Spencer limpou a boca com um guardanapo. — Não tivemos nenhum segundo de descanso desde que encontraram o corpo de Tabitha. Esta viagem poderia ser uma boa oportunidade.

— Olha, isso não é uma má ideia — murmurou Aria. — Só espero *conseguir* relaxar.

Hanna balbuciou alguma coisa sobre sair com Naomi Zeigler, sua colega de quarto. Emily estava jogando seu guardanapo no lixo, quando Aria tocou em seu braço.

— Você vai ficar bem sozinha?

Emily deu de ombros.

— Eu vou ficar bem. — *Solitária*, pensou, *mas bem*.

— Liga para mim se você precisar conversar esta noite. Promete?

— Prometo. — Emily a abraçou. — O mesmo vale para você, certo?

— O mesmo para *todas* nós — disse Spencer.

Elas se separaram. Emily encarou o elevador lotado para chegar ao Convés Luz do Sol. Quando desceu em seu andar, seguiu pelo corredor, de olho nos quadros brancos que a organização afixara em todas as portas. A maioria delas tinha endereços para links de vídeos bobos do YouTube ou recados entre os garotos com indicações de quando e onde se encontrar. Quando alcançou sua porta, Emily viu que o quadro de sua cabine tinha uma porção de corações desenhados e *onze* recados para Erin, cada um assinado por um sujeito diferente. Um rapaz com cabelo louro-escuro longo e um nariz adunco, usando uma camiseta polo da Lacoste, estava escrevendo um bilhete enquanto ela se aproximava. Ele deu um passo para trás e assistiu enquanto Emily apanhava seu cartão de acesso, depois deu de ombros.

— Quer fazer alguma coisa hoje à noite? — perguntou o sujeito, depois de um instante.

— Eca, é claro que não! — respondeu Emily, passando reto por ele e batendo a porta na sua cara.

A cabine tinha um tema náutico careta, com colchas listradas de azul-marinho e branco, muitos enfeites de madeira, luminárias e puxadores de gaveta no formato de âncoras, peixes-espada e arraias. A luz do banheiro estava acesa, o temporizador zumbia ao longe, e havia uma toalha azul-claro no chão que Emily não se lembrava de ter deixado lá. Pairava no ar um tipo de perfume que Emily nunca sentira antes, e havia uma camiseta jogada sobre a cama de Erin. Mas a garota não estava em lugar algum.

Emily se deixou cair no colchão, barriga para cima e olhos fechados, e sentiu o movimento quase imperceptível do navio cortando o mar. Ela ouviu um ligeiro farfalhar, mas achou que provavelmente eram as ondas batendo contra o casco do navio. Mas como isso seria possível? A cabine estava a oito andares acima do nível do mar, nem remotamente perto da água.

O farfalhar ficou mais alto. Emily olhou em volta. De repente, o quarto pareceu estranhamente quieto, como se todo o som e todo o ar tivessem sido sugados por um canudinho. O som vinha de um pequeno armário que ficava do lado que Erin ocupava na cabine, em um cantinho.

Bump.

Emily jogou as pernas para fora da cama, sem tirar os olhos da portinhola. Alguma coisa arranhava as paredes desesperadamente, como se lutasse para sair dali. Subitamente, o temporizador no banheiro ressoou, e a única luz da cabine se apagou, afogando o lugar na escuridão.

Estava tão escuro que Emily não conseguia ver um palmo à frente do nariz. Um pensamento horrível a assaltou. E se suas amigas tivessem razão? E se a A – a Verdadeira A – estivesse no navio?

Houve outro *bump* e depois um arranhão. Parecia que alguém estava lá dentro, tentando se libertar. Emily deu um gritinho e se jogou contra a parede oposta, escondendo-se atrás de uma das cortinas compridas. E então, ela sentiu o cheiro, um suave sopro de baunilha que penetrava em cada canto da cabine. Era o cheiro do sabonete que ambas as Alis, a Verdadeira e a Delas, usaram desde sempre.

As mãos de Emily tremiam quando ela apanhou seu celular, decidida a ligar para Aria. Mas o telefone escorregou de seus dedos, quicou no chão e foi parar debaixo da cama. Em seguida, ela ouviu um *rangido* alto e longo. Ela espiou o armário por uma fresta nas cortinas e conseguiu enxergar apenas a porta em meio à escuridão. A pequena maçaneta em formato de estrela do mar começou a girar, e a porta foi se abrindo, revelando quem quer que estivesse lá dentro.

Emily gritou, deixando seu esconderijo nas cortinas, e mergulhou na direção da porta que dava para o corredor, mas seu pé bateu em uma das botas que Erin largara no chão, o que a fez levar um tombo. De quatro, Emily berrou. A porta do armário agora estava escancarada e um vulto com a mesma altura e o peso de Ali a encarava.

– Fique longe de mim! – gritou Emily, rastejando na direção da saída. – Eu vou chamar a segurança!

– Por favor, não faça isso! – choramingou a pessoa.

– Então saia da minha cabine! – exigiu Emily aos berros. – Saia *já* daqui!

– Eu *não posso*!

Emily congelou com a mão na maçaneta. Foi um grito desesperado e triste, não uma ameaça. E a voz também não se parecia com a de Ali.

– P-Por quê? – gaguejou Emily.

– Porque eu sou clandestina no navio! – respondeu. – Não tenho mais *para onde* ir!

Emily notou um pequeno estojo de maquiagem feito à mão no chão do armário, iluminado por um tênue raio de luar. Em uma das laterais, via-se bordado o nome *Zora-Jean*.

– Meu nome é Jordan Richards – contou a garota. – Entrei escondida no navio porque não tinha dinheiro. Não achei que fosse realmente dar certo, mas agora aqui estou e sem uma cabine e...

Naquele instante, a garota avançou um passo, e o raio de luar incidiu sobre ela. Jordan tinha olhos verdes enormes, lábios carnudos e cabelos espessos e escuros, presos por uma faixa de veludo. Usava um vestido branco soltinho e rendado e sapatilhas presas por tiras.

Emily engasgou.

— *Você?*

— Eu — respondeu a menina, dando um sorriso breve. A Garota Fantasma.

Emily despencou na cama, tentando se concentrar.

— Você entrou escondida no navio? — perguntou Emily, repetindo o que a garota acabara de dizer.

A Garota Fantasma, Jordan, assentiu.

— Foi esta manhã. Eu queria participar do cruzeiro, mas meus pais não tinham dinheiro. — Jordan fez uma careta. — A verdade é que eles não queriam *gastar* esse dinheiro. Não somos muito próximos, meus pais e eu.

— Entendi... — disse Emily lentamente. — E como conseguiu subir a bordo sem ser vista?

Jordan encostou-se na lateral do armário.

— Estava uma tremenda confusão nas filas para o check-in, eu pensei: "E se eu simplesmente entrasse? Será que alguém perceberia?" Foi o que eu fiz. Mas, de repente, o navio começou a se afastar do cais e entrei em pânico. Eu não estava com meu passaporte. Não tinha nada comigo. E também não tinha uma cabine. Eu estava perdida.

— Você não conhecia alguém a bordo que pudesse ajudá-la?

Jordan sacudiu a cabeça.

— Me mudei para a Filadélfia há algumas semanas, ainda não conheço ninguém.

— Que escola você frequenta? — perguntou Emily.

— Ulster — disse Jordan, fitando com os olhos perdidos a escuridão pela escotilha da cabine.

Olhando mais uma vez para o estojo de Z-J, Emily ligou os pontos.

— É você que anda roubando coisas das cabines, não é?

Jordan pareceu constrangida.

— Uma porção de gente largou as portas de suas cabines abertas enquanto se acomodava, hoje pela manhã — disse Jordan. — Foi fácil entrar e sair. Foi assim que entrei na sua cabine, também. Acampei por aqui por algumas horas e tirei uma soneca. — Ela pegou o estojo de Z-J e um par de outras bolsas de dentro do armário. — De qualquer forma, vou deixá-la em paz agora. Desculpe se eu assustei você.

— Espera aí! — Emily pegou-a pelo braço antes que se afastasse. — V-Você não quer ficar aqui?

Jordan parou.

— Você quer dizer, passar a noite aqui?

— Bem... Talvez *mais* do que uma noite — sugeriu Emily. — Tenho a impressão de que minha companheira de cabine não vai passar muitas noites aqui. E temos uma cama reserva.

Jordan estreitou os olhos.

— Por que você faria isso?

Emily alisou as rugas do edredom. Ela mesma estava surpresa com sua ousadia em fazer o convite, mas talvez a ideia não fosse tão ruim. Claro que sentira pena de Jordan, mas também estava solitária naquela cabine. E, para falar com franqueza, Emily achava quase impossível tirar os olhos das maçãs do rosto impressionantes de Jordan, de seus lábios altamente beijáveis – de forma platônica, é evidente.

O pensamento a fez corar, e, de repente, Emily temeu que Jordan pudesse ler seus pensamentos.

– Não podemos permitir que você durma numa espreguiçadeira à beira da piscina. – Ela deu um tapinha na cama ao seu lado. – É toda sua, se você quiser ficar.

Jordan assentiu, devagarzinho.

– Eu *adoraria*, se estiver tudo bem para você.

– Tudo bem para mim – afirmou Emily. E depois, para deixar claro que não esperava nada além de uma amizade com sua Garota Fantasma, continuou. – Colega de quarto.

Jordan encarou-a e repetiu:

– Colega de quarto. – Como se fossem palavras antiquadas que nunca tivesse ouvido. Dito isso, levantou-se, foi até Emily e a abraçou. – Muito obrigada. Isso é maravilhoso.

Emily permaneceu o mais imóvel que pôde, apesar de desejar enterrar seu rosto no pescoço de Jordan e inalar o aroma adocicado de sua pele.

– Você é muito bem-vinda – respondeu ela.

Mas a verdade é que era Jordan quem estava lhe fazendo um favor.

6

ÚLTIMA CHANCE PARA SPENCER

Na manhã seguinte, Spencer e sua colega de quarto, Kirsten Cullen, deixaram a cabine e seguiram na direção dos elevadores. O ar do corredor estava impregnado com o cheiro de diferentes xampus que vinham dos banheiros; assim como de bacon, ovos e café, vindo do restaurante; e de protetor solar. O azul-turquesa do céu e o azul-marinho do mar impressionavam quando vistos pelas janelas enormes do fim do corredor. As paredes pelo caminho estavam cheias de panfletos que lembravam a todos das inscrições para o show de talentos no final do cruzeiro. Spencer fez uma anotação mental para lembrar-se de mais tarde inscrever a dança havaiana dela e das amigas.

Kirsten espreguiçou os braços acima da cabeça e soltou um pequeno gemido.

— Estou com *tanta* inveja de você por não ter ficado nem um pouquinho enjoada na noite passada. Estou morta de sono. Eu nem sei se vou dar conta de mergulhar hoje!

Spencer a cutucou alegremente.

— Nós estamos em alto-mar. Onde você acha que nos levarão para mergulhar? — As duas meninas estavam inscritas no curso de mergulho, que contava créditos escolares, e se dirigiam para uma das academias de ginástica do navio, para a primeira aula. Spencer estava muito feliz por ter sido colocada na mesma cabine que Kirsten, especialmente depois de ouvir as histórias sobre as colegas de quarto de suas amigas. Por terem sido colegas na equipe de hóquei durante anos, Kirsten e ela já haviam dividido quartos em hotéis nas viagens de competição fora do estado.

— Essa aula vai ser do tipo 'conheçam seus colegas', 'experimentem o equipamento', 'aqui vão algumas dicas de segurança' — disse Spencer, bancando a sabichona. — Já fiz um monte dessas aulas. — Spencer conseguira seu certificado aos catorze anos e provavelmente poderia escrever um livro sobre segurança de mergulho.

Após chegarem ao convés superior, passaram por um dos restaurantes do navio, cheio de jovens enfrentando a fila do bufê, garotas cochichando nas mesas e todo mundo flertando e fofocando perto do balcão de *espresso*. Foi então que Spencer reconheceu alguém de costas, parado em frente ao aquário gigante, e teve de se controlar para não gritar como uma garotinha.

— Bagana! — chamou ela, e sua voz soou um pouco alterada.

Bagana se virou. O rosto dele se iluminou quando a viu. Era a primeira vez que se encontravam no navio. Haviam tentado no dia anterior, mas, como Kirsten, Bagana passara a noite em sua cabine, enjoado. — Posso te acompanhar até sua aula? — perguntou o rapaz, um pouco tímido.

— Claro! — disse Spencer, tentando controlar o sorriso. Ela olhou para Kirsten, para ver se a amiga ficaria bem, mas a outra já havia entendido tudo e se afastara discretamente.

— Ah, surpresa! — Bagana estendeu para ela uma vitamina que mantivera escondida. — É para você. Banana com mamão.

— A minha favorita! — Spencer suspirou, feliz por ele ter se lembrado. Ela havia mencionado adorar a combinação desses sabores apenas uma vez, numa conversa pelo celular.

Suas mãos se encontraram quando ela aceitou o copo. Ondas de calafrio percorreram as costas dela. Ela examinou o rosto de Bagana, sua mandíbula marcada, os olhos cor de âmbar. Aquela era a primeira vez que o via desde Princeton — desde que se dera conta de que gostava dele. Como Spencer poderia não se lembrar de seus ombros musculosos ou de como os lábios dele eram rosados e atraentes? Por que ela não tinha notado as lindas sardas em seu rosto? Até mesmo seus dreadlocks, tênis esfarrapados de fibra de cânhamo e a camisa *tie-dye* vários números maior do que o dele se tornaram subitamente adoráveis.

Ela passou uma mecha de cabelo para trás da orelha, sentindo que corava até o pescoço.

— Ei, como você se sente hoje? — perguntou meio desajeitada, só para preencher o silêncio. — Deve ter ficado chateado por perder a Festa de Boas-Vindas. — Spencer quase cedeu ao seu desejo de bater na porta da cabine dele com um copo com sal de frutas e comprimidos para enjoo, mas teve medo de estar indo rápido demais.

— Ah, até que estou tranquilo — respondeu Bagana, enquanto atravessavam o corredor em direção à aula de mergulho.

— Assisti a uns filmes. Você ficou enjoada? O mar estava bem turbulento.

Spencer balançou a cabeça.

— Nunca fico enjoada. Estou acostumada com o mar.

— Sorte a sua — suspirou Bagana. — Já mergulha há muito tempo?

Spencer assentiu.

— Recebi meu certificado há alguns anos. Espero conseguir alguns mergulhos privados, sem o resto do pessoal. Não gosto nem um pouquinho de mergulhar no meio de um monte de gente.

Bagana segurou a porta da escada para Spencer passar.

— Você se importaria de ter companhia? Bem, na verdade, só consegui meu certificado no ano passado, mas eu aprendo rápido, juro. E aposto que você é uma excelente guia turística.

Spencer encostou um dedo sobre a boca, modestamente fingindo pensar na oferta.

— Mas e se eu realmente quisesse fazer os mergulhos sozinha? O que eu ganharia em troca ao levar você comigo?

Bagana parou de andar de repente, com um brilho divertido nos olhos.

— Que tal minha camisa mais amada do show de 1977 do Grateful Dead?

Spencer olhou séria para ele.

— Qual camisa? Aquela que você comprou no eBay e que ainda cheira a maconha mesmo depois de você lavá-la várias vezes? Ah, muito obrigada, mas não.

— Ei, ela não cheira a maconha! — afirmou Bagana. — Ela tem um cheiro maravilhoso. Uso o tempo todo na escola, e ninguém nunca desconfiou!

Em segredo, Spencer se sentiu emocionada com a ideia de usar uma camisa que Bagana também tinha usado. Parecia com... algo que *namorados de verdade* fariam.

Chegaram à porta da academia Seahorse, onde a primeira aula de mergulho aconteceria. Máquinas de step, esteiras e outros equipamentos de ginástica estavam alinhados na parede junto à janela, e havia cerca de trinta cadeiras dobráveis arrumadas em fileiras. Kirsten lixava as unhas na fileira da frente. Alguns outros alunos se serviam de café e pãezinhos nos fundos da sala. Tim, o instrutor que Spencer conhecera na Feira de Atividades do dia anterior, estava ocupado vasculhando duas caixas de papelão, examinando o que pareciam ser tanques de oxigênio e roupas de mergulho.

Spencer se virou para Bagana mais uma vez, sentindo arrepios de emoção e felicidade. Bagana também sorria para ela. De repente, Spencer teve uma maravilhosa ideia. Ela tocou o braço de Bagana.

— Vamos matar aula.

Bagana arregalou os olhos.

— *Matar aula*?

— Nós já sabemos mergulhar! Por que não?

Bagana cobriu a boca, fingindo estar chocado com a proposta.

— Você não é a senhorita 'eu nunca perdi uma aula na minha vida'?

Spencer deu de ombros.

— Estou de férias.

Spencer já conseguia imaginar toda a cena: pegaria Bagana pela mão e o levaria para um dos salões no convés inferior, eles provavelmente estariam desocupados àquela hora da manhã. Eles se acomodariam em um sofá, falariam sobre os colegas de viagem, fariam planos para passeios incríveis depois dos mergulhos e, depois, chegariam mais e mais perto um do outro até que...

— Raif? — chamou uma voz de dentro da academia. Bagana se virou. Ele ergueu as sobrancelhas e deu um passo na direção da porta.

— Ah! É *mesmo* você! — gritou uma garota. — Ah, meu Deus!

— Ei! — gritou Bagana. E no segundo seguinte, ele estava se adiantando na direção da menina e abraçando-a. Que *abraço* foi aquele. Spencer ficou junto à porta, sentindo-se como um brinquedo esquecido, jogado para fora de um carro pela janela.

Spencer limpou a garganta um pouco mais alto do que pretendia, e Bagana se virou, balançando os dreadlocks.

— Ah, Spencer. Desculpe-me! Essa aqui é...

— Naomi — disse Spencer sem fôlego e sem tirar os olhos de cima da garota que surgira na sua frente. Naomi devolveu o olhar de forma arrogante e ameaçadora.

— Ah, olá, Spencer — sibilou Naomi. — Você também fará o curso de mergulho?

— Bem, pois é — murmurou Spencer, observando os dedos de Naomi entrelaçados aos de Bagana. Ela olhou para a porta, considerando matar aula sem ele.

Mas, de repente, aquela não pareceu ser uma ideia tão divertida assim.

7

UM PARCEIRO NO CRIME

Naquela manhã, Aria e cerca de outros trinta jovens estavam abrigados na sombra do gigante tobogã cor-de-rosa no convés superior do navio, aguardando ansiosamente o início da caça ecológica ao tesouro. O ar cheirava a desodorante, a óleo de peroba e ao combustível do navio que o capitão insistia que não agredia o meio ambiente, apesar de Aria ainda ter suas dúvidas. A turma se abanava, aplicava protetor solar de fator altíssimo contra o potente sol do Caribe e conversava animadamente sobre quais poderiam ser os desafios da atividade prestes a começar.

Finalmente, a líder da atividade desligou seu celular e se virou para o grupo.

– Sejam bem-vindos! – gritou ela, com um sorriso estampado no rosto sardento. – Meu nome é Gretchen Vine, e vocês estão prestes a se divertir muito. Encarem nossa caça ao tesouro como se fosse *The Amazing Race*. Vamos fornecer pistas e dinheiro a vocês para que completem as tarefas. A primeira equipe a desvendar todas as charadas leva o prêmio.

— Que prêmio? — perguntou uma garota morena com as alças do biquíni aparecendo por debaixo da blusa.

Gretchen sorriu e mostrou dois cupons de presentes da loja da Apple. Todo mundo soltou um sonoro "Oooooh!".

— São cupons no valor de mil dólares cada.

Em seguida, Gretchen distribuiu sacolinhas vermelhas que diziam CAÇA ECOLÓGICA AO TESOURO.

— Ponham as pistas que encontrarem aqui — instruiu ela. — Ao final de cada dia, vocês vão precisam me mostrar tudo o que tiverem encontrado.

— Vamos poder acampar? Andar por trilhas perigosas? Interpretar papéis? — perguntou um garoto.

Gretchen franziu a testa, brincando com seu colar.

— Bem, vocês precisam voltar ao navio todas as noites; caso contrário, teremos que enviar uma equipe de busca atrás dos perdidos. As caminhadas levam vocês a um terreno extenso, mas que não pode ser considerado perigoso ou radical. E não estou certa do que quer dizer com 'interpretar papéis'; talvez você possa explicar melhor.

O rapaz que fizera a pergunta, um sujeito com cabelo castanho comprido e sobrancelhas espessas, abanou a mão.

— Ah, deixa para lá.

Gretchen avisou que as equipes teriam de vasculhar fortificações inimigas, percorrer dunas, esgueirar-se por florestas tropicais e aventurar-se pelas movimentadas ruas da cidade em busca de informações que levariam, por fim, na direção do prêmio. Aria trocou olhares empolgados com quem estava próximo a ela. Havia alguns casais de mãos dadas no grupo, e ela sentiu uma pontadinha de saudade. Talvez Noel tivesse escolhido a caça ao tesouro se soubesse qual seria o prêmio.

— Tudo bem! A primeira coisa que preciso que vocês façam é que formem duplas — disse Gretchen, depois de fazer a chamada.

Os casais se aproximaram. Os outros se viraram para alguém já conhecido. Aria olhou em volta, mas todo mundo de Rosewood Day já havia encontrado parceiros. Até mesmo sua colega de quarto, uma garota doce e tímida chamada Sasha, havia se unido a uma menina com cara de certinha da escola dela. Conforme mais e mais duplas foram sendo formadas, Aria foi se sentindo constrangida. Anos atrás, quando as crianças em Rosewood Day se juntavam durante os intervalos, formavam grupos nas aulas de arte ou escolhiam os parceiros para um projeto de inglês, a Aria desengonçada e sem amigos era, com frequência, a última a ser escolhida. *Será que é porque tenho uma mecha cor-de-rosa no cabelo?*, ela se perguntava. *Ou será que sou uma perdedora e nem percebo?*

— Aqueles que ainda não têm um parceiro ergam as mãos — pediu Gretchen.

Envergonhada, Aria ergueu a mão a uns poucos centímetros. Vários outros garotos também o fizeram.

Gretchen foi juntando aqueles que estavam sós e, quando chegou perto de Aria, apontou para o sujeito que fizera a pergunta sobre "interpretar personagens".

— Tudo bem para vocês enfrentarem juntos a caça ao tesouro?

O rapaz deu uma olhada para Aria e deu de ombros.

— Tudo bem. — Ele estendeu a mão para Aria. — Eu me chamo Graham Pratt.

— Aria Montgomery. — Ela sorriu. O menino tinha belos olhos castanhos e usava sapatos cinzentos, shorts camuflados surrados e uma camiseta desbotada, furada no ombro e estampada com algo que parecia ser um escudo.

— Será que eu conheço você de algum lugar? — perguntou Aria. O rapaz parecia familiar, mas ela não estava se lembrando de onde. — Você frequenta alguma escola em Main Line?

As sobrancelhas de Graham franziram.

— Não, minha escola fica na Filadélfia. — Então, ele pareceu pensar em alguma coisa. — Espera aí. Você é membro da SAC?

— O que é isso?

— Sociedade para o Anacronismo Criativo — animou-se Graham.

Aria tentou não rir. Seu primo, Stewart, era membro da SAC e falava sobre aquilo sem parar. Era como uma Feira da Renascença sem fim, na qual o ambiente dos tempos medievais era recriado. Stewart inclusive havia conhecido sua esposa numa dessas feiras. Ela era uma criada da cozinha; e ele, o cara que colecionava vítimas da peste num carrinho de madeira.

— Bem... não... — respondeu Aria, depois de um instante de hesitação. Numa tentativa de ser diplomática, acrescentou: — Mas a ideia sempre me pareceu muito divertida.

— Você devia participar! — Graham parecia agitado. — Haverá uma reunião em Camden no próximo mês.

— Vou pensar sobre isso — disse Aria. — Mas *ainda* acho que conheço você de algum lugar. Você passou algum tempo no exterior? Morei por alguns anos na Islândia, mas viajei para a França, Alemanha, Áustria, Holanda...

Graham balançou a cabeça.

— A última vez que eu fui para a Europa foi com meus pais e eu tinha seis anos. Verão passado, eu viajei para o Chile.

— Deve ter sido uma viagem sensacional!

— Foi mesmo. — Graham parecia melancólico. — Era um encontro da SAC. Coroamos um novo rei. — Então, ele a encarou com curiosidade. — Como é a vida na Islândia?

— Mágica — disse Aria com carinho, mas quando tentou soltar jargões poéticos para falar sobre a Islândia, tudo em que conseguia pensar era na sua última viagem ao país, feita com Noel, Mike e Hanna. Uma viagem sobre a qual ela não queria ter de pensar de novo, nunca mais.

Aria desviou o olhar para o outro lado do navio, onde um grupo grande chapinhava na piscina. Emily, que havia se voluntariado para ser salva-vidas, estava em seu posto, girando o apito e olhando a água. Aria considerou acenar para ela, mas parecia que os pensamentos de Emily estavam a um milhão de quilômetros dali.

Ela se virou para Graham.

— Sabe, eu estou realmente animada com nossa caça ao tesouro — disse ela, decidida a mudar de assunto.

— Eu também — disse Graham. — Um amigo ia participar comigo, mas mudou de ideia no último minuto.

— Sei como é, tentei trazer o meu namorado para participar, mas ele preferiu surfar — disse Aria. — Mas foi tranquilo. Ele estava tão entusiasmado com a possibilidade de surfar.

Graham concordou.

— Eu também não tenho certeza se minha namorada iria querer estar aqui. Ela é mais do tipo de ficar deitada sob o sol se bronzeando.

— Ela está no cruzeiro?

Graham coçou o nariz, parecendo constrangido.

— Bem... não. E nós... bem, nós não estamos mais juntos, para falar a verdade, então... — ele se interrompeu e jogou-se num dos bancos que ladeavam a piscina. — Então, você é de Main Line, não é? Isso faz de você uma garota metida a besta?

— De jeito nenhum! — Aria riu. — Na maior parte do tempo, me sinto um peixe fora d'água. É como se eu não pertencesse ao lugar.

— Era assim que eu costumava me sentir na minha antiga cidade... Era um subúrbio sufocante — disse Graham. — Fiquei bem animado quando, no ano passado, minha família se mudou para a Filadélfia.

— Onde você morava? — perguntou Aria.

— Em Maplewood, Nova Jersey.

— *Maplewood*...? — Aria se surpreendeu. De acordo com o site em homenagem a Tabitha Clark, ela frequentara uma escola em Maplewood.

Graham deu um suspiro resignado.

— Deixe-me adivinhar, Aria, você está seguindo o caso Tabitha Clark.

O coração de Aria parecia que ia explodir.

— Você a conhecia?

Graham desviou o olhar, nublando o azul dos seus olhos. Foi nesse instante, antes mesmo que ele dissesse outra palavra, que Aria soube por que ele parecia tão familiar. Ela se lembrou de um vídeo que tinha visto on-line. Eram imagens de Tabitha Clark dançando com um menino bonito em seu baile de formatura. Aria tinha visto o nome dele num grupo de mensagens sobre uma festa de pizza para arrecadação de fundos para caridade em nome de Tabitha. Lembrou-se da voz dele na CNN, falando sobre a última vez em que tinha visto Tabitha, poucos meses antes de ela morrer.

Isso tudo passou por sua cabeça em questão de segundos. Então, Graham ergueu os olhos marejados, proferindo exatamente as palavras que ela temia:

– Sim, eu a conhecia. Tabitha era minha namorada.

8

LICENÇA PARA MATAR

Mais tarde, naquela mesma noite, Hanna segurou na mão de Mike quando deixaram o elevador no Convés Palm Tree.

— Nove-zero-sete fica naquela direção — murmurou ele, antes que virassem à direita e seguissem por um longo corredor. Hanna o acompanhou, direcionando um olhar arrogante para Phi Templeton, que parou na porta da cabine dela para observá-los, curiosa. Hanna e Mike estavam a caminho de uma festa exclusiva e supersecreta na cabine de Mason Byers. Uma festa para a qual nem todos haviam sido convidados.

Eles passaram na frente de um espelho de corpo inteiro, e Hanna examinou seu reflexo. Ela estava mais do que pronta para uma festa. Sua pele brilhava com o bronzeado novinho. Seu vestido de verão, tão fresquinho e laranja-queimado, comprado no shopping King James, balançava suavemente ao redor dos seus quadris, e as sandálias gladiador que ela havia comprado pouco antes da viagem alongavam tanto suas pernas que não importava se estavam um pouco apertadas.

Mike parou bem em frente à última porta no fim do corredor.

— Chegamos. Aqui vamos nós.

Ficaram ali por um momento, ouvindo. O som de um baixo soava lá dentro. Uma garota gritou alguma coisa e um bando de risadas masculinas explodiu. O cheiro de álcool e de cigarros escapava por debaixo da porta.

Hanna mordeu o lábio.

— E se os coordenadores do cruzeiro nos ouvirem? Eu não quero arranjar encrenca.

Mike franziu suas sobrancelhas espessas.

— E desde quando você se importa em se meter em encrenca?

Hanna enrolou uma mecha do seu cabelo castanho-avermelhado, perfeitamente encaracolado, no dedo.

— Não quero ter de abrir mão nem por um minuto de uma sessão de bronzeamento para ficar sentada sem fazer nada numa detenção qualquer que tenham inventado para nos punir neste navio. Já é desagradável o suficiente eu precisar trabalhar no calabouço.

Como Hanna não quisera se inscrever em nenhum trabalho voluntário, tinha sido alocada em uma vaga junto à administração do navio. O escritório ficava nas entranhas da embarcação e era dirigido por uma mulher chamada Vera, que prendia seu cabelo com milhares de pequenas presilhas e era obcecada por música country. A função de Hanna era passar a manhã inteira registrando dados tediosos sobre a capacidade máxima do navio. Vera tentara fazer a tarefa parecer interessante, contando a ela que aquele navio em particular poderia levar quase uma centena de convidados a mais do que os que estavam a bordo. Na maior parte do tempo, porém, o Hanna realmente pesquisara como poderia fazer uma saia de palha parecer sexy para o show de talentos do fim da viagem.

— Ei, não esquenta — disse Mike. — Mason deu um dinheirinho para o monitor deste deque ficar de boca fechada. Vai ficar tudo bem.

Em seguida, ele bateu na porta.

— Qual a senha? — perguntou, por uma fresta, uma voz rouca.

— *Flipper* — murmurou Mike.

A porta se abriu, e Mike e Hanna entraram numa suíte superlotada. A varanda, cuja porta escancarada deixava entrar uma brisa morna e perfumada, estava cheia de jovens apoiados na amurada ou largados nas espreguiçadeiras. No balcão da cozinha, um monte de garrafinhas de bebidas alcoólicas, uma jarra de rum pela metade, copos de plástico, pretzels, amendoins e M&M'S do frigobar. De um iPod, músicas da Rihanna bombavam, e havia um grupo dançando sobre uma das camas. O ar estava carregado com uma mistura de perfume, suor e produto para limpar carpete.

— Bem-vindos à nossa *soirée*! — disse Mason, oferecendo a Hanna e Mike copos cheios de rum com Coca-Cola Diet. Ele usava o blazer do uniforme de Rosewood Day, uma gravata listrada com nó frouxo e um short de algodão listradinho que tinha a aparência suspeita de uma cueca samba-canção.

Hanna aceitou a bebida e, em seguida, analisou a multidão. Um monte de gente de Rosewood Day estava por ali, mas também das escolas Doringbell Friends, Pritchard e Tate. Duas louras gostosas de Villa Louisa viravam shots de bebida com James Freed e com alguns outros atletas da equipe de lacrosse. Talvez fosse o ar quente e úmido, ou talvez fosse o cheiro do protetor solar de coco que todo mundo usava, mas alguma coisa fez com que Hanna se lembrasse das festas da viagem à Jamaica, especialmente do jantar animadíssimo que tiveram na noite em que conheceram Tabitha. Estavam sentadas em torno na mesa, bebendo e se divertindo muito, quando Emily agarrara o braço de uma delas.

— É *Ali*! — dissera ela alvoroçada, e lá estava Tabitha, no topo da escada, parecendo misteriosa e, ao mesmo tempo, tão familiar em seu vestido amarelo...

Meu Deus. Por que estava pensando nisso *outra vez*? Hanna pegou Mike pelo braço.

— Vamos dançar.

— Sim, sim, minha capitã — disse ele.

Aproximaram-se da pista de dança e começaram a dançar ao som de Wiz Khalifa. Hanna balançava braços e pernas como um dervixe, tentando limpar sua mente de todos os pensamentos negativos. Em seguida, começou uma música de Lil Wayne e, depois, um mix do mais recente álbum da Madonna. Quando alguém colocou uma música antiga do Nirvana para tocar, ela estava um pouco ofegante e muito mais relaxada.

— Vou pegar mais bebidas — disse Mike. Hanna concordou sem prestar muita atenção e saiu para a varanda, onde todo mundo admirava a lua. Alguém tocou no ombro nu de Hanna, e ela se virou pensando que era Mike. Era Naomi. No mesmo instante, Hanna sentiu o aroma avassalador de seu perfume.

Hanna se iluminou.

— E aí?

— Olá, garota — saudou Naomi. — Que bom ver você aqui.

Hanna sorriu, mas não respondeu; não queria parecer ansiosa. Ainda estava aturdida com toda a *gentileza* de Naomi. Elas ficaram juntas na festa de boas-vindas e tinham tomado café da manhã neste mesmo dia, o que havia instantaneamente elevado o status de Hanna no ranking de popularidade. Algumas garotas cumprimentaram Hanna nos corredores depois disso. Naomi tinha até convidado Hanna para pegar sol com ela naquela tarde, mas ela teve sua aula de confecção de bijuterias. Hanna ainda esperava de Naomi alguma maldade com ela, que abandonasse a amizade de repente ou fizesse uma piada sobre ela em público, mas, até ali, tudo bem. Naomi tinha finalmente aberto os olhos e percebido que Hanna era legal.

— Eu não sei como você consegue dançar usando esses sapatos. — Naomi apontou para as sandálias gladiador de saltos altos nos pés de Hanna. — São sensacionais. São da Salt and Pepper?

Hanna vacilou por alguns segundos. Na verdade, as sandálias *eram* da Salt and Pepper, mas de uma loja que não ficava exatamente no setor VIP do shopping King James, o que não era nada sensacional. Hanna comprava nessa loja porque as imitações eram tão boas que ninguém percebia a diferença.

— Ah... Bom, minha mãe comprou para mim — murmurou ela. — Não faço ideia de onde.

— Ah, tenha dó, Han! — zombou Naomi, num tom de quem sabia de tudo. — Eu as vi na vitrine. — Ela se inclinou na direção de Hanna com um brilho de cumplicidade no olhar. — Na verdade, quase comprei para mim, também. Comprar lá é meu segredinho. É uma loja maravilhosa, mas iam rir de mim se descobrissem. Quer ver? Olhe para meus pés: eu também estou usando uma Salt and Pepper.

Naomi ergueu o pé para exibir seu sapato cor-de-rosa de salto gatinho que Hanna, de fato, reconheceu das prateleiras da loja.

– É *mesmo* uma loja maravilhosa.

– O quê? Você está brincando? É a melhor! – Os olhos de Naomi faiscavam. – Mas não podemos contar a ninguém sobre isso, vai ser o nosso segredo. Se não mantivermos a boca fechada, *todo mundo* vai querer fazer compras lá e não vai sobrar nada bom para nós.

– Claro – disse Hanna, tentando manter a voz firme e superior, mas derretendo-se por dentro por Naomi e ela terem algo só delas.

– Não vamos contar nem mesmo para Riley – acrescentou Naomi. – E, definitivamente, não para sua meia-irmã. Fechado?

– Fechado. – Hanna alisou seu copo de plástico, sentindo-se triunfante. Naomi e Kate tinham sido melhores amigas desde que Kate começara a frequentar Rosewood Day. Hanna e Kate estavam se dando bem nos últimos tempos, e Kate dissera que havia brigado com Naomi, mas, da forma como contara a história, parecia que a culpa tinha sido de Naomi.

Naomi apoiou os cotovelos na amurada e observou a festa.

– Zelda Millings está muito bonita nesse frente única, você não acha?

Hanna olhou para o outro lado da cabine, onde estava a garota loura e pálida que a esnobara no dia anterior.

— É mesmo — concordou, sentindo-se vitoriosa por ter dado a volta por cima. — Faz os peitos dela parecerem bem pequenos.

— Verdade — assentiu Naomi, com gravidade. — Mas pelo menos essa cor não a faz parecer uma albina.

— Lá pelo fim da semana, ela vai estar com queimaduras de sol horríveis — profetizou Hanna, como se pensasse em voz alta.

Naomi torceu a boca.

— Sabe a quem eu desejo queimaduras graves?

— Às meninas do Villa Louisa? — sondou Hanna.

— Sim! — gritou Naomi, sacudindo o braço de Hanna. — Ah, meu Deus, você também acha que elas são *muito* irritantes?

— Muito! — Hanna foi tomada por uma enorme satisfação. Era uma delícia criticar as Villa Gorilas. — Você sabia que Emily Fields está dividindo a cabine com aquela Erin Bang-Bang?

Naomi fez uma careta.

— Ela é *a pior* de todas. Fui escalada para trabalhar no departamento de administração do navio, porque tive muita preguiça de me inscrever em qualquer outra coisa, e ela trabalha no mesmo turno que eu. A vaca não me disse uma palavra sequer todo o tempo que passamos juntas.

Hanna franziu a testa.

— Ei, espera aí, você está trabalhando na administração? Eu também!

— Com Vera? — perguntou Naomi.

— Ah, meu bom Deus, *Vera*! — zombou Hanna. — O que dizer de todas aquelas canções de amor ridículas?

— E aquele monte de presilhas? — acrescentou Naomi, segurando uma risada. — Ela parece um poodle!

— E o escritório não tem um cheiro muito esquisito? — Hanna fingiu estar se sufocando.

— Sim, uma mistura de chulé, cachorro molhado e gente velha — reclamou Naomi.

— Mas poderia ser pior — ponderou Hanna. — Ouvi dizer que algumas das pessoas que demoraram a se inscrever ficaram com a limpeza. E agora têm de lavar os banheiros masculinos.

— Eca! — gritou Naomi.

Hanna sorriu e deu outro gole em sua bebida, sentindo-se tonta e livre. Era como se tivesse descoberto uma nova loja de grife na qual jeans, camisetas e vestidos serviam perfeitamente nela; e o nome da loja era Naomi. A outra olhava para ela com o mesmo olhar de "Onde você esteve durante toda a minha vida?", o que fez Hanna se sentir ainda melhor.

Naomi se ajeitou e disse:

— Faz algum tempo que quero fazer uma pergunta. Você procurou ajuda para... você sabe. Aquele problema com comida?

Hanna ficou fula da vida. Há um milhão de anos, quando Mona se passara por A, ela obrigara Hanna a enfrentar Naomi e Riley e admitir que tinha um distúrbio alimentar. Hanna olhou para a porta, pensando em sair correndo dali.

— Só estou perguntando porque preciso de uma indicação — continuou Naomi, quando Hanna não respondeu.

Hanna franziu a testa.

— Para quem?

Naomi baixou os olhos.

— Para mim — disse ela, baixinho.

Hanna quase riu alto.

— *Você* tem compulsão por comida? Ah, sei. — Naomi usava tamanho 36. Hanna quase nunca a via *comendo*.

Naomi baixou os olhos ainda mais.

— Eu malho muito. Há anos eu vivo numa gangorra, melhorando e piorando. Eu tinha vontade de conversar com você... Na verdade, você é a única pessoa que conheço que já enfrentou o mesmo problema. Não posso falar sobre isso com Riley ou Kate.

— Eu realmente não tive mais problemas — disse Hanna, com muita cautela.

— Eu também tinha parado, entende? — Naomi percorreu a borda de sua taça com a ponta do dedo. — Até o verão passado. Mas aconteceram umas coisas estranhas e, então, comecei de novo.

Hanna piscou, aturdida.

— Eu sinto muito, de verdade — disse com simpatia, ainda sem acreditar no que ouvia. A expressão no rosto de Naomi era séria e parecia sincera. Hanna sempre quisera falar sobre seu hábito de comer compulsivamente, mas nunca conhecera alguém que admitiria ter passado por isso.

— Se algum dia precisar conversar sobre isso, estou aqui — ofereceu-se Hanna, depois de um momento. — Sei bem como é difícil.

— Obrigada — murmurou Naomi, chegando mais perto e colocando a mão sobre a de Hanna.

Mason Byers apareceu cambaleando na varanda. Ele estava meio descabelado e usava um distintivo da Polícia de Rosewood na lapela.

— Sou o policial Byers, senhoritas — disse ele com a voz pastosa. — As meninas têm idade suficiente para beber?

— É claro que temos! — respondeu Naomi, piscando para Hanna.

— Posso ver a identidade? — exigiu Mason.

Neste instante, Mike enfiou a cabeça pela porta corrediça da varanda.

— Estamos montando uma mesa de strip pôquer apostando nossas identidades falsas. Querem jogar? — Ele exibiu a dele.

— Deixe eu ver isso. — Hanna entrou no quarto e tomou o documento da mão de Mike, que vinha se gabando de ter uma nova identidade falsa, mas ficara sem jeito de mostrar para Hanna. Ela começou a rir. O nome que constava na identidade era "Quincy Thomas" e, na foto, um homem de óculos com um corte de cabelo militar. A descrição dizia que o sujeito da foto tinha dois metros, ou seja, "Quincy" era trinta centímetros mais alto do que Mike.

Ela a devolveu.

— Ninguém vai acreditar que é você!

Mike segurou o documento com cuidado contra o peito, vermelho de vergonha.

— Certo, sua sabichona. Mostre a sua.

Hanna apanhou sua bolsa e tirou de lá sua própria identidade falsa, comprada on-line no ano anterior, na qual constavam suas informações verdadeiras *e* uma foto dela mesma. Mason também mostrou a dele, tirada em Nova York. Outros garotos também colocaram suas identidades sobre a mesa. Uma das garotas tinha um passaporte japonês muito convincente, apesar de não haver nada de oriental nela. Erin BangBang usara sua própria fotografia na identidade falsa. Ela estava tão linda e era tão fotogênica que Hanna imaginou que nem passaria pela cabeça de um porteiro ou bartender incomodar-se em verificar a data de nascimento dela. Vadia.

— Ei, a sua é muito boa — disse Mike a Naomi, quando ela jogou a dela sobre a mesa. — Ela até parece com você.

— É porque é a fotografia da minha prima — explicou Naomi. Uma expressão estranha atravessou seu rosto. — Ela não vai mais usá-la, de qualquer forma.

Hanna deu uma espiada na foto para, em seguida, estudá-la com mais atenção, incrédula. Ainda que tivesse visto a garota por apenas uma noite, aquele era um rosto inesquecível. Era como se um fantasma a encarasse.

Madison.

Hanna recuou, tropeçou numa mala e quase caiu sentada. Aprumou-se e de repente suas mãos tremiam tanto que precisou enfiá-las nas dobras do vestido. Subitamente, a cabine pareceu quente demais, lotada, e todo mundo olhava para ela, inclusive Naomi.

— Ah, eu preciso... — Hanna abriu caminho pela multidão até a porta, de forma um tanto desajeitada.

Ela correu pelo corredor, tentando desesperadamente recuperar o fôlego. Viu, então, uma porta corrediça que levava para um pátio descoberto. Hanna deslizou as portas até chegar junto a uma quadra de *shuffleboard*, onde caiu de joelhos.

Madison era *prima* de Naomi. E o que será que Naomi quis dizer quando ela explicou que Madison não precisaria mais de sua identidade? Ela estava morta?

Bip.

O celular de Hanna deu sinal de vida. Apanhou-o da bolsa, pensando que era Mike. E então ela olhou para a tela. *Uma nova mensagem com remetente desconhecido.*

— Não! — sussurrou Hanna para o pátio escuro. Baixou os olhos novamente e, tremendo, apertou LER.

Muito cuidado ao aprontar e sair correndo, sua delinquente. Vejo você no Convés Fiesta!

— A

9

PEQUENA CLANDESTINA

Na noite de terça-feira, Emily estava sentada na cama da sua cabine com Jordan. Em volta delas, um monte de saquinhos vazios de batatas fritas vendidos nas máquinas automáticas. Jordan havia feito daiquiris de banana com as bebidas achadas no frigobar. Uma seleção de músicas que Emily usava para nadar tocava nos alto-falantes portáteis de seu iPod, e, na televisão, no Discovery, o único canal que tinha sinal no navio além da CNN – odiada por Jordan –, passava um programa sobre o parque Yosemite, apesar de nenhuma das duas estar prestando atenção ao que rolava na tela.

– Tudo bem, agora preciso de um verbo – disse Emily, olhando as lacunas vazias do texto no livro de palavras-cruzadas que encontrara no fundo de sua sacola. Aquilo estava na sua bolsa desde a última viagem que fizera para participar de uma competição de natação.

– Ah... *beijar* – disse Jordan, depois de hesitar um pouco, jogando mais uma batatinha na boca.

Emily escreveu *beijar* no espaço vazio.

— Agora preciso de um substantivo.

— *Peitos* — disse Jordan, rapidamente.

Emily abaixou a caneta e olhou para as outras palavras que Jordan tinha escolhido. *Sensualmente, língua, transar* e *massagem sensual.*

— Você sabe que este é um jogo para adolescentes, não é? Não é o roteiro de um filme pornô.

— Bem, o que eu posso fazer? — Jordan riu. — O espírito de Erin BangBang baixou em mim. Até mesmo *eu* tenho escutado as fofocas sobre a quantidade de caras com quem ela anda saindo.

Emily estremeceu.

— Toda vez que nos encontramos, ela está com alguém diferente.

Jordan deu uma olhada na direção da porta.

— Você tem *certeza* de que ela não vai se incomodar com a minha presença?

Emily deu ombros.

— Duvido que Erin volte para cá pelo resto da viagem, para ser franca. E se *voltar*, diremos que você brigou com sua companheira de quarto. Pode dormir na minha cama, se isso te deixa mais confortável. — O rosto dela ficou um pouco avermelhado depois de fazer a sugestão, mas certamente Jordan entendia que ela dissera aquilo de forma amistosa, não?

Jordan sorriu para Emily, parecendo aliviada.

— Você está salvando minha vida, sabia?

Emily revirou os olhos.

— Você me disse isso um zilhão de vezes. — Então ela olhou de volta para o papel. — Tudo bem, agora preciso de um advérbio.

— *Ardentemente* — disse Jordan sem nem tomar fôlego, e ambas caíram na gargalhada.

Depois que Emily escreveu a palavra, inspirou fundo para sentir o cheiro de pipoca de micro-ondas estourada recentemente. Alguém deve ter feito um pouco na cozinha do fim do corredor.

— Esse é um dos meus cheiros favoritos — murmurou.

— O meu também — disse Jordan, abraçando um travesseiro. — Quais são os outros?

Emily pensou por um instante.

— Gasolina e bolas de borracha, acho. E o cheiro do quarto da minha antiga melhor amiga.

— Alison? — perguntou Jordan.

Emily assentiu. Ela havia contado a Jordan sobre Ali logo quando se conheceram. A história de Ali era um aspecto de sua vida que Emily gostava de esclarecer assim que conhecia alguém novo, porque, de qualquer forma, todo mundo tinha visto *Pretty Little Killer*, o filme baseado em acontecimentos reais sobre o que Ali fizera com elas.

— Eu costumava entrar escondida no quarto dela durante nossas festas do pijama — admitiu, corando mais uma vez. — O quarto dela cheirava a flores, talco e a... *ela*.

— Você realmente a amava, hein?

Emily baixou os olhos. Aquela havia sido outra coisa que admitira para Jordan logo de cara. Ela não tinha motivos para esconder sua atração por meninas. E era fácil contar coisas a Jordan; a garota ouvia tudo tão numa boa que ela não conseguia guardar segredos. Ela ouvia e só sorria, dizia que concordava com tudo.

Emily limpou a garganta e olhou de novo para Jordan.

— Quero perguntar uma coisa. Você precisa ligar para seus pais? Tenho um cartão telefônico que você pode pegar emprestado. Eles provavelmente estão se perguntando onde você está, não?

Jordan deu de ombros.

— Eu disse a eles que ia passar uns dias na casa de uma amiga. Eles não vão me procurar por um tempo.

— Você tem *certeza* disso? Por uma semana *inteira*?

— Provavelmente eles sequer notaram que saí de casa. — Jordan brincava com sua faixa de cetim. — Meus pais estão envolvidos demais com suas próprias vidas. Eles não têm tempo para mim. E como eu não sou a filha perfeita que sempre quiseram, é bem provável que prefiram que eu simplesmente desapareça. — Jordan falava como se aquilo não fosse sobre ela, rindo de forma cínica. Mas a dor estava evidente na sua voz.

Emily rabiscou a margem da folha ao redor das palavras cruzadas.

— Às vezes acredito que meus pais também desejem que eu suma.

Jordan encarou-a, claramente esperando mais informações de Emily.

— Eu fiz algumas coisas que os irritaram profundamente — disse Emily sem se aprofundar. Apesar de já ter contado tanta coisa de sua vida, não se sentia pronta para fala sobre *aquilo*.

De repente, Jordan aproximou-se de Emily. O ar estava impregnado com seu perfume de jasmim.

— Não imagino motivo para alguém desejar que *você* desapareça — disse Jordan. — Não importa *o que* você fez.

Emily prendeu o fôlego, notando pela primeira vez que os olhos de Jordan eram da cor de turmalinas. Naquele instante, seu celular emitiu três toques agudos. Ela resmungou, esticou-se para alcançá-lo e olhou para a tela. Era uma mensagem de Hanna.

A está no navio. Encontre-me perto do bar polinésio.

Emily escondeu a tela para que Jordan não pudesse ver a mensagem.

— Ah... eu... já volto — murmurou, antes de deixar a cabine sem dar a Jordan a chance de perguntar o que havia acontecido.

Dez minutos mais tarde, Emily chegou no lugar marcado. Uma chuva constante desabava na cobertura acima de sua cabeça. Como se não pudesse ser diferente, o lugar estava vazio. Em algum convés abaixo dela, Emily podia ouvir acordes da música new age que fazia parte da trilha sonora do último Cirque du Soleil.

As portas do elevador se abriram, e Spencer e Aria apareceram. Ao verem Emily, correram em sua direção, protegendo-se da chuva.

Hanna surgiu de uma das escadas, usando um vestido longo, sandálias de salto alto e um enorme e disparatado agasalho branco de moletom que ia até o meio de suas coxas. Seus olhos estavam arregalados; o rosto, pálido, e, na mão direita, esmagava o celular.

— Aquela vaca deu um jeito de subir a bordo conosco — vociferou quando todas se aproximaram.

Ela enfiou o celular no nariz das meninas. Emily leu a mensagem de texto na tela.

Muito cuidado ao aprontar e sair correndo, sua delinquente! Vejo você no Convés Fiesta!

– A

Aria também leu.

— Aprontar e sair correndo? Do que A está falando?

— Não é óbvio? – perguntou Hanna. — O acidente em Reeds Lane! Aquela noite horrorosa sob a chuva? A sabe o que aconteceu.

O queixo de Emily caiu. A noite do acidente de carro sofrido por Hanna parecia tão distante – tinha sido no começo do verão, antes que todo o resto acontecesse. Emily descobrira a gravidez pouco antes daquilo e, apesar de ainda estar morando na casa dos pais quando Hanna as chamou, logo na semana seguinte fora morar com Carolyn, para decepção de sua irmã. Quando Hanna ligara para Emily, ela quase se recusara a ajudar a amiga, porque já tinha uma barriguinha aparecendo. E se as outras meninas adivinhassem o que estava acontecendo? Já não era nada fácil esconder aquilo de seus pais. A sra. Fields tinha, inclusive, comentado sobre o novo estilo de Emily, que aderira às camisetas folgadas.

Mas apenas um segundo depois se sentira péssima por pensar aquilo. Hanna precisava dela. E, logo depois, Aria telefonara para avisar que iria buscá-la, e Emily não tinha como dizer não. No fim, se alguma das meninas notara sua barriga, não comentara. Estavam preocupadas demais com as consequências do acidente.

Emily apoiou-se no bar.

— Mas como A pode saber sobre o que aconteceu? – perguntou, encarando Hanna. Aquele era um trecho ermo da estrada, e elas fugiram antes de a ambulância chegar. Subitamente, detalhes de tudo o que acontecera naquela noite voltaram à sua mente. Era muito provável que tivessem machucado a garota. E, em seguida, fugiram, como se aquilo fosse apenas uma brincadeira.

Hanna brincava com uma grande vela decorada em cima de uma das mesas.

— Eu não sei explicar como, Emily. Mas você se lembra da menina no carro, Madison? Ela é prima de Naomi Zeigler. Naomi e eu temos andado juntas. Apesar de *achar* tudo muito suspeito no começo, depois imaginei que ela realmente tinha virado a página. Até que eu vi a carteira de identidade falsa dela: o documento tem a foto de Madison.

Aria franziu a testa.

— Então você acha que Naomi estava sendo legal com você porque ela é A?

— Eu não tenho certeza — respondeu Hanna. — Mas ainda que ela não seja, A vai dar um jeito de contar a ela sobre o acidente. E Naomi vai nos dedurar, pode apostar.

— Vai sim, se A não nos entregar primeiro. — Spencer apontou para o celular de Hanna. — A chamou você de *delinquente*.

— Hanna, Naomi mencionou o acidente? — perguntou Aria.

— De alguma maneira... — admitiu Hanna, encarando Spencer. — Ela mencionou ter passado por situações terríveis no verão passado. E havia um olhar estranho em seu rosto quando alguém perguntou quem era a pessoa na fotografia de sua identidade falsa. E ela disse que era a prima dela, mas que a garota *não ia mais usá-la, de qualquer forma.*

— Como se Madison estivesse morta? — ofegou Spencer.

Emily arregalou os olhos.

— Será que ela morreu no acidente?

— Ela não pode ter morrido no acidente. — Os olhos de Hanna percorriam o convés sem parar. — Ela ainda estava respirando quando vocês apareceram, meninas.

— *Estava?* — Aria estreitou os olhos. — Alguém verificou?

Emily olhou para as amigas.

— Não me lembro se fizemos isso ou não.

— Eu também não lembro — concordou Aria.

O rosto de Spencer estava esverdeado.

— E se nós matamos a menina ao movê-la? — Ela jogou o peso de seu corpo sobre uma das estacas de metal que sustentavam a cobertura. — *Eu a deixei cair!*

— Calma, Spence, não tire conclusões precipitadas — disse Aria no mesmo instante, apesar de também se sentir enjoada.

— Como você acha que A descobriu sobre o acidente? — perguntou Emily.

Hanna deu de ombros.

— Se A é Naomi, poderia ter visto o acidente da janela. A casa da família dela fica na colina acima do lugar do acidente. Eu nunca tinha pensado sobre isso.

— Bem, talvez Madison tenha sobrevivido e, depois de assistir a uma reprise de *Pretty Little Killer*, tenha ligado os pontos — sugeriu Aria.

— Não, Madison teria de saber isso antes de tudo o que aconteceu — insistiu Hanna. — Se Naomi é A, deve ter descoberto logo após o acidente e decidiu nos investigar. Pode ter sido assim que ela descobriu sobre Gayle e Kelsey.

Emily assentiu, considerando o que a amiga acabara de dizer. Naquele verão, tinha passado um tempo na casa de Gayle, que havia se oferecido para comprar o bebê de Emily quando estavam juntas em uma cafeteria. Se Naomi estivesse seguindo as duas, teria sido fácil descobrir o que estava acontecendo.

Aria esfregou as mãos no rosto.

— Meninas, ainda não tenho certeza se faz sentido Naomi ser A. Como ela poderia saber todos os outros segredos que A sabe? Como o envolvimento de Spencer com drogas. Ou o que aconteceu com o bebê de Emily. Ou sobre a Jamaica... isso tudo aconteceu *antes* do acidente de Madison.

— Olha, é bem fácil explicar como Naomi poderia saber de tudo o que aconteceu conosco no verão; afinal, Naomi mora em Rosewood. — Hanna estava com os olhos arregalados. — Ela é amiga de Kate e esteve na minha casa centenas de vezes. Ela poderia ter descoberto uma tonelada de coisas erradas sobre nós dessa forma *assim*. — Hanna estalou os dedos.

Spencer mordeu o lábio.

— Na verdade, Naomi estava muito próxima na época em que A me ameaçava com a história de Kelsey, também. Ela interpretava uma das bruxas em *Macbeth*.

— E ela e Klaudia estavam bem amiguinhas na época... recebi uma porção de mensagens de A falando sobre ela naquele tempo — acrescentou Aria, bastante pensativa. — E ela estava com Noel quando recebi uma mensagem de A que envolvia a família dele.

As meninas se viraram para Emily, esperando que ela também contasse sua própria história sobre Naomi, mas ela encolheu os ombros.

— Eu realmente não convivi com ela.

– Ela estava no funeral de Gayle, lembram? – disse Hanna. – Vocês não acharam aquilo esquisito?

Emily olhou para a bandeira que balançava no mastro acima de sua cabeça. Ela não tinha certeza se era esquisito ou não.

– Um *monte* de gente mora em Rosewood, meninas, outra pessoa poderia estar nos observando. E ela saber sobre a Jamaica ainda não faz sentido – sussurrou. – Naomi não estava lá; nós a teríamos visto no hotel. Como poderia ter descoberto sobre aquilo?

– Tem de haver uma conexão – disse Hanna. – Talvez ela estivesse na Jamaica e nós é que não sabíamos.

Os dedos de Spencer voavam no teclado de seu celular.

– Não, meninas, Naomi estava em St. Bart no recesso de primavera, estou vendo isso no Facebook dela.

– Bem, então talvez existam *dois* As, um que viu o que aconteceu na Jamaica, e Naomi, que cuida de todas as outras maldades – sugeriu Hanna.

Spencer fechou os olhos.

– Deus. Minha cabeça vai explodir. Agora nós precisamos descobrir quem poderia ser um *segundo* A?

Emily inspirou fundo.

– Eu acho que tenho uma ideia.

Hanna olhou para ela.

– Deixe-me adivinhar. A Verdadeira Ali?

– Sim, Ali – respondeu Emily, baixinho. Se tinha sido tão fácil para Jordan subir escondida a bordo, por que a Verdadeira Ali não poderia ter feito isso também?

Ela olhou por cima do ombro, com medo de que a Verdadeira Ali estivesse em algum lugar ouvindo tudo. Um raio de luz lampejou no horizonte. Poças d'água refletiam as luzes brilhantes. O simples pensamento de poder, a qualquer minuto, dar de cara com a Verdadeira Ali presa em um navio a aterrorizava. Havia tantos lugares onde ela poderia se esconder...

— A Verdadeira Ali está morta — disse Spencer, despreocupada. — Tem de ser outra pessoa.

Aria deu uma tossidinha.

— Uma coisa bem estranha aconteceu comigo hoje, já que estamos falando nisso — disse ela, respirando profundamente. — Vocês sabem que eu me inscrevi na caça ao tesouro, não sabem? Bem, me colocaram como dupla de um cara recentemente transferido de uma escola em Nova Jersey. Conversamos por um tempo, e descobri que ele conheceu Tabitha.

— Você está brincando! — disse Hanna, assustada.

Aria assentiu.

— E fica pior, pode acreditar. Ele era *namorado* de Tabitha.

— O quê? — gritou Hanna.

— Você está falando sério? — perguntou Spencer, aturdida.

— Pois é, eu sei. — Aria parecia atormentada. — Acho que o universo conspira contra nós.

— Ou *A* conspira contra nós — disse Spencer. — *Ele* não poderia ser A? Ele tem mais motivos do que Naomi... *ou* do que a Verdadeira Ali. E talvez ele tenha mais informações também. Ele pode ter estado na Jamaica com Tabitha.

Aria se remexeu, desconfortável.

— Eu não estou bem certa sobre a Jamaica, mas duvido. Além disso, Graham disse que passou o verão passado no Chile... Como ele poderia ter acompanhado nossas vidas ou roubado o dinheiro que Emily deixou na caixa de correio de Gayle? Acho que consigo puxar o assunto da próxima vez que nos encontrarmos e fazer com que ele fale mais da viagem.

Os olhos de Spencer quase saltaram.

– Você não pode ver esse menino de novo! E se você se distrair e contar alguma coisa? – Ela piscou, aturdida. – E isso também quer dizer que há *mais* pessoas que conheciam Tabitha aqui no navio, não é? Pode haver uma legião de amigos dela por aí! E *todos* eles podem ser A, juntos!

Aria negou com a cabeça.

– Não, Spencer, não. Graham foi *transferido* da escola de Tabitha para uma escola na Filadélfia. Nenhum outro amigo dela está a bordo.

– Ainda assim, concordo com Spencer – disse Hanna. – Mantenha-se afastada desse sujeito, Aria. Você não precisa correr um risco desses agora. Nenhuma de nós precisa.

Aquilo pareceu irritar Aria.

– Não posso simplesmente *abandonar* nossa dupla, sem explicações. Eu me sentiria péssima.

– Por quê? – Spencer não podia acreditar no que ouvia.

Aria fitou suas mãos.

– Vocês realmente acham que nós vamos escapar ilesas de tudo isso? Esta pode ser minha última chance de ser legal com alguém que gostava dela antes de eu ser presa.

Spencer olhou para Aria como se ela fosse louca.

– Você vai *contar* tudo o que aconteceu a ele?

– Não. Mas eu sinto que devo algo a Graham. Quero tornar a vida dele melhor, de alguma forma.

– Você não deve nada a Graham! – explodiu Spencer. – A única razão para você se sentir assim é porque está sendo manipulada por A!

– Bem, é um bom motivo como qualquer outro, não é? – Aria deu de ombros, impotente. – A nos tem em suas mãos! Eu não sei o que mais posso fazer!

As meninas fecharam os olhos. Emily foi varrida por uma enorme onda de pavor. A conseguira: elas *estavam* encurraladas. Se A as denunciasse, contando todas as coisas que sabia? Elas haviam mesmo feito um monte de bobagens, especialmente se Madison estivesse morta. A, pelo jeito, sabia de absolutamente tudo.

Spencer tossiu.

– Olhem só. Se descobrirmos quem é A, poderemos acusá-lo do assassinato de Gayle para nos proteger. – Ela encarou Hanna. – Você é colega de quarto de Naomi. Dê uma vasculhada nas coisas dela. Descubra se ela tem outro celular, como Mona tinha, lembra-se? Invada a conta de e-mail dela e veja se as mensagens enviadas por A estão na caixa de saída.

Hanna roeu a unha.

– Você quer mesmo que eu me aproxime tanto de um suposto A? Você esqueceu as *outras* coisas que A fez? Como matar Gayle? Ou como da vez em que ela batizou seus brownies com LSD?

– Mas... – Spencer esboçou um protesto e parou. Um passo fez uma tábua solta ranger, e o som se propagou pelo convés, interrompendo sua fala. Spencer agarrou o braço de Emily, que piscou apavorada, tentando enxergar quem poderia estar lá através da escuridão. Uma fragrância frutada flutuou no ar e, em seguida, desapareceu. Por alguns breves instantes, tudo o que Emily pôde ouvir foi seu coração ecoando no peito.

O celular de Hanna tocou, e todas pularam, apavoradas.

– É só o Mike. Calma pessoal – disse Hanna, checando a tela. – Ele vai dar um jeito de eu dormir no quarto dele esta noite.

— Você vai passar a noite com Mike? — Aria pareceu bem preocupada. — Vocês poderiam se encrencar.

— Eu prefiro me meter em encrenca do que ser morta — afirmou Hanna. Logo depois, afastou-se apressada, olhando para os lados como se procurasse algo nas sombras, antes de descer as escadas.

Após uns minutos, Spencer encarou as amigas, gemeu alto e, em seguida, afastou-se também. Aria e Emily hesitaram um pouco para depois saírem de debaixo da cobertura olhando atemorizadas uma para a outra.

— Por favor, me diga que isso não está acontecendo — sussurrou Emily.

Aria afastou a chuva de seus olhos.

— Não aguento viver assim por muito mais tempo, Em.

— Eu sei. Eu também não.

Outro relâmpago brilhou sobre o mar. Emily se adiantou e passou seus braços ao redor de Aria. A amiga também a abraçou, e as duas permaneceram assim por alguns segundos, protegendo uma à outra da força dos elementos.

E talvez de A, também.

10

MERGULHANDO FUNDO

Na quarta-feira pela manhã, Spencer estava nas docas de St. Martin. O navio havia ancorado na ilha logo ao amanhecer e dividia o porto com lanchas e balsas bem menores do que ele; parecia até alguém de dezoito anos dividindo a sala de aula com a turma do primeiro ano. O tom do céu era um cinza-rosado, o ar cheirava a asfalto banhado de sol, e os comerciantes ainda estavam erguendo as grades de metal de suas joalherias e exibindo tabuletas em suas vitrines nas quais se podia ler GRANDE LIQUIDAÇÃO DE DIAMANTES! E OS MELHORES PREÇOS DA ILHA!

Uns vinte jovens da aula de mergulho estavam por ali também, atrapalhando-se com as roupas e os equipamentos alugados. Kirsten esfregou protetor solar em seus braços e ofereceu o frasco a Spencer.

— Você está mesmo considerando mergulhar sem o grupo?

Spencer abriu a boca para dizer que sim, mas depois hesitou. Talvez não fosse uma ideia tão boa assim mergulhar sozinha — não com A rondando novamente sua vida.

Ela percorreu as docas com os olhos, sentindo seu estômago revirar. *A está conosco no navio*. Por um lado, aquilo parecia impossível. Mas por outro, fazia todo o sentido – A estava em todos os lugares. *Claro* que A estaria no navio. A poderia até estar observando Spencer naquele exato momento.

– Bom dia, Spencer.

Bagana estava bem atrás dela, usando um calção de banho xadrez que exibia suas pernas musculosas e com um par de nadadeiras verde neon nas mãos.

– Não está um dia lindo? – saudou-a Naomi, ao lado dele, sorrindo. Em vez de usar roupa de mergulho, como faria qualquer mergulhador com um mínimo de juízo, Naomi usava um biquíni cortininha de tecido metálico que servia como vitrine para os peitos dela. Quando percebeu que Spencer a examinava de cima a baixo, ela se aproximou ainda mais de Bagana, praticamente pisando no pé dele.

– Oi – disse Spencer de forma um tanto brusca para, em seguida, dar as costas para eles. Desde a primeira aula de mergulho, Bagana não tivera mais tempo para ela. Spencer recebera uma mensagem gentil dele no jantar da noite anterior, dizendo que poderia se encontrar com ela, mas, depois de alguns minutos, uma nova mensagem chegou:

Desculpe, Naomi precisa conversar, nós nos vemos em breve.

Depois do jantar, quando ela e Aria estavam passeando perto do fliperama, Spencer notara Bagana e Naomi sentados num canto, suas cabeças inclinadas quase se tocando, parecendo muito íntimos.

Ela se abaixou e pegou um tanque de mergulho nos braços. Ao ver seu reflexo na superfície cromada, estremeceu. Ela parecia tão pálida naquela roupa de mergulho amarelo-brilhante! E chegara tão cansada na noite anterior que sequer se preocupara em tomar banho, então seu cabelo estava imundo, cheio de sal. Como ela poderia se comparar a Naomi?

E sobre aquilo que Hanna dissera sobre Naomi? Seria possível que ela realmente fosse A? Ainda que não fosse, Naomi tinha um monte de motivos para estar furiosa com elas — principalmente se A contara o que ela e as amigas tinham aprontado com sua prima. Na noite anterior, depois de saber sobre a mensagem que Hanna recebera, Spencer ficou prostrada em sua cama pensando sobre o acidente de carro que acontecera na Reeds Lane. Ela não conseguia acreditar que quase se *esquecera* de tudo.

Enquanto fugiam da cena daquele acidente terrível, ela havia se virado aflita para Hanna e perguntado:

— E se a garota acordar e lembrar quem é você?

— Ah... Eu disse que me chamava Olivia e que eu era de Yarmouth — resmungara Hanna.

— Mas... Hanna, e se ela vir uma foto sua numa edição antiga da revista *People*?

Hanna desviara os olhos para a paisagem que corria pela janela.

— Bem... Vamos rezar para que ela não veja.

Considerando o fato de que nenhum policial havia batido na porta da casa de Spencer para fazer perguntas ou de que os noticiários sequer *mencionaram* o assunto, era de se imaginar que Madison *não havia* se lembrado de Hanna. Spencer torcia que fosse porque Madison estava muito bêbada na noite do acidente, mas durante todo aquele tempo havia uma voz dentro dela sussurrando que poderia ter sido por outro motivo. A primeira regra do curso de salva-vidas dizia que nunca se deve mover uma pessoa que tenha sofrido um acidente. Quando elas carregaram Madison, Spencer sem querer a derrubara, e todas elas puderam ouvir um *estalo* terrível, como se fosse um osso se partindo. Aquele som agora soava nos ouvidos de Spencer sem parar, repetido inúmeras vezes, como um CD arranhado.

Spencer sentiu os olhos de Naomi encarando-a e estremeceu. Percebeu que Bagana a observava também. Ela ajeitou sua postura e se dirigiu para a van que os levaria para o ponto de mergulho. Bagana se afastou de Naomi e seguiu atrás dela.

– Procurei por você no aquário mais cedo – disse ele.

– Ah... sei... – murmurou Spencer, mordendo o interior do lábio com força.

– Pensei que o aquário seria nosso ponto de encontro, não?

– Eu decidi sair mais cedo – respondeu ela com a voz cortada, sem levantar os olhos para ele.

– Spencer. – Bagana a pegou pelo braço, mas ela se esquivou e continuou andando, sem sequer se preocupar em apanhar a máscara de mergulho que escorregara de sua mão e rolara pelo asfalto. Bagana apanhou-a e correu atrás dela. – Spencer! Pare!

Spencer revirou os olhos e esperou. Bagana olhou para ela com tristeza.

– O que foi, Spencer, você está brava?

É claro que eu estou brava!, Spencer queria gritar. Mas arrancou a máscara de mergulho da mão de Bagana e deu um sorriso obviamente forçado.

— Não, tudo bem.

Por cima do ombro, Bagana deu uma olhada para Naomi, que conversava com Tim.

— Nós somos apenas amigos, sabe. Conheci Naomi numa festa em Princeton. Ela estava conhecendo o campus.

Spencer franziu a testa. Naomi esperava ser aceita em Princeton? Ela não sabia disso.

— E ela... Bem, ela meio que me fez de refém ontem à noite — disse Bagana sussurrando. — Eu queria jantar com você, mas ela me arrastou para o fliperama e começou a falar sobre umas questões familiares que ela vem enfrentando.

O corpo inteiro de Spencer formigou.

— Questões familiares? Quais questões? — *A morte de uma prima querida? Uma motorista fugindo da cena do acidente?* E se A *já* tivesse contado todos os detalhes do que havia acontecido para Naomi?

— Uma briga de família, alguma coisa assim; sinceramente, eu não sei bem. — Bagana deu de ombros. — Eu não quis *dispensar* a menina. Tudo bem, para ser franco, nós meio que *ficamos* em Princeton. Mas já está tudo acabado. Agora, estou a fim de outra pessoa.

Bagana olhou no fundo dos olhos de Spencer, cheio de intenções. E ainda que Spencer tivesse a intenção de permanecer indiferente, não pôde evitar que seu coração derretesse um pouquinho.

Tim abriu a porta da van e fez sinais para que a turma fosse até lá. Spencer olhava em todas as direções, menos para Bagana, pois não queria perdoá-lo assim, tão facilmente. Então, Naomi se aproximou dele e passou o braço por seu ombro.

— Eu me diverti muito noite passada, Raif. É tão bom que estejamos juntos novamente.

Spencer odiava de verdade a forma como Naomi o chamava, *Raif*, como se eles tivessem uma conexão única e especial. Bagana abriu a boca para responder, mas Tim bateu palmas antes que ele pudesse falar.

— Vamos lá, pessoal! Antes de irmos para o ponto do primeiro mergulho quero que formem pares. Você e seu parceiro tomarão conta um do outro enquanto estiverem na água. Cada um de vocês terá de se responsabilizar pela própria segurança e pela segurança do outro.

Quando Spencer se virou para Bagana, Naomi já estava possessivamente agarrada ao braço dele. Spencer se afastou; *Dane-se, não tem importância*. De repente, sentiu que alguém tocava em suas costas.

— Ei, nem pensar. Você fica comigo.

Bagana sorria para ela, cheio de esperança. Naomi estava logo atrás, com uma expressão de espanto no rosto. Um segundo depois, ela deu de ombros e se afastou, parecendo bem ofendida.

— Quero dizer, se estiver *tudo bem* para você — acrescentou Bagana, baixinho. — Quer ser minha parceira? — perguntou.

Spencer fingiu pensar sobre a proposta.

— Pode ser. Mas você ainda me deve uma por ter me dispensado a noite passada.

— Que tal eu te levar para jantar? — perguntou Bagana, tomando-a pelo braço. — Em algum lugar em uma ilha, o que acha? Não sei quanto a você, mas já estou ficando cansado de batata-doce orgânica frita e aquele hambúrguer vegetariano carregado de alho.

Um breve arrepio de culpa percorreu o corpo de Spencer — era uma loucura que ela estivesse planejando um encontro romântico, com A prestes a entregá-las. Por outro lado, talvez devesse aproveitar seus últimos instantes de liberdade. Talvez nunca mais tivesse a oportunidade de fazer isso.

— Parece uma ótima ideia — respondeu.

Entraram juntos na van e se sentaram lado a lado, enquanto Naomi foi instalada nos fundos do veículo, junto aos equipamentos. Enquanto deixavam o estacionamento, o sol surgiu por trás de uma nuvem. O calor sobre a pele de Spencer dava uma sensação maravilhosa. E, pela primeira vez em semanas, pelo menos por um instante, Spencer se sentiu em paz.

11

ARIA DÁ UMA FORÇA

Na mesma manhã, Aria e Graham estavam numa esquina do lado francês da ilha de St. Martin. Ônibus detonados passavam zunindo por eles, em velocidades alarmantes. Senhores de pele bronzeada, sentados em um café ao ar livre, bebiam cappuccino. As ondas quebravam a distância, e uma centena de gaivotas brigava ferozmente por um saco aberto de batatas fritas num estacionamento próximo.

Aria respirou fundo e baixou os olhos mais uma vez para a pista da caça ecológica ao tesouro. Era um poema preso a um pedaço grande de carvão.

— *Sou bom quando usado para geleias, armários e lenha* — leu Graham, em voz alta. — *Quando sou uma barreira, cuido das tartarugas marinhas, para que o mal não as tenha.* — Ele encarou Aria. — E aí? Algum palpite?

Aria tocou o pedaço de carvão. Uma poeira negra manchou seus dedos.

— Como um pedaço de carvão pode servir para geleia?

Graham brincava com o cordão do capuz de seu moletom, que exalava um cheiro forte de amaciante.

— Talvez seja um tipo de planta. Parte dela pode ser usada para produzir carvão vegetal, e parte dela... os frutos, acho, talvez sejam usados para fazer geleia.

— Nossa, faz muito sentido! — Aria sorriu. — Como você pensou nisso?

Graham deu de ombros.

— Nossos encontros da SCA nas florestas exigem criatividade. Eu acho que posso jurar que parte da árvore pela qual procuramos também fornece um componente para a produção de pólvora. — Ele sorriu, orgulhoso de si mesmo. — Sou o chefe da distribuição de munição da minha unidade.

Aria quis contar a ele que, na Idade Média, as pessoas *não tinham* pólvora, mas se controlou. Olhou em volta.

— Talvez algum morador da ilha possa nos ensinar qual árvore da região é usada para fazer geleia.

Graham assentiu e, depois, seguiu pelo calçamento irregular na direção da placa que, segundo Aria, dizia "Bar de Sucos" em francês — bem, ela estava quase certa de que era isso que a placa dizia. Nas costas da camiseta dele, havia a imagem de um cavaleiro. Além das informações triviais sobre pólvora, ela teve de aturar longos comentários sobre as virtudes dos banheiros improvisados no meio do mato e de cozinhar em um caldeirão nos eventos da Sociedade para o Anacronismo Criativo.

Eles ainda não tinham voltado ao assunto sobre o namoro de Graham com Tabitha. Depois que Gretchen dispensara a turma, Aria correra para sua cabine, para xeretar as postagens de Graham nos sites que falavam sobre Tabitha. A maioria era muito vaga; ele dizia pouca coisa sobre o relacionamento deles e escrevia frases bobocas como *Descanse em paz* e *Sinto saudades suas, Tab*. Mas quando o pai de Tabitha comprou briga com o hotel jamaicano, chamando-o de negligente, Graham entrou na conversa, dizendo que achava que o hotel não deveria servir álcool para menores. E no instante em que ficara claro que a morte de Tabitha não estava relacionada ao consumo de álcool, as mensagens de Graham passaram a destilar ódio e ameaças. *Ei, você, que cometeu essa violência: seja você quem for, a polícia vai encontrá-lo e detonar sua vida.*

Assim que lera essa mensagem, Aria sentira o chili vegetariano que tinha comido no jantar revirar-se no estômago. Ela tivera um sonho na noite anterior, no qual encontrava o cadáver de Tabitha na areia, após a queda. Assim que virava o corpo da menina para cima, sentira a presença de Graham atrás dela.

'Aria?' – Ele parecera surpreso em vê-la. – 'O que *você* está fazendo aqui?' – E então, devagar, seu rosto revelava que ele estava entendendo o que acabara de acontecer.

'Foi tudo um acidente!' – dizia Aria choramingando. – 'Foi como se ela tivesse *jogado* seu peso na direção do penhasco, eu quase nem precisei tocá-la!' – Graham ficara com os olhos cheios de lágrimas e, no mesmo instante, estendera os braços para estrangulá-la. Nesse momento, ela acordara.

Aria sentia que deveria fazer alguma coisa por Graham. Suas amigas eram totalmente contra a ideia de que ela o visse de novo, mas Aria falara sério na noite anterior. Continuar com ele na caça ao tesouro era a única forma que existia, para ela, de diminuir sua imensa culpa. Seria sua amiga, deixaria que chorasse em seu ombro se ele quisesse desabafar e, talvez assim ela se redimisse, mesmo que só um pouquinho, do terrível mal que causara.

Os sininhos da porta do bar de sucos soaram, e Graham saiu de lá com uma expressão triunfante.

— O dono do bar disse que uma fruta chamada uva do mar faz uma geleia deliciosa e também é uma barreira natural para as tartarugas marinhas.

Aria franziu a testa.

— Nunca ouvi falar de uma árvore de uva do mar.

Graham pegou seu celular, apertou o botão PESQUISAR e digitou *uvas do mar* no Google. A telinha do aparelho mostrou fotografias de uma árvore grande e frondosa, carregada com cachos de uma uva esverdeada.

— A maior concentração de espécies de árvores dessa fruta fica no extremo sul da ilha — leu ele em voz alta.

— Então, acho que é para onde deveríamos ir — disse Aria, virando-se e seguindo na direção do mar.

Graham desconectou-se do Google, e a tela principal apareceu em seu celular. Aria viu que o papel de parede era uma foto de Tabitha e não gritou por um triz. A imagem mostrava Tabitha sentada num muro de pedra, usando uma camiseta cor-de-rosa e calça jeans skinny.

Ela se virou, mas não antes de Graham perceber que ela havia visto a imagem.

— Ah. Essa era Tabitha, a minha namorada. Antes que ela... Bem, você sabe.

Aria assentiu, baixando os olhos novamente para a tão conhecida cabeleira loura de Tabitha, seus enormes olhos azuis e as leves cicatrizes de queimaduras no pescoço deixados por um incêndio que enfrentara na infância. – Ah puxa, ela é bem bonita.

– Era, sim. – Graham deu um suspiro profundo. – Ela era linda – completou, com a voz embargada.

Aria parou numa esquina.

– Você sente muita falta dela, não é?

Graham concordou.

– É... Bem, é duro, entende? E muito esquisito, também. Não conheço ninguém da nossa idade que tenha morrido, sabe? Foi bem difícil aprender a lidar com isso, o que não deixa de ser patético, porque nós não estávamos mais namorando quando Tabitha morreu.

Um carro passou quase voando por ele, agitando o cabelo de Aria.

– Vocês não estavam namorando?

Graham sacudiu a cabeça.

– Éramos namorados no ensino médio, mas sempre achei que ela só estava comigo enquanto esperava que alguém melhor aparecesse. Sabe, quando eu a convidei para o baile, ela não pareceu feliz e nem emocionada, como se esperasse ir com outra pessoa. – Graham chutou uma pedra solta. – Eu falei coisas bem pesadas quando o namoro acabou; eu até a chamei de maluca. Pouco depois, Tabitha foi internada mais uma vez, e eu me senti o maior crápula do mundo.

– Tabitha... Ela foi internada, você disse? De novo? – perguntou Aria, esperando soar surpresa.

– Pois é. Durante anos Tabitha entrou e saiu de clínicas psiquiátricas – disse Graham, afastando-se do meio-fio para desviar de uma lambreta em alta velocidade que vinha em sua direção.

— E o que havia com ela?

— Depressão — disse Graham. — Uma porção de problemas com a família.

O trânsito acalmou, e eles atravessaram a rua.

— Alguma vez você foi visitá-la na clínica, Graham? — perguntou Aria.

— Só uma vez — respondeu ele, fazendo uma careta. — A clínica parecia linda por fora, tinha um saguão incrível. Mas quando você visita os quartos dos pacientes, percebe que aquele é um lugar muito triste.

— Ah... Entendi — disse Aria, tentando manter uma expressão neutra. Bem, a descrição batia com a da clínica onde Ali ficara internada. — Será que Tabitha fez amigos por lá?

Graham ergueu os olhos por um instante, pensativo.

— Havia duas garotas louras, sabe, elas pareciam... sei lá, as abelhas-rainhas do lugar. Insistiram em ficar grudadas em Tabitha quando eu a visitei. Acho que estavam me avaliando, julgando se eu era o tipo de cara que valia a pena.

Ainda que o sol estivesse fritando seus miolos, Aria sentiu um frio na espinha, refletindo se uma delas poderia ser Ali.

— Ah, e havia um cara lá, também — continuou Graham. — Tenho certeza de que ele estava a fim de Tabitha. Passou o tempo todo me olhando feio. — Graham trincou os dentes. — Ela devia estar saindo com ele, não é? Todas as meninas por ali achavam que ele era lindo. — Graham encarou Aria. — Eu estou fazendo Tabitha parecer louca, mas ela não era, posso jurar, ela era uma menina sensacional. Todo mundo vivia atrás dela... Ainda não sei por que ela quis namorar comigo. — Ele suspirou de novo. — Conversei com uma terapeuta sobre isso. Na verdade, foi ela quem me convenceu a vir nessa viagem.

Ela disse que a experiência me ajudaria a superar tudo o que aconteceu e que seria bom ficar distante de toda a confusão de Maplewood por um tempo.

— Entendo. Foi uma boa ideia. — O corpo todo de Aria formigava, e ela queria se coçar sem parar. O que Graham faria se soubesse que estava ao lado da assassina de Tabitha?

Alcançaram uma praia pública, com um calçadão estreito. Protegido por um guarda-sol, um homem vendia refrigerantes guardados em um isopor. Dois rapazes bronzeados estavam acomodados em um posto salva-vidas, observando alguns poucos nadadores. À esquerda, havia um campo cheio de árvores; frutinhas verdes e arredondadas pendiam em cachos dos ramos. O ar estava impregnado com um cheiro doce, delicioso. As árvores eram exatamente como as imagens pesquisadas no celular de Graham.

Folhas pesadas ondulavam acima de suas cabeças, e Aria viu um envelope preso a um dos troncos. Aproximando-se, avistou o logotipo da linha de cruzeiros no canto superior direito.

— Nossa próxima pista está aqui! — gritou.

Ela puxou o envelope do tronco. Lá dentro, encontrou instruções para devolver a pista ao envelope para que os outros caçadores pudessem encontrá-la e, a seguir, o link de um site que dizia o que deveriam fazer para continuar na corrida.

Aria mostrou a Graham o que ela encontrara.

— Nós somos incríveis! Bate aqui, Graham!

Ela ergueu a mão, e Graham bateu a sua na dela. De repente, ele viu alguma coisa na praia que o fez arregalar os olhos. Aria se virou. Duas garotas estavam paradas ao lado do posto salva-vidas, esfregando protetor solar nas pernas nuas.

— O que foi? — perguntou Aria.

Graham enfiou as mãos nos bolsos e se virou.

— Não é nada.

Aria o encarou e, então, olhou mais uma vez para as duas garotas. Uma delas usava o cabelo longo e solto, meio hippie, e estava de sandálias, e a outra tinha cabelo castanho bem curto, o rosto fino como de um elfo e usava um piercing no nariz. Ela reconheceu as meninas do navio — estavam atrás dela na fila para os waffles no café da manhã.

— Estudam na sua escola?

— Sim — murmurou Graham.

— São meninas bem bonitas.

Graham parecia desconfortável.

— Sim, mas... tanto faz.

— Por que você não convida uma delas para sair?

Graham bufou.

— Ah, certo, como se elas fossem aceitar sair comigo.

— Mas por que elas não iriam?

Dando uma risada triste, Graham disse:

— Honestamente? Não sei como falar com garotas... especialmente depois que Tabitha terminou comigo. E eu não sei por que elas aceitariam ter um encontro com um panaca que finge ser um cavaleiro medieval.

Aria parou ao lado de uma placa que, em francês, dizia NÃO ESTACIONE e encarou Graham de novo.

— Você não é um panaca! Olhe para você! Você é bonito, é engraçado e é inteligente. Uma porção de meninas morreria de vontade de sair com você!

Graham corou.

— Duvido.

Aria colocou as mãos nos quadris.

— Pois *eu* não duvido. E quer saber do que mais? Vou provar isso para você. Com a minha ajuda, você vai estar namorando uma dessas garotas bonitas antes do fim da viagem.

Graham jogou a cabeça para os lados.

— De jeito nenhum!

— Ei, é sério, Graham! Com qual das duas você prefere sair? Com a Garota-Elfo ou com a Senhorita Riponga?

Graham riu dos apelidos.

— Tudo bem. Eu meio que sou a fim da Garota-Elfo. O nome dela é Tori. Mas, Aria, falando sério, isso não vai dar em nada. Gostei dela por dois meses, e nada aconteceu.

— Mas Graham, você alguma vez *tentou falar* com a menina?

— Ah... Bem, não. — Graham futucou a areia com o pé.

Aria gemeu, achando graça naquilo tudo.

— Então não é de se estranhar que não tenha rolado nada entre vocês! Essa garota parece perfeita para você. Vá até lá e ofereça uma bebida para ela. Olhe, aquele senhorzinho está vendendo refrigerantes.

— Mas... Agora? — Graham parecia em pânico.

— Sim, senhor, agora! — Aria estava mesmo, *mesmo* achando aquilo uma ótima ideia. Aquela era a sua chance de fazer alguma coisa bacana por Graham. Era a oportunidade perfeita de compensar o que fizera com Tabitha, também. Ficar quite com o universo. Equilibrar seu carma.

Ela foi até o homem que vendia refrigerantes e comprou quatro, dois para eles e dois para as meninas.

— Agora você nem precisa comprar uma bebida para ela. Basta ir lá e oferecer isso aqui para a Garota-Elfo e para a amiga dela, a Hippie. Vai ser um bom início de papo.

— Sobre o quê?

— Eu não sei! – exclamou Aria, rindo alto. – Bebidas francesas, qualquer coisa! Coragem! Vai até lá!

Graham umedeceu os lábios. Depois de um momento, o pavor deixou seus olhos, e ele pareceu quase animado.

— Tudo bem – disse ele.

Graham caminhou pela areia, segurando as garrafas. As meninas protegeram os olhos do sol para observar Graham enquanto ele se aproximava. As duas aceitaram as bebidas, e Graham, agachando-se, disse algo para a Garota-Elfo que a fez rir.

Grande garoto!, pensou Aria, dando um gole no seu refrigerante. Ela se sentia como o verdadeiro Cupido.

De repente, o celular tocou dentro da sua bolsa. Ela enfiou a mão lá dentro e o apanhou. *Uma nova mensagem de texto.* O remetente era um amontoado de letras e números sem sentido.

Um arrepio percorreu sua espinha. Dois turistas de pochete pareciam confusos consultando um mapa na rua em frente à praia. Uma bela mulher negra num biquíni com pequenas estampas de ilha estendeu sua toalha na areia. Uma garota se aproximou do vendedor de bebidas e pediu uma limonada e, enquanto esperava, ela se virou e cruzou o olhar com o de Aria. Era Naomi. Seus olhos azuis não piscaram. Havia um sorriso perturbador estampado em seu rosto, e ela estava com o celular numa das mãos.

Aria deu meia-volta rapidamente, quase sendo atropelada. Em seguida, baixou os olhos para o próprio celular e pressionou LER.

Muito bacana da sua parte ajudar o garoto a voltar para o jogo, Aria. Todo mundo precisa de um "empurrãozinho", não é mesmo?

– A

12

DUETOS

No fim daquela tarde, depois que acabou a aula de fabricação de joias caribenhas, Hanna acomodou-se numa mesa de um bistrô com Mike, lendo um cardápio grande de couro que a garçonete acabara de entregar a eles. Mike respirou fundo e fez uma careta.

– Eca. Tem alguma coisa cheirando a cocô de cabra. E acho que sou eu.

Hanna riu.

– Isso é o que você ganha por trabalhar na fazenda orgânica do navio. – Naturalmente, o navio tinha seus próprios galinheiros, currais de alpaca e estufa, e Mike tinha se voluntariado lá. – Mas, afinal, o que deu em você para escolher esse trabalho? – perguntou ela. – Você deveria ter pedido para trabalhar numa das academias, sei lá...

Mike balançou a cabeça, desolado.

– Quando eu li "hidropônica" e "estufa" no panfleto, pensei que fosse uma fazenda de maconha. Não sabia que teria de passar duas horas por dia ordenhando cabras. Você sabe o quanto aquelas belezocas fedem?

Hanna o cutucou.

— Bem, então vá tomar outro banho, seu fedido. Caso contrário, pode acreditar, você vai dormir no chão esta noite.

Mike, que já estava se levantando para ir tomar outra chuveirada, se sentou novamente.

— Ei, isso quer dizer que você vai passar a noite no meu quarto de novo?

Parecendo indiferente, Hanna desviou os olhos para o convés.

— Posso?

— Claro que pode! — disse Mike, entusiasmado. — Mas, Hanna, o que aconteceu? Dormir toda espremida numa cama de solteiro não faz seu estilo. Você e Naomi brigaram?

Hanna fingiu, então, estar fascinada pelos cubos de gelo que boiavam no copo, evitando os olhos de Mike. Apesar de ser gostosinho ficar aconchegada junto a ele, Hanna era do tipo que se mexia muito durante o sono. Ela precisava de muito espaço para dormir. Tinha acordado várias vezes na noite anterior quase caindo da cama. Além disso, o quarto de Mike cheirava, tipo, a cachorro molhado, e o colega de quarto dele, um garoto que estudava em Tate, peidava enquanto dormia.

— Na festa de Mason, achei que vocês estavam se dando bem — continuou ele.

Hanna estremeceu ao se lembrar do momento em que tinha visto a fotografia da identidade falsa de Naomi.

— Não importa, Mike, deixa para lá.

Mike passou manteiga num pedaço de pão.

— Juro que não entendo vocês, meninas, e essas brigas idiotas. Sabe o que eu acho que você e Naomi deveriam fazer? Ficar nuas e travar uma boa briga na lama. Em segundos todos os problemas de vocês estariam resolvidos!

— E nós também deveríamos nos beijar, suponho? — brincou Hanna.

Os olhos de Mike se iluminaram.

— Só se vocês quiserem!

Hanna deu um beijinho nele e, em seguida, disse para a garçonete o que gostaria de comer. Ela sabia que Mike esperava uma explicação melhor do que aquela, mas o que mais ela poderia dizer? *Estou apavorada por ficar sozinha no quarto com Naomi porque bati o carro da prima dela, deixei a menina lá para morrer e agora temo que Naomi tenha acabado de descobrir ou que ela já saiba tudo desde sempre e esteja me torturando se fazendo passar por A. Desculpe por eu não ter dito nada sobre isso antes!*

Hanna realmente, *realmente* esperava que Naomi não fosse o novo A, em especial porque elas haviam se entendido tão bem na festa. As coisas pareceram tão simples entre elas! Era como se fossem amigas há muito tempo. E a revelação que ela fizera sobre sua fixação em exercícios e sua compulsão alimentar? Naomi simplesmente inventara tudo aquilo para ganhar a confiança de Hanna e assim seguir com seus planos diabólicos de vingança?

O problema é que fazia todo sentido que Naomi fosse A — pelo menos, um dos As. Ela poderia facilmente ter escutado todo tipo de segredos e de coisas embaraçosas enquanto fora amiga de Kate. E poderia ainda ter atraído Hanna para a lamentável sessão fotográfica com Patrick, o pervertido que depois ameaçara postar as fotos inadequadas na internet.

Naomi estivera no *flash mob* em que Hanna conhecera Liam Wilkinson, filho do concorrente do pai dela... Será que ela os vira dando uns amassos no beco? Filmar a palhaçada que fora a perseguição de Hanna a Colleen também não teria sido a coisa mais difícil do mundo.

Naomi tinha uma porção de motivos para fazer tudo isso. Quantos olhares de reprovação Naomi e Riley deram a Hanna e suas amigas depois de Ali recrutá-las como suas novas melhores amigas? Quantas vezes Naomi tinha tentado humilhar Hanna sem sucesso? Bem, essa nova vilã ainda não se encaixava na confusão da Jamaica, mas talvez ela *estivesse* trabalhando com outra pessoa, alguém que a convidara a integrar o Time de A quando Madison morrera. E se Naomi sabia que era Hanna dirigindo naquela estrada, que tinham sido as quatro que possivelmente machucaram Madison quando a moveram e que depois fugiram, largando-a sozinha? Bem, sem dúvida, isso tudo seria uma boa motivação para ela procurar vingança.

Não era como se Hanna tivesse a *intenção* de bater o carro. Ela realmente achava que estava fazendo uma boa ação ao levar Madison para casa. No fim da noite, era óbvio que Madison não estava em condições de dirigir – a menina falava com voz pastosa um monte de coisas sem sentido e estava praticamente caindo de sono em pleno bar. Hanna olhara para Jackson, o barman.

– Você tem o número de uma companhia de táxi?

Jackson apoiara os cotovelos no balcão dando risada, como se aquilo fosse uma festa de fraternidade.

– Puxa vida, ela está muito bêbada, né?

– Nada de táxis! – gritou Madison. – Eu estou bem, minha gente! – Em seguida, tentou girar o chaveiro no dedo, mas ele voara e batera na parede, caindo debaixo da máquina de videopôquer. Quando ela se ajoelhara e ficara de quatro no chão para alcançá-lo, todo mundo no bar pôde ver sua calcinha cor-de-rosa.

– Ah, chega disso – dissera Hanna, entregando ao barman uma nota de vinte para pagar a conta de Madison. Ela pegara a bolsa da garota debaixo da cadeira e a ajudara a ficar em pé. – Vou levar você em casa, tudo bem? Onde você mora?

– Eu posso dirigir, Olivia – resmungara Madison, usando o nome falso que Hanna tinha lhe dado. – Estou *ferpeitamente póbria*! Quero dizer, perfeitamente bóbria! Quero dizer...

E foi aí que Madison ficara esverdeada e inclinara-se para vomitar na própria sapatilha. Os fregueses recuaram, morrendo de nojo. Jackson torcera o nariz.

– Vamos lá, garota – incentivara Hanna, enquanto arrastava Madison para fora do bar, antes que ela vomitasse de novo. Hanna sentira uma breve apreensão ao pegar as chaves de Madison; afinal, ela também tinha tomado um drinque. Mas fazia horas, e o efeito do álcool já havia passado. Hanna dirigiria alguns poucos quilômetros abaixo do limite de velocidade para garantir que nenhum policial a parasse.

De repente, Hanna foi chamada à realidade; um grupo de garotas fazendo algazarra correu para a amurada do navio, arrancando-a de seus pensamentos.

– Aquilo são golfinhos? – gritou alguém.

Mike levantou-se para ver, mas Hanna permaneceu onde estava, ainda agitada com seus pensamentos. Parecia muito improvável que Naomi pudesse, de alguma forma, ter descoberto que era ela quem estava dirigindo naquela noite – a menos que Madison tivesse acordado e se lembrado. E se isso aconteceu, ora, ela não tinha morrido! Será que Naomi poderia ter visto o acidente da sua nova casa e tirado uma foto através das árvores? Mas também não fazia sentido, porque, se isso tivesse acontecido, também teria visto o carro que saiu do nada atingindo Hanna e empurrando-a para fora da estrada.

— *Aí* está você!

Hanna ergueu os olhos. Naomi estava parada ao lado dela, usando um vestido envelope Diane Von Furstenberg verde e sandálias de ráfia. Tinha um copo de suco de toranja numa das mãos e, como sempre, uma nuvem do perfume Kate Spade Twirl a rodeá-la.

— Acabo de ouvir a fofoca mais sensacional sobre a querida Erin BangBang — disse Naomi, em tom conspiratório.

Hanna piscou, nervosa com o súbito aparecimento de Naomi.

— Que fofoca?

Naomi tomou o lugar de Mike.

— Ao que tudo indica, alguém a ouviu no celular com a mãe. E escuta bem isso, Hanna, ela estava bancando a santinha, dizendo que ela orava todas as manhãs, passando todo seu tempo livre com as amigas da escola e tendo o mínimo contato possível com festas e meninos. Você acredita nisso?

Hanna olhou para Naomi com cautela. Seus olhos brilhavam, e havia um sorriso doce em seu rosto. Ela parecia uma menina inofensiva e não uma assassina malvada. Mas isso era, provavelmente, parte do seu plano diabólico na pele de A. Ainda assim, Hanna se lembrou da estratégia sugerida por Spencer para ganhar a confiança de Naomi e descobrir de uma vez por todas se ela era A. Hanna poderia fingir ser amiga dela. Subitamente, aquele soou como um plano viável. Talvez Hanna tivesse até a chance de descobrir se Naomi sabia detalhes do acidente com Madison.

Ela deu um sorriso.

— Não seria incrível se pudéssemos publicar os fatos sobre a vida angelical que Erin vem levando em um lugar onde a sra. BangBang pudesse ler?

— Ah, meu Deus, seria demais! — Naomi deu uma gargalhada, mordendo a isca.

Hanna colocou seu guardanapo sobre a mesa.

— Li num cartaz que hoje teremos uma noite de karaokê. O que você acha?

Naomi ergueu uma sobrancelha.

— Só se formarmos um dueto. Odeio cantar sozinha.

— Mas é claro que sim!

— Então vamos! — sugeriu Naomi. — Eu sei de uma música que será perfeita para nós.

Hanna se levantou no momento em que Mike voltava. Ele olhou para ela parecendo confuso, mas ela evitou explicações dando um beijo no rosto dele.

— Nos vemos mais tarde — disse ela, com a voz despreocupada, e se afastou, torcendo para que Mike não tivesse notado o quanto suas mãos tremiam enquanto seguia Naomi para os elevadores.

O bar do karaokê ficava dois níveis abaixo, e mesmo dentro do elevador, elas podiam ouvir que alguém cantava bem alto. Havia um pequeno palco mal iluminado na parte da frente do bar, e todas as mesinhas redondas estavam ocupadas. Hanna notou um cara bonito de cabelos escuros, sentado perto dos banheiros, sozinho. Era Graham, o companheiro de

Aria na caça ecológica ao tesouro. Aria tinha mostrado fotos dele no site em homenagem a Tabitha Clark.

Como se sentisse o olhar dela sobre ele, Graham se virou e também encarou Hanna, sem piscar. Ela estremeceu e se afastou, seguindo Naomi até o livro com as letras das canções, o coração disparado o tempo todo. *Talvez eu esteja bem ao lado de A neste exato momento*, era tudo em que ela conseguia pensar. *Talvez essa garota saiba de todas as coisas horríveis que já fiz na vida.*

Ela viu a letra de "California Gurls", de Katy Perry, e pensou em sugerir essa, mas então decidiu que era de mau gosto. Poucos segundos depois, Naomi escolheu exatamente a mesma música.

— Olha, acho que poderíamos cantar essa, que tal?

— Ótimo, vamos nessa. — Hanna anotou os nomes de ambas ao lado do título da canção. Ela jamais sonharia em discordar de A.

Elas se sentaram à mesa e esperaram sua vez. Apesar de Hanna balançar constantemente o pé na tentativa de aliviar a tensão, ela fingiu estar calma, prestando atenção enquanto vários sujeitos que estudavam em Ulster enrolavam a língua tentando cantar a música de uma banda de heavy metal e enquanto três garotas louras, com o mesmo corte de cabelo, fingiam ser Britney Spears. Naomi apanhou seu celular e, apesar de Hanna estar morrendo de vontade de descobrir o que ela escrevia, manteve seu olhar fixo na sua bebida, o coração disparado.

Naomi jogou o celular de volta na bolsa.

— Eu queria que eles nos servissem — suspirou ela. — Preciso *tanto* de outro drinque. Estou sofrendo horrores por um cara e quero afogar minhas mágoas.

— Ei, o que está acontecendo? — perguntou Hanna, descansando o queixo na palma da mão para disfarçar o nervosismo. Regra nº 1 da Falsa Amizade: sempre fingir preocupação quanto à vida sentimental da falsa amiga.

Naomi suspirou.

— Eu estou a fim de um cara que gosta da Spencer.

Hanna bebeu um gole de água, surpresa por Spencer não ter mencionado isso quando falaram sobre A na noite anterior.

— Que droga — disse ela, hesitante.

— É uma droga, sim. — Os olhos de Naomi se arregalaram como se ela tivesse uma ideia. — Ei, você sabe de algum segredo de Spencer? Sabe, uma dessas coisas que fariam o rapaz sair correndo aos berros?

Hanna tossiu.

— Uhn, não, não sei de nada assim tão comprometedor. — *Exceto que ela é uma assassina*, resmungou uma voz em sua cabeça. *Ou que usou drogas no verão passado e delatou outra pessoa pela posse. Ou que ela me ajudou a carregar sua prima para o banco do motorista do carro que eu dirigia.*

Mas, enfim, se Naomi era A, ela já estava inteirada de tudo isso.

— Olha, estou só brincando! — Naomi a cutucou depois de um instante, provavelmente por ver a expressão desconfortável no rosto de Hanna. Ela apertou a mão da garota. — Você tem tanta sorte por ter Mike, sabia?

— Sim, eu sei — disse Hanna, obrigando-se a relaxar e sorrindo ao lembrar-se dele.

— Ele é um cara melhor do que Sean Ackard — completou Naomi. — Você sabe que eu fui namorada dele, não é?

Hanna assentiu.

— No nono ano.

Naomi ficou surpresa.

— Como você se lembra disso?

Hanna riu.

— Alimentei uma paixonite por Sean durante anos, eu sabia a lista das namoradas dele de cor. Mas, sabe, quando finalmente consegui namorar com ele, foi tão decepcionante. Ele era tão... *certinho*.

— Você está falando sobre sexo, certo? — Naomi revirou os olhos. — Ele sempre foi assim, sabe? Fomos a uma festa uma vez, e todos os casais estavam pelos cantos, namorando. Mas Sean e eu ficamos sentados no sofá e assistimos a um filme idiota na televisão, como se fôssemos um velho casal. Foi deprimente.

— O que Kate vê nele? — Hanna riu.

— Talvez ela goste de virgens — zombou Naomi. — Ouvi dizer que ela vai ao Clube da Virgindade com ele.

— Por falar nisso, eu... — Hanna quase contou a Naomi que vira Kate e Sean saindo de uma reunião do Clube da Virgindade algumas semanas antes, mas se segurou. Ela e Liam tinham se encontrado em segredo no dia em que flagrara Kate e Sean — por isso ela estava na vizinhança.

Porém, mais uma vez, se Naomi fosse A, ela já saberia disso também.

Hanna se aprumou, inquieta.

— Sabe, se você realmente está a fim de beber alguma coisa, podemos deixar o navio quando chegarmos a Porto Rico e procurar um barzinho; o que você acha? Tenho uma identidade falsa, você sabe. E você tem a sua, que era da sua... prima, não é isso?

Por um instante, Naomi assumiu uma expressão estranha.

— Sim.

— Vocês eram próximas? — Seu coração estava disparado. Ela se sentia ridiculamente transparente.

Naomi examinou suas unhas.

— Éramos como irmãs. O nome dela é Madison. Ela estudou em St. Agnes. Agora, estuda na Penn State. Ou melhor, ela *estudava* na Penn State até o acidente.

Hanna quase não conseguia respirar.

— Ela... *está morta*? — Hanna se preparou para a resposta. Ou para os gritos de Naomi dizendo que sabia de tudo e gostaria de que Hanna morresse também.

Naomi encarou Hanna por um longo momento, quase como se estivesse avaliando a amiga. Mas antes que pudesse responder, os acordes iniciais de *California Gurls* se fizeram ouvir, e as letras da canção apareceram no telão atrás do palco.

Naomi levantou-se de um salto.

— Nossa, estou estragando o clima da nossa noite! Vamos lá, é a nossa música. Vamos esquecer isso e nos divertir.

Elas correram até o palco e agarraram os microfones. Mas quando Hanna abriu a boca para cantar, a sua voz soou instável e aguda. Ela não conseguia parar de pensar em Madison deitada numa cama de hospital após a colisão, usando uma máscara grotesca para conseguir respirar. Imaginou Naomi, a prima favorita de Madison, sentada ao seu lado, choramingando. Descobrir quem era o responsável por aquela situação levaria qualquer um a querer vingança. Mas como Naomi conseguia agir de forma tão amistosa em relação a ela?

Hanna deu uma espiadela em Naomi. Os olhos dela estavam límpidos, as lágrimas tinham sumido, e ela cantava alegremente ao microfone, como se tivesse esquecido a dor. Quando o refrão começou, um grupo da plateia cantou junto, entusiasmado. Naomi começou a cantar mais alto e, virando-se, deu um tapa na bunda de Hanna, que não pôde deixar de rir.

Então Hanna fechou os olhos e também cantou mais alto. Sua voz e a de Naomi soavam bem juntas. Quando abriu os olhos, Naomi agarrou sua mão e a fez dar uma pirueta. Ela balançou sua saia, e Hanna pegou dois bastões iluminados de uma mesa próxima, fingindo que fogos de artifício explodiam de seus peitos. O público gritou e aplaudiu. Quando Hanna olhou para eles, viu que até Graham sorria.

Quando a música terminou, um grupo de rapazes sentados junto à parede gritava:

— Bis! Cantem mais uma!

— A plateia nos adora! — disse Hanna, sem conseguir parar de sorrir quando elas finalmente deixaram o palco.

— É porque nós somos incríveis! — Naomi deu o braço a Hanna. — Deveríamos ensaiar uma canção para o show de talentos, você não acha?

— Ah... claro! — concordou Hanna, lembrando-se de que prometera a Spencer e as outras se apresentar com elas, fazendo um número de dança havaiana. Mas não queria negar nada a Naomi. Não para a garota que poderia muito bem ser o novo A.

E então, como se tivesse sido planejado, quando Hanna se acomodou em sua cadeira, a luz de seu celular piscou. Uma nova mensagem de texto havia chegado.

Completamente distraída, Naomi batia papo com Ursula Tippington. Hanna espiou o celular de Naomi sobre a mesa, ao lado dela. Tudo o que precisava fazer era esticar a mão e apanhá-lo, mas seus braços pareciam pesar uma tonelada. Engolindo em seco, ela clicou em LER.

Hanna Marin teve um acidente
E carregou uma menina para fingir ser inocente
Hanna Marin da cena do crime se escondeu
Mas alguém viu tudo: eu
– A

13

QUEM TEM TETO DE VIDRO NÃO DEVERIA ATIRAR PEDRAS

— Sejam bem-vindos a Porto Rico! — urrou Jeremy pelo alto-falante na manhã de quinta-feira. Ele falava com um sotaque espanhol forçado e ridículo, exagerando nos erres.

Da amurada, Emily assistiu a um bando de colegas acenar com lenços para as pessoas em terra. Uma versão acústica e cafona de "Over the Rainbow" jorrou das caixas de som, fazendo todo mundo gemer. Essa mesma canção havia tocado quando o navio zarpara de Newark; depois, de novo na manhã seguinte, já em alto-mar; *e, depois*, para chamar os garotos para jantar na noite anterior. A canção estava ficando um pouco batida.

Emily se acomodou num banco, respirando o ar úmido. Jordan deixara um bilhete em sua mesa de cabeceira mais cedo, dizendo que ia tomar café, mas que Emily deveria se encontrar com ela. Quando seu celular tocou, ela espiou a tela esperando ver o nome de Jordan, mas era Hanna.

— Spencer e Aria também estão nessa chamada, Emily — disse Hanna, assim que Emily atendeu. — Eu saí com Naomi ontem e ela não parece saber que estávamos envolvidas no acidente de Madison... *Mas alguém sabe.* A me enviou outra mensagem de texto falando disso.

— Você conseguiu descobrir se Madison morreu? — perguntou Emily com a respiração suspensa. *Por favor, diga que ela está viva,* pensou. Se alguém havia morrido por algo em que estivera envolvida, Emily não tinha certeza de que poderia aguentar. Mas descobrir que Madison não estava desmaiada por causa da bebedeira, como haviam pensado naquela noite, era angustiante. Como ela pôde ter fugido do local do acidente, deixando para trás uma garota inocente e ferida? Emily não conseguia parar de imaginar como seria quando a polícia colocasse as algemas nela, a expressão de seus pais... Sua mãe provavelmente cairia morta. Outra morte pela qual Emily deveria ser responsabilizada.

— Eu ainda não descobri se ela morreu — admitiu Hanna. — Fomos interrompidas antes que eu pudesse levar a conversa para esse lado. Eu me senti mal por fazê-la falar sobre esse assunto.

— Hanna, você precisa tentar descobrir o que aconteceu — insistiu Aria. — Se Madison morreu ou se está machucada, aumentam as chances de Naomi ser o novo A.

— Eu sei, eu sei. — Parecendo consternada, Hanna suspirou. — Mas estou tão confusa... Naomi parece tão tranquila. Inocente. Será que ela é tão boa atriz assim?

— Ontem, quando recebi uma mensagem de texto de A, ergui os olhos e lá estava Naomi me encarando, Hanna — disse Aria. — E a mensagem fazia referência ao acidente, mais uma vez. Precisamos descobrir logo quem é A e fazê-lo parar, antes que essa pessoa arruine nossas vidas.

— Sabe de *quem* eu desconfio? — continuou Hanna. — Do ex-namorado de Tabitha. Ele estava sozinho no bar de karaokê ontem e parecia estar me observando.

— Ele não é A — afirmou Aria, categoricamente.

— Como você pode ter tanta certeza? — perguntou Spencer.

— *Ele* estava lá quando você recebeu a mensagem de A ontem, não é?

— Mas como Graham poderia saber sobre tudo o que aconteceu? — perguntou Aria. — No verão passado, ele estava na América do Sul, lembram-se?

— Bem, isso é o que ele diz.

Fez-se um silêncio tenso. Por fim, Spencer deu um suspiro e disse que precisava desligar. As outras meninas também desligaram, mas não sem antes prometer que se encontrariam mais tarde para falar sobre seu número de dança havaiana. Depois de apertar o botão ENCERRAR, Emily afundou os dentes em seu chiclete. Apesar de não acreditar que Naomi fosse A, lembrava-se de algo do verão anterior. *Era possível* que Naomi e ela estivessem ligadas. Depois do acidente, já na Filadélfia, Emily terminara seu turno no restaurante de frutos do mar em que trabalhava e estava indo para casa, entretida numa conversa com seu colega de trabalho e amigo Derrick. Eles falavam sobre como a volta da Verdadeira Ali para Rosewood havia mexido com Emily, especialmente o beijo entre elas.

— Você está triste porque ela morreu no incêndio? — perguntara Derrick.

— Mais ou menos — dissera Emily, desviando o olhar. Claro que ela não poderia contar para Derrick que Ali *não tinha* morrido no incêndio, que ela escapara pela porta que Emily tinha deixado aberta. Ali, porém, *tinha* morrido quando Aria a empurrara da cobertura do hotel da Jamaica.

De repente, ela parara ao ver alguém na outra esquina. A poucos metros, namorando uma vitrine da BCBG, estava Naomi Zeigler.

— Ah, meu Deus! — ofegara Emily, puxando Derrick pelo braço para que dobrassem a esquina. Ela esperara até que Naomi tivesse se afastado para se sentir segura. Mas e se Naomi a tivesse visto?

O celular de Emily tocou de novo, trazendo-a de volta ao presente. *Aria*, dizia a identificação de chamadas.

— O que você vai fazer hoje, Em? — perguntou a amiga. — Quer tomar café da manhã comigo?

Neste momento, Emily viu Jordan no fim do corredor. Ela usava um short cáqui e uma blusa azul-celeste que Emily emprestara. A mesma faixa de seda puxava para trás seu cabelo escuro e longo.

— Ah... Bem, não posso — respondeu.

— Por que não? — Aria pareceu preocupada. — Está tudo bem?

— Está tudo bem, Aria — respondeu Emily, baixinho. — *Melhor* do que bem, para ser franca. — Ela olhava para Jordan, que vinha em sua direção com um enorme sorriso no rosto. — Eu fiz uma amiga nova que é maravilhosa.

— Ah! — exclamou Aria, adorando aquilo. — Que bom! Pelo menos *alguma coisa* boa está acontecendo nesta viagem. Posso conhecer sua amiga?

Emily mordeu a ponta da haste de seus óculos de sol. Aria poderia reprová-la por Emily esconder uma clandestina em sua cabine. Todas elas já haviam preenchido sua cota de problemas.

— Hum, depois falamos sobre isso — disse Emily bruscamente antes de desligar.

Jogando o celular na bolsa, Emily sorriu para Jordan.

— Ei, o que vamos fazer hoje? — perguntou, num tom descontraído. — É melhor que seja bom. Vou cabular a aula de observação de aves. — Seu instrutor levaria a turma para uma expedição na praia. Mas a expedição do dia anterior tinha sido tédio puro, e Emily quase dormira em pé, com os olhos grudados em seus binóculos. Andorinhas do mar e pelicanos só eram empolgantes nos primeiro minutos de observação.

Jordan ofereceu a mão para ajudar Emily a ficar em pé.

— Nós vamos à praia.

— Você tem certeza de que é uma boa ideia deixar o navio? — perguntou Emily, atônita. — Não quero que você se meta em confusão.

Jordan deu de ombros.

— Ora, viva um pouco! Vamos lá, coragem, linda!

Linda. Jordan também a chamava de *gostosa, querida* e *delicinha.* Maya St. Germain também costumava chamá-la assim, e, bem, Emily tinha de admitir que gostava disso. Aos poucos, a fascinação que Emily sentia por Jordan transformara-se em paixão. Passavam as noites acordadas falando de suas vidas. Jordan não fazia graça de nada que Emily dizia, como Ali costumava fazer. Ela ouvia com um sorriso de curiosidade no rosto, como se pensasse que a outra era a pessoa mais interessante do mundo.

Elas desceram pela rampa do navio e foram recebidas pelo ar úmido de Porto Rico. A água brilhava, refletindo o sol. Elas passaram por um grupo que usava camisetas da Ulster, a escola de Jordan.

— Quer ir cumprimentar sua turma? — perguntou Emily.

Jordan olhou para ela, confusa.

— Quem?

— Seus... — Emily se calou. Já tinham se afastado do pessoal da Ulster; o momento passara. — Então, o que vamos fazer? — perguntou. — Perambular pelas ruas? Sentar num café e ouvir uma banda mariachi?

— Seja paciente, pequeno gafanhoto. — Jordan deu um empurrãozinho no quadril de Emily, tomando um caminho à esquerda que as levou até uma segunda doca cheia de iates e veleiros. Andou pelo cais como se conhecesse tudo por ali, até parar em frente a uma enorme lancha que oscilava suavemente com as ondas.

— Isso deve servir. — Emily pensou ter ouvido Jordan murmurar.

Jordan entrou na lancha, que pendeu para um lado sob o seu peso e a obrigou a abrir os braços para se equilibrar. Então, Jordan foi até a cabine e conferiu os medidores. Em seguida, mexeu em um compartimento no painel, e, após mais algumas mexidas, o motor começou a funcionar.

— E aí? — Jordan chamou Emily acima do som do motor. — Você vem ou não?

Emily piscou.

— Esta lancha é *sua*?

Jordan riu.

— Claro que não, sua bobinha!

— Então o que você *pensa que está fazendo*?

Jordan se inclinou contra o volante.

— Quem quer que seja o dono, não a manteve por muito tempo — disse Jordan, apontando para um adesivo na lateral. —

Vê isso? A licença está desatualizada. E ela está imunda, faz anos que ninguém limpa o casco. — Jordan acariciou um dos bancos de couro. — Pobrezinha. Você sente saudade do mar, não sente?

— Isso pode nos meter em encrencas, Jordan! Pensei que você estava tentando ser discreta!

Jordan colocou na cabeça o chapéu de capitão que estava pendurado perto do volante.

— A vida não vale a pena se você passar o tempo todo sentindo medo.

Emily olhou por cima do ombro, como se esperasse ver a sombra de A deslizando por trás de um barco ancorado perto delas. Mas não havia ninguém. Estavam sozinhas naquela doca cheia de barcos. Jordan estava certa: Emily *estava* sempre com medo. Quando fora a última vez em que ela havia realmente se divertido?

Sem muita certeza, Emily colocou um pé no barco.

— Só um passeio curtinho, certo?

— Uhuuu! — gritou Jordan, apressando-se para ajudar Emily a subir a bordo. Ela segurou-a nos braços por um pouco mais de tempo do que era de se esperar. Emily ficou toda arrepiada. A promessa de mais abraços como aquele era a única razão para ela estar quebrando regras.

Jordan desatracou o navio. Então, com um giro do volante, deu ré e tirou a lancha do porto. Uma brisa com cheiro salgado as alcançou, soprando o cabelo de Emily em torno de seu rosto. Em instantes, elas estavam contornando o navio do cruzeiro e, pouco mais adiante, um grupo de veleiros. Ao darem a volta na antiga fortaleza nos arredores da cidade, Emily baixou os olhos e percebeu uma coisa incrível. O convés da lancha era de vidro. Peixinhos nadavam graciosamente a apenas alguns centímetros dos pés dela, visíveis à luz brilhante do sol.

— Ah, meu Deus! — Emily se abaixou para espalmar as mãos no vidro. — Jordan! Venha ver isso!

Jordan parou a lancha e foi até Emily. Peixes tropicais deslizavam sob elas. Plantas oceânicas oscilavam suavemente.

— Que incrível! — disse ela.

— Eu nunca vi nada parecido! — ofegou Emily. — Nós nem precisamos de uma máscara de mergulho!

Elas assistiram à cena subaquática por alguns minutos, fascinadas. Mas, observando o fundo do mar, Emily começou a mudar o seu humor. Não fazia nem um ano que Tabitha havia sido retirada daquele mesmo mar. Peixinhos como aqueles haviam nadado em volta de seu corpo imóvel, assistindo enquanto ele apodrecia. Algas haviam se alojado entre seus cabelos e em torno de suas orelhas. A água salgada corroera devagar e meticulosamente o corpo de Tabitha, até que restassem apenas os ossos.

Um ruído estranho, gutural, saiu de sua garganta.

Jordan a encarou.

— Ei, tudo bem?

— Tudo bem — sussurrou Emily.

Jordan se aproximou dela, com os olhos arregalados.

— Não, você não está nada bem. Você está assustada porque pegamos a lancha emprestada?

Emily cruzou os braços sobre o peito, sentindo frio de repente. *Estou assustada com tudo*, queria dizer a Jordan. Mas Emily temia que, se abrisse a boca, não conseguiria mais se controlar e contaria todos e cada um dos segredos que carregava. Ela não podia contar sobre Tabitha para Jordan. Era muito perigoso.

— Estou feliz por estarmos aqui — disse Emily da melhor forma que pôde. — Eu realmente precisava disso. Dar um tempo e me afastar da minha vida.

Jordan inclinou a cabeça.

— As coisas na sua casa estão péssimas, não estão?

Emily assentiu, sentindo um nó na garganta.

— Seus pais? — perguntou Jordan. — Você disse que eles não queriam você por lá.

Lágrimas inundaram os olhos de Emily, e ela sacudiu a cabeça mais uma vez.

— Meus pais me odeiam.

— O que *aconteceu*, exatamente?

Emily encarou Jordan e, em seguida, respirou fundo. Havia um segredo que ela *podia* compartilhar.

— Eles descobriram que eu tive um bebê no verão passado. Quando contei a eles, uma semana atrás, eles não apenas ficaram loucos; eles saíram do ar.

Jordan piscou sem entender.

— Você teve um *bebê*?

O choque na voz de Jordan fez Emily estremecer. Provavelmente, ela estava enojada. Mas, então, Emily encarou Jordan de novo. Seu rosto parecia gentil e compreensivo. *Vá em frente*, sua expressão parecia dizer. *Estou ouvindo. Gosto de você, não importa o que aconteça.*

A história explodiu do peito de Emily. Ela contou sobre Gayle. Inclusive sobre ter desistido da oferta feita por ela e resolvido, por fim, deixar o bebê na porta da casa dos Baker.

— Depois que Isaac descobriu, achei que estava na hora de meus pais saberem — disse Emily. — E agora eles se comportam como se eu não fizesse mais parte da família. Eu já os aborreci antes, mas dessa vez foi completamente diferente. Sei que eu deveria estar com raiva, mas sinto tanto a falta deles.

Emily baixou os olhos para os peixinhos que flutuavam, lacrimejando. Tudo aquilo era dolorosamente verdadeiro. Depois de tudo o que passaram juntos, Emily realmente acreditara que ela e sua família estavam começando a se entender. O que fizera dessa vez tinha arruinado definitivamente as coisas entre eles.

Jordan se aproximou ainda mais, tomando a mão de Emily.

— Você é tão, tão corajosa — disse ela, tranquila. — Eu jamais conseguiria fazer o que você fez. Não conseguiria fazer nada nem parecido.

Emily piscou entre as lágrimas.

— Foi tão difícil, Jordan...

— Como foi? — Jordan estava com os olhos arregalados. — Quero dizer, estar grávida. Dar à luz. Passar por algo assim... meu Deus, *alucinante*. Não consigo sequer imaginar.

— Foi assustador — respondeu Emily. — Mas também foi maravilhoso. Minha parte favorita foi sentir o bebê chutando. Eu me deitava à noite, colocava as mãos sobre minha barriga e ficava assim por horas. Na primeira vez em que você sente, é como uma pequena vibração dentro de você. Mas então, conforme o bebê vai ficando maior, os chutes vão ficando mais e mais fortes. É a sensação mais incrível do mundo.

— Caramba... — sussurrou Jordan.

Sem conseguir conter o choro, Emily olhou para Jordan com gratidão.

— Ninguém nunca me perguntou sobre isso, sabe. Só falavam sobre o que eu tinha feito de errado ou sobre como eu era uma pessoa horrível.

— Você não é horrível — afirmou Jordan. — Você é sensacional.

Sem jeito, Emily olhou para Jordan.

— Eu também acho você sensacional, Jordan.

Jordan apoiou a mão sobre o joelho de Emily. Em vez de se afastar um instante depois, deixou a mão ali. Emily olhou para suas unhas arredondadas e cor-de-rosa e deslizou seu corpo para mais perto. Seu coração estava disparado. Antes que percebesse, seus lábios se encontraram. Um aroma inebriante de jasmim tomou Emily de assalto. Ela acariciou os braços nus de Jordan. Sua pele era tão suave quanto pétalas.

Elas pressionaram seus corpos, farejando uma à outra e, quando se separaram, olharam-se dentro dos olhos.

— Nossa... — sussurrou Jordan arrebatada. — Eu estava desejando que isso acontecesse.

— Nossa *digo eu* — disse Emily, enroscando-se no colo de Jordan e olhando as nuvens.

— Bem, então *nós duas* diremos "nossa" — corrigiu-a Jordan. Tirando o chapéu do capitão, ela o colocou na cabeça de Emily, abrindo seus braços mais uma vez.

14

O MERGULHO SURPRESA DE SPENCER

— Aqui está! — disse a garçonete latina enquanto colocava uma grande bandeja na frente de Spencer e Bagana. — Os ceviches do menu degustação! ¡Buen apetito!

Enquanto a garota se afastava rebolando seus enormes quadris, Spencer encarava as seis tigelinhas.

— Não posso acreditar que você me meteu nisso. Estive dezessete vezes no Caribe e consegui evitar ceviche até agora.

— Ah, uma virgem de ceviche! — Bagana empurrou um garfo na direção dela. — Coragem! Experimente um pouco. Você vai adorar.

Spencer ergueu os olhos, tentando evitar a realidade. Era noite de quinta-feira, e eles estavam num restaurante de comida latina ao ar livre na Velha San Juan. O lugar era rodeado por palmeiras, e sobre cada mesa havia uma vela acesa e um vaso de flores tropicais. A banda tocava uma música de ritmo marcado e vários casais dançavam salsa em volta do palco. Para tornar a cena ainda mais sensual, uma piscina infinita de água azulada refletia a luz da lua ali perto. Spencer já tinha visto dois casais em roupas de banho nadando, a título de sobremesa.

Após o mergulho daquela manhã, o instrutor exibira um filme sobre Jacques Cousteau. Spencer gastara o restante do tempo com os preparativos para o jantar. Seu cabelo louro descia pelas costas, sua pele brilhava por causa da máscara de beleza, e suas unhas estavam pintadas de vermelho. Ela havia procurado na sua mala – e também na mala de Kirsten – até se decidir por um vestido tomara que caia de linho azul-turquesa que gritava *Eu sou linda sem fazer esforço!* E, assim que a vira, Bagana declarara que aquela era a cor favorita dele.

Spencer escolhera o restaurante, também, navegando por sites que falavam sobre a vida noturna em San Juan. Aquele era o lugar que parecia mais romântico. Outros casais do navio tiveram a mesma ideia: num dos cantos estavam dois da Tate. Do outro lado, Lanie Iler e Mason Byers devoravam batatas fritas. E Naomi Zeigler tinha acabado de sentar com um grupo de meninas de Rosewood Day, lançando um olhar cheio de veneno na direção de Spencer quando percebeu que ela estava com Bagana. Spencer rangeu os dentes ao notar que Naomi também usava turquesa. Será que ela a espionara enquanto Spencer se arrumava?

Mas era *Spencer*, e não ela, quem estava num encontro com Bagana, não era?

Só que junto com a sensação de vitória, veio uma pontada de medo. Talvez Naomi a tivesse seguido até ali porque ela era A.

Engolindo sua preocupação, Spencer aceitou o garfo que Bagana segurava e delicadamente provou um pouco de ceviche. Sentiu primeiro um sabor picante e ácido. Em seguida, algo fresco e suave.

– É gostoso! – declarou.

– Prove este, com chili. – Bagana empurrou outra tigela na direção dela. – É sensacional quando é feito com chili fresco, não do tipo seco. Por um tempo, fiquei viciado em ceviche. Estou tentando lembrar a minha receita favorita... – Ele mexeu em seu iPhone e exibiu a tela para Spencer: AS RECEITAS DE BAGANA DE A A Z. Ceviche, como era de se esperar, estava arquivado na letra C.

Spencer riu.

– Você é tão organizado.

Bagana cobriu a tela com a mão, parecendo constrangido. Mas Spencer não estava surpresa. Ele guardava sua maconha em gavetinhas individuais, todas com rótulos descritivos. Mais cedo, quando abrira a carteira para pegar sua identidade falsa, Spencer tinha visto que os cartões dele estavam arrumados por ordem alfabética, o cartão da Associação Automobilística Americana na frente e um cartão de visita de Justin Zeis, personal trainer, por último.

– Acho que cada coisa deve estar em seu devido lugar – admitiu Bagana. – Não consigo tolerar bagunça. – Ele mordeu uma batata frita. – Pode dizer, sou patético.

Spencer se apoiou em seus cotovelos.

– Bem, então sinto dizer que somos ambos patéticos. As cédulas na minha carteira têm de estar em ordem de acordo com o número de série e viradas na mesma direção. Se estiverem fora de ordem, eu surto.

Bagana ergueu as sobrancelhas.

– Há quanto tempo você faz isso?

— Desde a minha primeira mesada. E, antes disso, eu organizava meus brinquedos na hora do banho, perfilando-os na banheira por altura e cor.

Bagana sorriu.

— Eu costumava classificar meus LEGO por tamanho e tema. E fazia questão de eu mesmo passar a ferro meu uniforme da escola. Odiava quando minha mãe passava minha roupa.

— Eu às vezes ainda passo meus jeans — admitiu Spencer, para logo se sentir levemente envergonhada.

Bagana riu.

— Quando comecei a fazer experiências com botânica, minha mãe me deu uma estante de condimentos para organizar minhas sementes. Eu acordava no meio da noite, um monte de vezes, para conferir se a ordem delas não tinha sido alterada por alguém.

Spencer colocou uma batata frita na boca.

— Eu pedi ao meu pai para me deixar organizar a carteira dele. Ele achou que tinha alguma coisa errada comigo.

— Você teria sido uma grande aquisição para uma daquelas fraternidades — brincou Bagana. — Seria a secretária perfeita.

— Pena que nunca serei aceita em nenhuma. — Spencer olhou melancolicamente para o sal na borda de sua taça de margarita. Ela estivera desesperada para ser aceita, mas depois de toda aquela confusão com os brownies entupidos de drogas, estava claro que ela perdera sua chance.

Quando Spencer sentiu a mão grande e quente de Bagana cobrindo a dela, ergueu os olhos, surpresa.

— Você vai se divertir muito mais em Princeton sem ser parte de um daqueles grupos esnobes — disse ele gentilmente. — Eu vou garantir que seja assim.

— Vai mesmo? — Spencer ousou um sorriso.

— Claro que sim. Vamos nos divertir muito juntos. Sei de uma porção de coisas incríveis que nós podemos fazer, muito mais legais do que o que esse pessoal metido a besta faz.

O coração de Spencer acelerou. Ele tinha usado a palavra *nós*. Como se eles fossem um casal. Talvez até mesmo um casal *de namorados*.

Um trompete soou no ouvido dela, e Spencer se virou. A banda de jazz estava ao lado da mesa deles para uma serenata particular. O guitarrista tocava num ritmo lento. O percursionista sacudia uma maraca. O cantor começou a entoar uma melodia. E ainda que a letra da canção estivesse em espanhol, Spencer reconheceu os acordes de "I Only Have Eyes for You".

— Você tem uma bela namorada, rapaz — disse o cantor com um sotaque espanhol truncado, entre um verso e outro.

— Eu sei — disse Bagana, olhando apreensivo para Spencer, como se tivesse falado demais. Spencer deu um sorriso, feliz. *Namorada?* Ela experimentou a palavra como se fosse um vestido e pareceu servir muito bem. Ela ampliou o sorriso e apertou a mão dele.

— Querem tirar uma foto? — Uma garçonete se materializou na frente deles com uma câmera Polaroid nas mãos. Spencer e Bagana se inclinaram um na direção do outro e sorriram. O flash disparou, e a máquina soltou uma fotografia. Spencer a recebeu da garçonete e colocou-a sobre a mesa para secar.

Bagana se levantou e estendeu a mão para ela.

— Quer dançar comigo?

— Quero — disse ela, suspirando.

Escolheram um lugar na pista de dança perto da piscina, e Bagana passou os braços em volta de Spencer.

— Nunca imaginei que você fosse do tipo que dança — murmurou ela, seguindo o ritmo da música nos braços dele.

Bagana estalou a língua.

— Você já deveria saber que as aparências enganam. Adoro dançar, especialmente com a pessoa certa.

O coração de Spencer quase parou quando Bagana se inclinou para mais perto dela, até que o nariz dele roçou seu rosto. Ela engoliu em seco e, então se inclinou na direção dele. O trompetista soprou uma série de notas quando seus lábios se tocaram. De olhos bem fechados, Spencer saboreou limão, ceviche e sal. Seu corpo inteiro estremeceu.

Eles se afastaram e sorriram um para o outro. Um músculo perto da boca de Bagana se contraiu. Meio segundo depois, o olhar dele se fixou em alguém atrás de Spencer.

— Vocês se importam se eu interromper?

O rosto anguloso de Naomi apareceu na frente de Spencer. Ela lançava um olhar doce para Bagana — a cabeça inclinada, batendo as pestanas.

Spencer ficou imóvel, querendo dizer não. Mas antes que qualquer um deles pudesse reagir, Naomi jogou seu corpo na frente de Spencer, tomando Bagana pelas mãos. Spencer ainda tentou ficar no mesmo lugar, mas Naomi a empurrou levemente com o quadril. Spencer perdeu o equilíbrio e cambaleou para trás. Ela prendeu o salto do sapato nas pedras irregulares e abriu os braços numa tentativa de se equilibrar. Por um instante que pareceu eterno, Spencer se debateu no ar, antes que seu corpo atingisse a água fria fazendo barulho. Com os cabelos arruinados e o vestido encharcado, Spencer bateu no fundo na piscina, antes de voltar à superfície e nadar até a borda, cuspindo água.

Ela tirou o cabelo dos olhos e olhou em volta. A música ainda tocava bem alto, mas uma porção de gente na pista tinha parado de dançar para encará-la. Garçons congelaram no lugar com as bandejas nas mãos. Bagana estava de boca aberta. Naomi, de olhos arregalados. Depois de um instante, ela se aproximou com cuidado da borda da piscina.

— Meu Deus, Spencer, você está bem? — perguntou, fingindo preocupação. — Você deveria ser mais *cuidadosa*!

A vontade de Spencer era agarrar o tornozelo de Naomi e puxá-la para dentro da piscina, mas ela já tinha voltado para o lado de Bagana, imaginando, talvez, que ainda fosse dançar com ele. Mas Bagana procurava um garçom com os olhos, tentando providenciar uma toalha.

Spencer deixou a piscina e permitiu que Bagana a enrolasse na toalha.

— Que bizarro — murmurou Bagana distraído, enquanto a levava de volta para a mesa deles. — Talvez nós não devêssemos ter dançado tão perto da piscina, não é?

Não com Naomi por perto, pensou Spencer, cheia de amargura. Seu celular tocou dentro da bolsa, e ela se inclinou para olhar. *Uma nova mensagem de texto de Anônimo.*

Ela olhou para trás. Naomi estava no lugar dela com seu celular no colo. Um pequeno sorriso malvado se insinuava em seus lábios, como se estivesse escondendo um segredo suculento.

Spencer encarou Naomi, que agora se dirigia à saída com a cabeça erguida, como se já tivesse terminado o que fora fazer ali. Então, Spencer baixou os olhos para ler a mensagem.

Se sabe o que é melhor para você, Spence, fique longe dele. Há outros peixes no mar. Ou no pátio da cadeia depois que eu terminar com você.

– A

15

UMA IMAGEM VALE MAIS DO QUE MIL PALAVRAS

Na sexta-feira pela manhã, Aria e Noel estavam na cozinha do navio, trabalhando em bancadas separadas. Numa tentativa de fazer alguma coisa juntos, haviam se inscrito como voluntários na cozinha, onde se praticava uma culinária totalmente sustentável e orgânica. Mal sabiam que seriam escalados para o turno do café da manhã, que começava às seis horas.

Aria espiou dentro da tigela de Noel e franziu a testa.

– Acho que você colocou muita farinha na massa – sussurrou ela, olhando disfarçadamente para Bette, a mulher de quadris largos que comandava a cozinha do navio com mãos de ferro.

Noel fez uma careta e examinou a receita ao lado dele.

– Aqui diz para colocar doze xícaras deste tamanho para cada porção. *Acho* que foi o que eu fiz.

Aria cutucou a maçaroca com um garfo.

– Pois eu acho que deveria ficar mais compacta e lisa. Esse negócio está muito farinhento e, eca, escamoso.

Noel riu.

— Você é escamosa!

Noel fez cócegas em Aria, e ela o acertou com uma luva de forno. Aria tinha de admitir: fazer o café da manhã bem cedinho estava se revelando uma atividade divertida. Eles eram os únicos na cozinha, o rádio tocava uma canção romântica e o ar estava fresco e limpo — ainda não saturado de umidade tropical. É bem verdade que Aria não se dera conta de que a maioria das suas tarefas por ali envolveria manusear carne: tirar milhares de tiras de bacon de peru orgânico do congelador, fritar linguiças de carne de boi alimentado com capim sem agrotóxicos e ainda lidar com um cozido, que ela estava certa de que era feito com focinho de porco — ainda que os porquinhos fossem orgânicos. Mas mesmo isso valia a pena, se fosse para passar algum tempo ao lado de Noel.

Ele colocou mais leite na massa.

— Ei, já que levantamos cedo, poderíamos dar uma caminhada na praia, que tal? Posso mostrar o rap que Mike e eu vamos cantar no show de talentos no domingo. — Noel a cutucou.

— Vou adorar! — disse Aria. Mas, em seguida, mordeu o lábio, lembrando-se de alguma coisa. — Ah, desculpe, mas hoje eu não posso. Prometi jogar minigolfe com Graham agora de manhã.

— Ah. — Noel baixou os olhos para sua tigela. — Isso é bacana.

Aria colocou outra bandeja de bacon sobre a grelha, que fez *ssshhhh*.

— Eu realmente lamento. Se você tivesse me chamado antes, eu teria mudado a ordem dos programas. — Na noite anterior, eles haviam jantado com um grupo grande e mal conseguiram conversar um com o outro.

— Tudo bem, de verdade — disse Noel, sério. — Mas vamos combinar que você está passando muito tempo com esse tal de Graham.

Aria torceu o nariz. *Esse tal de Graham?* Isso era algo que sua mãe diria.

— Ei, não é como se eu estivesse a fim dele! Ele é um desses caras que se veste de cavaleiro medieval e frequenta feiras.

— Mas ele está a fim de *você*?

Aria riu.

— Ah, não, com certeza. Na verdade, estou tentando fazê-lo começar um romance com a menina por quem ele é apaixonado. Sua antiga namorada morreu, e ele é muito tímido para falar com essa nova garota.

Surpreso, Noel ergueu os olhos.

— Morreu? Como?

Aria mordeu o lábio com força.

— Hum... Não estou bem certa.

A verdade é que ela também não deveria ter contado a suas amigas sobre Graham. Agora, elas não conseguiam tirar da cabeça que Graham poderia ser A. Na noite anterior, antes do jantar, as quatro se reuniram para ensaiar a coreografia da dança havaiana, e Emily dissera que tinha visto Graham rondando-a num dos corredores. E Hanna, que tinha ido ver o ensaio das meninas, apesar de ter um número com Naomi, comentara que parecia que Graham não tinha amigos no cruzeiro, porque ele sempre se sentava sozinho durante as refeições.

— E se ele veio a bordo com outros objetivos... como, por exemplo, nos perseguir?

— *Ele não é A!* — dissera Aria, pela milésima vez. — A relação dele com Tabitha nem era recente.

— Sei, mas você disse que Graham gostava mais dela do que ela dele — lembrara Hanna. — Talvez Graham tenha colocado na cabeça que ela era seu verdadeiro amor ou alguma coisa assim. Talvez ele seja um desses doidos com sede de vingança.

— Ei, você *nem conhece* o garoto! — retrucara Aria, na defensiva.

— Pode até ser. Mas você também não — rebatera Hanna.

De volta ao momento presente, Aria limpou sua garganta e olhou para Noel.

— Sinto como se precisasse ajudar o cara a se soltar. É tão divertido bancar a casamenteira.

Noel deu um gole em sua caneca de café.

— Contanto que você não banque a casamenteira e acabe juntando ele com *você*. Você pode estar incentivando o sujeito e nem se deu conta disso.

O bacon chiou alto.

— Ei, você não confia em mim? — perguntou Aria.

— Claro que confio — respondeu Noel rapidamente. — É só que... Pensei que este cruzeiro seria diferente. Eu não sabia que essa caça ao tesouro de vocês consumiria tanto do seu tempo.

Aria gesticulou com a espátula apontada para ele.

— Ei, foi você que não quis entrar na caça ao tesouro comigo! *Você* insistiu nas aulas de surfe, sabendo que era uma atividade da qual eu não poderia participar. *Você* sabe que eu não sei nadar muito bem e, ainda assim, foi em frente.

— Ei, você *disse* que estava tudo bem!

— E eu estava falando sério! – disse Aria. – Acho ótimo que você se divirta. Mas não me culpe por *eu também* estar me divertindo.

Noel arregalou os olhos.

— Certo. Não digo mais nada. Eu não vou mais incomodar.

— Ótimo – respondeu Aria, perdendo o bom humor.

Ela voltou sua atenção para o bacon. Noel bateu sua massa. Ele o fez com tanta intensidade que o excesso de farinha se ergueu numa nuvem, cobrindo o rosto dele com uma fina névoa branca. Ele piscou com força, parecendo um mímico.

Aria não conseguiu deixar de rir. Depois de um instante, Noel também começou a gargalhar. Ele inclinou a cabeça e colocou a mão delicadamente sobre o ombro dela.

— Sinto muito. Estou sendo um babaca.

— Não, *eu* é que peço desculpas – disse Aria, limpando o rosto dele com um pedaço de papel-toalha. – Não quero brigar. Espero que nós dois possamos nos divertir. Mas você não precisa ter ciúmes de Graham, certo? Eu amo *você*.

Noel soprou farinha por entre os lábios.

— Vocês dois gostam de arte... Provavelmente têm muito em comum.

O queixo de Aria caiu. *Aquilo era sério?* Houve muitas vezes em que ela se sentira inferior junto a Noel – ele era tão rico, tão bonito e popular e, às vezes, ela ainda se sentia como a Aria desengonçada do sexto ano, a amiga ridícula de Ali. Esta era a primeira vez que Noel insinuava que *ele* não se achava bom o suficiente para ela.

— Noel... – Ela acariciou o braço dele. – Você está sendo bobo. Sem brincadeira.

— Certo — disse Noel, um instante depois. — É só que eu realmente queria passear com você hoje. Ir a algum lugar romântico, onde pudesse lhe dar isto.

Ele limpou a farinha das mãos e tirou uma corrente de ouro do bolso. Um medalhão girava lentamente na ponta. A peça estava manchada, um pouco maltratada, talvez pela idade, com um padrão de curvas se emaranhando.

Aquele medalhão parecia vagamente familiar.

— Você comprou isso em uma daquelas lojas de joias chiques na Velha San Juan? — perguntou Aria.

Noel balançou a cabeça.

— Na verdade, achei na praia quando fomos surfar em Porto Rico ontem. Eu quase pisei nesse colar. É como se eu tivesse de achá-lo, como se ele tivesse sido feito para ser meu... E, então, seu.

— É como um tesouro perdido — sussurrou ela, permitindo que Noel colocasse a corrente em seu pescoço. Aria examinou o medalhão. Havia uma inicial ali. Seria um "I"? Um "J"? Era impossível dizer, já que a letra estava bastante desgastada. A corrente tivera uma vida atribulada antes de pertencer a ela, uma história que Aria jamais conheceria.

— Eu vou usá-lo sempre — disse ela a Noel, passando os braços ao redor dele, sem se importar em ficar também coberta de farinha. Então, como num passe de mágica, tudo entre eles parecia perfeito novamente.

Uma hora depois, Aria e Graham percorriam o percurso verde do campo de minigolfe do navio. Claro que deveriam estar discutindo a próxima pista da caça ecológica ao tesouro, que exigia que eles descobrissem qual parte do navio tinha sido construída com o maior percentual de material reciclado. Mas tudo o que eles estavam fazendo era observar uma garota inclinada, preparando-se para lançar sua bolinha na direção do buraco cinco. A garota era Tori. Ela usava uma saia longa de camponesa, uma camiseta azul com estampa, sandálias com pedrinhas brilhantes nas tiras e uma tornozeleira de prata, que impressionou Aria porque parecia tão sofisticado quanto shakespeariano. Tori balançou seu taco e, com gentileza, mandou a bolinha azul direto para a boca aberta de um palhaço. Mas a bola atingiu a borda do buraco e rolou de volta pela rampa.

– Bom, Graham, andei perguntando por aí e descobri que Tori não tem namorado – disse Aria baixinho no ouvido de Graham. – Você está com tudo, meu camarada.

O rosto de Graham ficou vermelho.

– Você andou *investigando* sobre ela?

– Claro, como é que iríamos descobrir alguma coisa sobre ela? – Aria apanhou um taco de uma prateleira.

– Agora, coragem. Vamos para o buraco atrás delas. Quando passarmos, você deve cumprimentá-la pela bela tacada que ela acaba de dar.

– Você só pode estar brincando! – falou Graham, rindo de um jeito nervoso. – Ela tentou fazer a bola passar pela boca do palhaço e errou, tipo, umas seis vezes.

Aria o encarou.

– Ei, você não entende mesmo *de nada*, não é? Estamos flertando, trate de *mentir*! Diga o que for preciso para fazer com que ela se sinta especial, única! – Ela revirou os olhos, bem-humorada. – Você é um caso perdido!

– Aposto que você está se perguntando *como* eu consegui ter uma namorada, não está? – zombou Graham.

Aria fez um gesto vago, não querendo que a conversa se desviasse para Tabitha.

— Você foi muito bem na praia ontem. — Graham tinha conversado com Tori por quase dez minutos inteiros antes de entrar em pânico e voltar correndo para Aria, dizendo que estava com medo de ficarem sem assunto. — E ela também parecia a fim de você. Agora você só precisa de mais uma tacada de classe.

Aria foi até o buraco ao lado de onde Tori estava jogando. Um moinho de vento em miniatura rangia ao girar suas pás. O objetivo era fazer a bola passar através de um buraco na parte inferior. Quando ela deu o taco a Graham, ele sorriu, cheio de gratidão.

— É muito legal você estar fazendo isso por mim.

— Estou muito feliz em ajudar você, Graham — disse Aria, com a confiança renovada. Como suas amigas puderam pensar que Graham era o novo A? Além de não fazer o menor sentido, aquele era um menino bacana *demais*. Naquela manhã, ela o encontrara na cabine dele, que ficava no mesmo corredor da cabine de Noel. Graham e seu companheiro de quarto, Carson, estavam jogando videogames juntos e gargalhando, com a porta entreaberta. Ele soltou um agradecimento gentil à camareira que entrou no quarto deles para limpar as coisas. Psicopatas stalkers de garotas não ficavam amigos de colegas de quarto e nem eram gentis com as senhoras da limpeza, eram?

Tori finalmente conseguiu acertar sua bolinha na boca do palhaço. Enquanto suas amigas gritavam, Aria empurrou Graham na direção dela.

— Ei! Excelente tacada, Tori! — disse ele, parecendo um pouco constrangido.

Tori ergueu os olhos para ele e sorriu.

– Oi, Graham! – Então ela baixou os olhos para o taco de golfe. – Mas você está exagerando. Eu sou péssima.

– Bem, você é melhor do que eu – disse Graham, tímido.

Tori sorriu e, em seguida, foi para o próximo buraco. Graham voltou-se para Aria, parecendo desanimado.

– Você viu só? Ela não me deu a menor bola!

– Ei, do que você está falando? – perguntou Aria. – Você está indo muito bem! – Ela apanhou seu taco, que estava apoiado contra o moinho de vento. – Vamos atrás delas. Quem sabe elas não nos chamam para jogarmos todos juntos?

– Não vai ficar meio na cara o que estamos tentando fazer? – sussurrou Graham. – Nós nem estamos jogando no mesmo percurso que elas!

– E daí, Graham, quem liga? – perguntou ela novamente, correndo a ponta dos dedos ao longo da estrutura de metal do palhaço enquanto eles iam em frente. – Ninguém está levando isso a sério, relaxe. – Ela deu uma espiada em Tori, que ajeitava sua bola num pino, gingando o corpo. – Seu próximo passo é descobrir do que ela gosta e, em seguida, fingir que gosta das mesmas coisas.

Ela deu outro empurrão em Graham, e ele avançou de novo na direção de Tori. Esperou até que ela desse sua tacada e, como de hábito, errasse a bola, para, em seguida, limpar a garganta e perguntar:

– Ei, Tori, você, hum, gosta de Feiras da Renascença?

Aria gemeu baixinho e pensou em sair dali correndo. Não era para Graham tentar fazer com que a menina se interessasse pelo que *ele* gostava.

Mas Tori se animou.

— Eu só fui uma vez, mas achei muito bacana. Por quê?

Graham deu um sorriso largo.

— Notei sua tornozeleira e achei que poderia ter sido comprada numa feira que acontece na Filadélfia. Tem um sujeito lá que faz as joias de prata mais lindas. Trabalhei no estande ao lado do dele num verão.

Tori atravessou a divisória que separava a área dos buracos do deque para chegar mais perto de Graham.

— O que você foi fazer na feira?

— Ah, faço um monte de coisas, mas naquele verão ajudei um senhor a fazer alaúdes.

— O que é um alaúde?

— Eles são violões menores, com um som incrível — explicou Graham. — Eu trouxe um comigo na viagem, para falar a verdade. No show de talentos de domingo, vou tocar uma música da banda *Death Cab for Cutie* com ele.

Tori ergueu uma sobrancelha.

— É mesmo?

Graham começou a responder, mas o celular de Tori tocou de repente. Ela olhou para a tela e revirou os olhos.

— É a minha mãe — desculpou-se, atendendo ao celular. — Ela me liga, tipo, *todos os dias*, desde que zarpamos.

Tori se afastou, falando com a mãe e caminhando na direção da queda d'água no buraco doze. Graham pareceu ficar confuso.

— Ei, e *agora*, o que eu faço?

— Nada. — Aria o levou de volta para a sede. — Agora vocês têm algo sobre o que falar na próxima vez em que se virem. Sua próxima tarefa é convidá-la para sair.

Um sorriso tenso foi se espalhando pelo rosto de Graham.

— Ótimo, adorei. — Ele deu o braço a Aria. — Eu jamais conseguiria sem você.

— Ei, não se esqueça de me convidar para o casamento. — Aria deu um tapinha amigável no ombro de Graham. Em seguida, o celular de Aria vibrou dentro do bolso dela. Ainda sorrindo, ela o apanhou e conferiu a tela. *Duas novas mensagens com fotos.*

Seus dedos começaram a formigar, e Aria olhou em volta, sentindo-se observada. Uma sombra deslizou para trás do moinho de vento. A porta da sede foi batida com força. Alguma coisa se agitou atrás de uma treliça. Mas quando Aria observou com mais atenção, não pôde ver nada de errado.

Ela apertou o botão LER. A primeira foto apareceu na tela. O deque da cobertura do hotel da Jamaica estava bem diante de seus olhos, e era possível distinguir cinco cabeças. Apesar de a foto estar borrada, Aria podia ver suas próprias mãos estendidas. Tabitha, usando seu vestido amarelo, estava ao lado dela, prestes a despencar.

Quando Aria pressionou a seta para a direita, a foto seguinte apareceu, tirada um instante depois, capturando o exato momento em que Aria empurrara Tabitha da cobertura. O corpo dela estava suspenso no ar. Aria ainda estava sobre o telhado, com as mãos nos quadris. Ela parecia uma assassina fria e calculista.

— Ei, Aria? — Graham estava bem atrás dela. — Tudo bem com você?

Sobressaltada, Aria cobriu a tela com a mão.

— Ah, sim, está tudo bem — mentiu.

Ela apertou o teclado com força para apagar as duas fotos, mas, por alguma razão, elas não desapareceram. Toda vez que ela clicava para abrir sua galeria de fotos, lá estavam elas, na frente e no centro. Seu coração estava descontrolado. Saber que aquelas fotos estavam em seu celular fazia Aria sentir como se um holofote estivesse apontado para ela. Ela *precisava se livrar daquilo*!

Seu celular tocou mais uma vez. *Uma nova mensagem.* Aria pressionou LER.

E se um "passarinho verde" mostrasse essas fotos para Graham... e também para a polícia, Aria? Eu posso... e eu vou mostrar.

– A

16

PASSANDO DOS LIMITES

Naquela mesma tarde, Emily e Jordan esperavam o momento certo no topo do penhasco em meio à floresta tropical. Uma espessa camada de árvores escondia o mundo abaixo delas, sapos coaxavam em buracos ocultos, e a brisa fazia com que a tirolesa oscilasse. Emily observou quando dois garotos na frente dela agarraram os cabos da tirolesa juntos, tomando impulso para se atirarem de cima da árvore. Eles se lançaram ao ar, berrando a plenos pulmões e gargalhando até aterrissarem em segurança do outro lado da ravina. No entanto, aquilo não parecia nada engraçado para Emily. Parecia uma armadilha mortal.

Ela chegou mais perto de Jordan, que saltitava sem sair do lugar, excitada.

— Você acha mesmo que devemos fazer isso?

Jordan franziu a testa.

— Emily, você não vai recuar agora, vai? Eu tenho vontade de experimentar isso há anos.

— Mas... e se as cordas não aguentarem? — Emily baixou os olhos, apavorada, para o penhasco. Segundo o instrutor, era uma queda de mais de doze metros.

— Essas cordas são superfortes, Emily. — Jordan encarou Emily, preocupada. — Você está mesmo com muito medo, não está?

Emily engoliu em seco.

— Eu tive uma amiga que era meio maluca. Ela me levou para um penhasco no começo deste ano, nós brigamos, e, por um instante, tive certeza de que ela ia me empurrar lá embaixo. — Ela fechou os olhos e pensou naquela noite horrível com Kelsey Pierce.

Os olhos de Jordan se arregalaram.

— Nossa!

— Não aconteceu nada de ruim, é claro — disse Emily, no mesmo instante. — Minha amiga ficou bem, também. Isso só me deixou apavorada, é tudo. — Emily não queria nem tocar no assunto sobre como Mona Vanderwaal tinha caído do mesmo penhasco um ano antes. Apesar de ter contado para Jordan algumas informações básicas acerca de A e Ali, Emily não tinha entrado em detalhes. E certamente não dissera nada sobre o novo A.

— Olha, prometo que *não vou* empurrar você de lugar algum, ok? — disse Jordan. — E que tal um acordo? Se a sua corda arrebentar, eu pulo no abismo atrás de você. Se morrermos ao mesmo tempo, pelo menos poderemos explorar a vida após a morte juntas.

— Tudo bem — sussurrou Emily. Ela procurou a mão de Jordan, que olhou sem graça para os lados e depois enlaçou seus dedos aos de Emily. Apesar de terem se beijado diversas vezes desde o passeio de barco no dia anterior, ainda não tinham ficado juntas em público. Emily estava em dúvida se deveria perguntar o motivo. Talvez tudo aquilo estivesse acontecendo rápido demais para Jordan. Ou talvez a garota se preocupasse com o que os seus novos colegas da Ulster poderiam dizer sobre ela ter uma namorada – que era como Emily tinha começado a se considerar. Para ela, o que havia entre elas já era um namoro.

Jordan era incrivelmente perfeita. Na noite anterior, de volta à cabine depois do passeio secreto de barco, elas haviam conversado sobre tudo, tocando em assuntos que Emily não havia se atrevido a explorar com ninguém. Jordan contou que teve alguns namorados sem importância e que, depois, caíra de amores por uma garota problemática chamada Mackenzie. Quando Emily pediu detalhes, Jordan não conseguiu continuar falando.

– Foi tudo muito doloroso – admitiu Jordan. – Você é, na verdade, a primeira pessoa com quem já falei sobre Mackenzie. Agora você sabe mais sobre mim do que qualquer outra pessoa.

Um garoto passou por elas zunindo na tirolesa, deixando escapar um gemido agudo enquanto percorria a ravina. Emily e Jordan eram as próximas da fila.

– E aí, meninas, vocês estão prontas? – perguntou o instrutor.

Os pés de Emily pareciam enterrados na lama, mas Jordan empurrou-a para frente.

– Estamos! – Ela tomou a mão de Emily, apertando-a com força. – Vamos ficar de mãos dadas o tempo todo. Prometo.

Entorpecida de medo, Emily permitiu que o instrutor a prendesse às cordas e ao equipamento. Ela mal conseguia segurar a corda da tirolesa; suas mãos suavam sem parar. O instrutor contou até três e então gritou:

– Vai! – e Jordan saltou. Emily não teve escolha a não ser ir com ela.

Sentindo seu corpo sendo puxado para baixo, Emily deu um berro. Mas, de repente, deu-se conta de que não estava caindo, e sim flutuando. As cordas a seguravam, e o mecanismo a fazia deslizar no ar acima da ravina. O vento agitava seus cabelos. Logo abaixo, Emily podia ver o solo da floresta, coberto por um tapete de flores coloridas e brilhantes. Ao lado dela, Jordan gargalhava, feliz. Eufórica, Emily sorriu para ela.

Em poucos segundos, elas já estavam do outro lado, sem fôlego. Emily tremia dos pés à cabeça, enquanto outro instrutor desprendia o cinto e as cordas dela e a ajudava a tirar o capacete. Depois, ela se virou para Jordan. Seus lábios formigavam quando ela sorriu outra vez e pediu:

– Podemos ir de novo?

– É claro que sim! – concordou Jordan. – Eu *sabia* que você ia adorar.

Emily e Jordan atravessaram a ravina na tirolesa mais três vezes. Quando embarcaram no jipe que as levaria de volta ao navio, Emily pegou seu celular. Aria tinha mandado uma mensagem perguntando se Emily poderia encontrar-se com ela e com Spencer no salão principal do navio. Emily não perguntou o motivo, mas imaginou que seria para ensaiar a coreografia da dança havaiana.

– Queria que você pudesse participar do show de talentos – suspirou Emily, apoiando a cabeça no ombro de Jordan. – Hanna saiu da equipe, por isso precisamos de mais uma garota. — Ela ainda não tinha contado sobre Jordan às amigas, mas talvez aquela fosse a hora. Será que elas se importariam ao descobrirem que Jordan era uma clandestina? Nem mesmo a própria Jordan parecia muito preocupada com isso.

— Eu também gostaria — disse Jordan, dando um suspiro. — Mas você sabe que não posso. Eu vou assistir da plateia, tudo bem? E, se você ganhar, é melhor que me leve para passear na sua Vespa.

— *Quando* eu ganhar — corrigiu Emily.

De volta ao navio, Jordan se misturou a um grupo grande de garotos para passar despercebida pelo segurança, sem ter de mostrar sua identidade. Elas se separaram nos elevadores. Jordan queria tirar uma soneca na cabine, enquanto Emily iria se encontrar com Aria e Spencer. Como despedida, Jordan se inclinou para beijá-la. Quando se afastaram, Emily tirou uma mecha rebelde de cabelo de Jordan da frente do rosto dela.

— Pensei que você ficasse desconfortável com demonstrações públicas de afeto — disse ela.

Jordan deu de ombros.

— Isso tudo é muito novo para mim. Mas, com você, sinto como se não tivesse nada a esconder.

Ela beijou Emily mais uma vez e, em seguida, entrou no elevador. Emily caminhou para o salão como se andasse sobre algodão, cantarolando a salsa que ouvira no rádio do jipe, na viagem de volta ao navio. Ao passar por uma longa fila de espelhos no corredor, Emily riu de si mesma. Seus lábios estavam inchados; e sua pele, rosada de tanto sol. Ela não conseguia se lembrar da última vez que parecera tão *feliz*.

Ela dobrou o corredor para entrar no salão e olhou em volta. Spencer e Aria ainda não haviam chegado. Emily se acomodou num dos sofás, assistindo à televisão que pendia de uma das paredes, ligada na CNN. PERSEGUIÇÃO À BANDIDA PATRICINHA CONTINUA lia-se na parte inferior da tela.

Um repórter começou a falar:

— Estamos cobrindo a história durante toda a manhã sobre uma garota de Nova York de dezoito anos, conhecida como a Bandida Patricinha, que escapou da cadeia na Filadélfia há três dias.

Enquanto um vídeo de um grupo de advogados caminhando em direção a um tribunal era exibido, a voz da repórter continuava em off:

— Famosa por roubar aviões particulares, barcos caros, motocicletas e carros luxuosos para fazer passeios extravagantes, Katherine DeLong estava presa sob custódia, esperando por seu julgamento, marcado para começar no fim desta semana — disse a narradora. — Porém, no domingo pela manhã, as autoridades reportaram seu desaparecimento. A polícia suspeita que ela esteja tentando fugir do país. Katherine DeLong é considerada extremamente perigosa, e quem tiver informações sobre o paradeiro dela deve...

A foto da ficha criminal da Bandida Patricinha apareceu na tela. Emily olhou para o rosto dela e quase caiu do sofá. Aquela era... *Jordan*?

— Emily?

Ela ergueu os olhos. Spencer e Aria estavam logo atrás dela, com as saias de palha que tinham feito há alguns dias nas mãos. Elas olharam para a televisão e depois para o rosto de Emily, cheio de confusão e dor.

— Eu... — Emily parou a frase no meio, sem saber o que dizer.

Emily olhou de novo para a televisão. Agora, o noticiário exibia um vídeo de Jordan deixando o tribunal envergando um macacão laranja de presidiária. Em seguida, apareceu uma foto de Jordan usando um vestidinho sem mangas e com a familiar faixa de seda prendendo os cabelos. Outro vídeo de Jordan no tribunal foi mostrado. Um advogado sussurrava algo no ouvido dela. Seus pulsos e tornozelos estavam presos por algemas brilhantes.

Pareceu que o céu desmoronara na cabeça de Emily. Uma raiva surda a tomou, um sentimento urgente, feroz. Com as mãos tremendo, apanhou o celular e digitou uma mensagem para Jordan.

Eu sei quem você é, sua mentirosa, Emily escreveu. *Nunca mais quero vê-la. Saia agora do meu quarto.* Ao pressionar ENVIAR, Emily soluçou.

— Emily? — disse Aria parecendo preocupada. — O que está acontecendo?

— Você conhece essa menina? — perguntou Spencer, apontando para a televisão.

A boca de Emily parecia estar cheia de manteiga de amendoim.

— Essa é a minha nova... Ela é... Sim, eu *conheço* essa menina.

— Ah, meu Deus! — sussurrou Aria. — Esta é a nova amiga de quem você falou? Ela está no navio?

Emily assentiu quase sem forças, com medo de falar mais.

Bip.

Ela baixou os olhos cheios de lágrimas para a tela de seu celular, preparando-se para a resposta de Jordan. *Uma nova mensagem de Anônimo.*

Emily achou que seu peito fosse explodir. Olhou em volta. A sala de descanso estava lotada – eles ocupavam os sofás, estavam sentados nas mesas e jogavam fliperama no canto do salão. Pensando ver uma cabeça loura que passava rapidamente por ali, ela se ergueu para olhar melhor para o corredor, mas o vulto desaparecera.

Emily leu a mensagem.

> Ah, que meigo! Talvez você e a senhorita Bandida Patricinha possam dividir uma cela na cadeia!
> – A

17

TODA AMIZADE TEM SEUS ALTOS E BAIXOS

— *California Gurls, dubidubiduduuuuu duuu duuuu!* — Naomi e Hanna cantavam enquanto caminhavam por uma calçada de pedras na Velha San Juan um pouco mais tarde, naquela mesma noite. Estavam a caminho de uma boate, para a qual Naomi recebera convites VIP naquela tarde. Tinham decidido fazer um ensaio rápido do número para o show de talentos do navio ao longo do caminho para a festa. As pessoas que passavam por perto as olhavam de um jeito estranho.

— Ei, deveríamos tentar arrumar perucas azuis e roxas — sugeriu Naomi, desviando de um bueiro com seus saltos altos. — Talvez haja uma loja de fantasias no próximo porto. Ou talvez pudéssemos pedir uma peruca emprestada ao pessoal do Cirque du Soleil — sugeriu ela, rindo.

— Não seria divertido se encontrássemos um cara para interpretar o Snoop Dog? — perguntou Hanna, pensando no clipe da música.

— Ah, meu Deus, isso seria *demais!* — gritou Naomi. Então suspirou. — Droga. O carinha de quem eu estava a fim seria um Snoop perfeito, é um supermaconheiro. Mas agora que está com Spencer, é como se ele não quisesse mais saber de mim.

— Nós vamos encontrar alguém — disse Hanna, rapidamente, enquanto passavam por uma boutique fechada que exibia manequins de biquínis na vitrine. Não tinha a menor intenção de se envolver no triângulo amoroso de Naomi e Spencer, especialmente se Naomi fosse A. Ainda não tinha certeza se ela era ou não.

Distraída, Naomi afastou uma mecha de cabelo do rosto.

— Ou, quem sabe, eu possa dar um jeito de consegui-lo de volta.

Antes que Hanna pudesse perguntar *o que* ela estava tramando, dobraram uma esquina e chegaram à boate. Podiam ouvir batidas de som e risadas. Havia uma fila de pessoas muito arrumadas ao longo da calçada, em frente a portas duplas sem qualquer identificação. Quando Hanna e Naomi exibiram seus convites VIP, o segurança ergueu a corda de veludo para deixá-las entrar.

— Obrigada! — agradeceu Naomi, animada, como se conhecesse o sujeito há muito tempo. Hanna a seguiu, sentindo os olhares invejosos de todos da fila apunhalando-as pelas costas. Examinou os reflexos dela e de Naomi nos espelhos que se alinhavam no corredor. Haviam escolhido suas roupas juntas, e ambas usavam vestidos de cores fortes, sandálias de saltos altíssimos e joias combinando; haviam se sentado juntas para fofocar sobre as pessoas do navio enquanto aplicavam base e passavam rímel.

O corredor as levou a uma sala grande, quadrada e escura, com um bar montado atrás de um longo balcão de aço cromado. Um monte de mesinhas ficava ao fundo. Um DJ comandava um som no canto, e uma pista de dança enorme ocupava o resto do espaço. Corpos se requebravam por todas as partes da pista — com garotos; cada um mais lindo do que o outro. O lugar cheirava a álcool, cigarros e aos buquês de gardênia que adornavam cada mesa. Quando o ritmo da salsa alcançou Hanna, ela inconscientemente começou a balançar os quadris.

Hanna tocou o ombro de Naomi.

— Que lugar sensacional! — gritou ela por cima da música.

— Não é? — concordou Naomi sorrindo, antes de se dirigir ao bar e jogar seu charme para o barman, que veio correndo atendê-la.

Naomi pediu dois coquetéis cor de laranja neon, entregando um deles a Hanna. A garota deu um pequeno gole, pois não queria beber demais e baixar a guarda. Tinha gente dançando em todos os lugares, inclusive em cima das mesas. Um fotógrafo vagava por ali com uma câmera digital enorme pendurada no pescoço e, de vez em quando, tirava uma foto dos frequentadores. Depois de um momento, ele veio até elas.

— Posso tirar uma foto de vocês? — perguntou ele.

— Depende. — Naomi colocou as mãos nos quadris. — Para quê?

— Para a seção de Estilo, da revista *Hola, de San Juan*.

Os olhos de Hanna brilhavam quando ela encarou Naomi — ela *sempre* desejara aparecer em uma seção de estilo. Ela apoiou a bebida sobre uma mesa próxima e passou o braço ao redor dos ombros de Naomi. O fotógrafo bateu uma porção de fotos. Primeiro, Hanna fez olhares sensuais, como uma modelo; em seguida, jogou a cabeça para trás. Mas ela sabia como não se entusiasmar demais – a experiência que tivera com Patrick-psicótico ainda estava bem fresca em sua memória.

– Lindas – disse o fotógrafo, quando acabou de tirar as fotos. Ele fez um gesto para alguma coisa atrás delas. – Acho que vocês têm um fã-clube.

Era verdade. Um monte de rapazes que estava na pista de dança agora as encarava, incluindo um menino de cabelos escuros, que usava uma camiseta grande e calças jeans largas e que parecia já ter idade para frequentar a universidade. Quando seus olhares se cruzaram, o rapaz ergueu a taça para elas, chamando-as para virem até onde ele estava. Hanna e Naomi cutucaram uma a outra e riram.

– Ele é bonito, mas sabe disso – gritou Hanna no ouvido de Naomi.

– Sem dúvida. Vamos dançar – disse Naomi, tomando Hanna pela mão e puxando-a para a pista de dança. A música tinha um ritmo marcado e um toque latino, e elas começaram a dançar, fazendo poses provocantes para o fotógrafo da revista, cada vez que ele se virava na direção delas. Então, quando o DJ mudou de música, Naomi deu um tapinha no braço de Hanna.

– E aí, quem você acha que é o cara mais gostoso daqui?

Hanna diminuiu o ritmo e olhou em volta.

– Para mim é um empate entre o sósia do Enrique Iglesias e o James Bond ali no canto.

Naomi olhou para o James Bond, que usava um terno bem-cortado, sapatos brilhantes que pareciam ser caros e óculos Ray-Ban.

— Hanna! – gritou ela. – Pelo amor de Deus, ele tem, tipo, quarenta anos!

— *Não tem, não*! – respondeu Hanna, analisando o físico musculoso do sujeito e suas sobrancelhas espessas. – Ele parece mais velho porque é sofisticado.

— Na minha pontuação ele recebe algo entre seis ou sete – declarou Naomi, bebendo seu coquetel. – Já *aquele* carinha merece um dez. – Com seu canudinho, apontou para um cara louro perto do bar. Ele parecia um modelo de capa de uma revista de surfe.

— Você está brincando? – Hanna torceu o nariz. – Ele é um oito. No máximo.

— E ele? – Naomi gesticulou na direção de um cara sentado perto delas. Ele tinha a cabeça raspada e maçãs do rosto bem sexy.

— Cinco – decretou Hanna em voz alta, sentindo-se mais e mais confiante. – Detesto sujeitos de cabeça raspada.

— E aquele? – Um cara com queimaduras no nariz e nos braços parecendo lagosta.

— Eca! Um! – gritou Hanna.

Elas fizeram disso um jogo, percorrendo o salão com os olhos, dando notas para os sujeitos que escolhiam, como fadas madrinhas enlouquecidas. "Seis!", gritaram ao avaliar um sujeito um pouco acima do peso, com o cabelo gosmento e brilhante. "Nove!", deram ao sósia de um modelo da Abercrombie que dançava sem camisa. "Sete!"; "Quatro!"; "Oito e meio!". No começo, os sujeitos na boate não entenderam muito bem o que elas estavam fazendo, mas, depois, todos eles sacaram. Os caras que recebiam de oito para cima pareciam ficar bem felizes. Um cara que levou um seis fez uma careta e, olhando para elas, formou com os lábios a palavra *vagabundas*.

Alguém pegou Hanna pelo braço quando ela passou pela cabine do DJ.

– Que nota você me dá?

Ela hesitou e encarou o sujeito. O cabelo dele era ensebado, suas narinas eram estranhamente largas, e ele usava uma camiseta com a logo da Chanel sobre o peito. Ele fazia Hanna se lembrar do menino que trabalhava no quiosque da Motorola no shopping.

Ela se virou para Naomi, que também tinha parado.

– Ali tinha uma expressão para esses sujeitos, sabia? – gritou ela no ouvido de Naomi.

– Qual era?

– *Esse não*!

Hanna se virou e fugiu. Gargalhando alto, Naomi foi atrás dela. Sem fôlego de tantas risadas, elas correram para o pátio, que estava fresco e silencioso. Naomi enxugou as lágrimas de riso.

– Meu Deus, nunca ri tanto na minha vida.

– Você viu o olhar no rosto do gordinho, quando eu disse 'Esse não!'? – exultou Hanna. – Achei que ele ia nos matar!

Naomi se jogou numa cadeira.

– Você brincava muito disso com Ali?

Hanna engoliu o riso e sacudiu a cabeça.

– Não desse jeito.

– Ela ainda não tinha esse jogo quando eu era amiga dela – disse Naomi. Em seguida, uma expressão desconfortável surgiu em seu rosto. – Mas acho que devia ser porque ela não era a mesma Ali que andava com vocês.

Hanna perdeu um pouco de sua energia.

— É — concordou, dando um gole em sua bebida, sem saber o que dizer.

Naomi girou a pulseira em seu pulso.

— Eu me sinto péssima a respeito de tudo o que aconteceu com vocês e Ali na casa em Poconos. Aquilo foi inacreditável.

— Obrigada — murmurou Hanna. Então, ela ergueu os olhos, dando-se conta de uma coisa. — Você ficou muito surpresa ao descobrir que havia duas delas? E que a garota que era amiga *de vocês* era uma assassina?

Naomi examinou suas unhas.

— Bem, de certa maneira, mas acontece que...

— O quê?

Naomi desviou os olhos para as arandelas penduradas nas vigas.

— Essa história toda é tão triste, sabe? E eu me sinto uma imbecil por dizer isso, mas às vezes sinto saudade dela.

— Você não é uma imbecil — disse Hanna, gentilmente. Ela nunca havia pensado nisso: Naomi perdera Ali também. Não a Ali *Delas*, é claro, mas ainda assim uma Ali.

— Quer saber? — Naomi a encarou. — É realmente fácil conversar com você. Estou surpresa.

— Eu também estou surpresa com você — disse Hanna, sem jeito. Aquela declaração tinha mais significados do que Naomi poderia imaginar.

— Eu contei coisas para você que não disse a quase ninguém — comentou Naomi, apoiando-se na balaustrada.

— Mesmo? Tipo o quê?

— Bem, por exemplo, sobre a minha compulsão alimentar — admitiu Naomi. Os brincos de ouro dela brilhavam ao refletir a luz. — E essas coisas que eu disse agora, sobre Ali.

— Você também falou alguma coisa sobre sua prima favorita — disse Hanna, com o coração disparado. — Ela sofreu um acidente, não foi? De carro?

Naomi apertou os lábios.

— Sim. Madison. *Nunca* falo sobre ela.

— E ela... ela morreu? Digo, no acidente? — perguntou Hanna, prendendo a respiração.

Naomi balançou a cabeça.

— Não. Mas ela se machucou muito, quebrou uma porção de ossos. E ficou em coma por alguns dias. Ela teve de aprender a andar novamente. Foi muito difícil para a família — disse ela, com a voz entrecortada.

Hanna deixou escapar um suspiro secreto; Madison *não estava morta*. Mas, inesperadamente, ouvir sobre o que acontecera a atingiu com força, enchendo seus olhos de lágrimas. Agora tinha uma nova imagem em sua mente: a de Madison apoiando-se num aparelho, lutando para conseguir voltar a caminhar, um passo de cada vez.

Naomi apoiou seu copo vazio sobre a mesa, fungando mais uma vez.

— Mas, por mais estranho que pareça, o acidente foi a melhor coisa que poderia acontecer na vida da minha prima. Ele a colocou na linha. Madison era alcoólatra antes do acidente... Ficava bebendo em vez de ir para a aula... Ela começava a beber logo ao acordar, bebia e dirigia embriagada, o que quase a matou. Não me entenda mal, o acidente foi uma coisa terrível, e eu lamento ela ter passado por tanta dor, mas... Madison nunca mais bebeu. Ela parece muito mais feliz agora.

— Isso é... ótimo — disse Hanna, tentando manter a voz clara.

— Ah, sim. — Naomi ergueu os olhos para encará-la e sorriu com tanta sinceridade que derreteu o coração de Hanna. — É bom.

Elas ficaram em silêncio por um instante, ouvindo o pulsar da música que vinha da boate. De repente, Hanna queria se aproximar e abraçar Naomi com força. Tudo o que a preocupara, tudo o que ela temia, de repente, desaparecera. Todas as suspeitas que tinha sobre Naomi eram totalmente infundadas. Naomi não estava infeliz por Madison ter sofrido um sério acidente de carro — estava aliviada porque o acontecido transformara completamente a vida da prima. Quem quer que fosse A, era alguém que descobrira sobre o acidente de alguma outra forma.

Aquela era uma sensação incrivelmente libertadora. Agora, Hanna e Naomi poderiam ser amigas sem nenhuma nuvem pairando sobre a relação delas. Hanna podia confiar que Naomi só lhe dizia a verdade.

Hanna se levantou e ofereceu a mão para Naomi.

— Você está pronta para voltar e dizer "Esse não!" para mais uns garotos?

Naomi a encarou e sorriu.

— Mas é claro que sim!

Desfilaram juntas de volta para o clube como se fossem donas do lugar. Ela e suas amigas já haviam se enganado sobre A antes, pensou Hanna, enquanto Naomi segurava sua mão. Elas estavam erradas de novo. Era bem provável que A *quisesse* que ela suspeitasse de Naomi para fazer com que perdesse uma amiga. Mas Hanna não ia deixar que isso acontecesse. Não dessa vez.

★ ★ ★

— Psiu! — repreendeu Naomi quando trombaram uma na outra feito patetas, no corredor do navio, enquanto caminhavam na direção da cabine delas, algumas horas mais tarde. Hanna e Naomi voltaram a bordo pouco antes do toque de recolher, fingindo sobriedade por alguns instantes para enganar os seguranças. — Pelo amor de Deus, você quase derrubou o extintor de incêndio!

— Ele estava bem no meu caminho — declarou Hanna, com petulância, para, em seguida, explodir numa gargalhada.

Ela se apoiou nas costas de Naomi enquanto a amiga passava seu cartão pelo leitor da porta. Quando a porta se abriu, as duas cambalearam para dentro da cabine. Hanna se apoiou na porta do banheiro para se equilibrar.

— Nossa cabine tem um cheirinho tão gostoso — declarou, sentindo os aromas deliciosos de talco de bebê e perfume Kate Spade Twirl.

— Você se importa se eu usar o banheiro primeiro? — perguntou Naomi, com a mão na maçaneta.

— Sem problemas, pode ir — disse Hanna, desabando na cama.

Naomi fechou a porta, e Hanna pôde ouvir o barulho de água. Ela sentiu os lençóis macios e sedosos acariciarem seus pés, sentindo-se deliciosamente esgotada.

Ping.

Hanna abriu os olhos. Seu celular, que estava sobre a mesa de cabeceira, não estava com a tela iluminada. Hanna olhou para o laptop aberto sobre a cama de Naomi. No canto da tela, uma mensagem dizia: *Você recebeu um novo e-mail de Madison Strickland.*

Hanna desviou o olhar. Não era de sua conta se Naomi tinha recebido um e-mail de Madison, era? Ela eram primas, provavelmente estavam em contato uma com a outra o tempo todo.

Mas uma rápida espiada não faria mal, não é?

Hanna tentou ouvir os sons que vinham do banheiro. Ainda era possível ouvir o chuveiro aberto. Movendo-se devagar, ela jogou as pernas para fora da cama e, na ponta dos pés, foi se aproximando do laptop. As molas do colchão rangeram quando ela se sentou na cama de Naomi. No canto direito da área de trabalho, Hanna viu duas pastas identificadas como *Documentos Escolares* e *Aceitação em Princeton*. Hanna deu uma olhada nelas e, em seguida, fechou as duas. Em seguida, ela passou o mouse sobre o ícone do Gmail. Respirando fundo, clicou duas vezes sobre ele. A caixa de entrada de Naomi foi aberta na tela, e o novo e-mail de Madison estava lá. Na verdade, Naomi tinha uma série de e-mails já lidos sob o título *Naquela noite*. Hanna ofegou. O primeiro e-mail era do início de julho do verão anterior.

Hanna abriu o primeiro e-mail daquela conversa, em primeiro de julho. *Você ainda está tentando descobrir o nome da garota que estava dirigindo?*, escrevera Naomi. *Estou sim*, respondeu Madison no mesmo dia. *Acho que estou quase lá*. Depois, em 3 de julho, Madison escreveu em outro e-mail: *Precisamos conversar pessoalmente. Acho que sei quem fez isso comigo*. Naomi respondeu, em 5 de julho: *Vou acabar com elas. Vou me certificar de que elas recebam o que merecem*. Havia vários e-mails sem resposta, mas, naquela sexta-feira, Madison escrevera: *Estou orgulhosa por você estar fazendo isso por mim*.

Hanna fechou a aba do e-mail de Naomi e ergueu os olhos, examinando seu próprio reflexo sisudo no espelho acima da cômoda. *Elas*. De alguma forma, Madison havia descoberto não apenas que Hanna estava dirigindo seu carro naquela noite, mas também que Aria, Spencer e Emily a ajudaram a mover seu corpo e, depois, escapar. Se ela contara isso a Naomi no começo de julho, Naomi tivera tempo mais do que suficiente para perseguir as quatro garotas e para desenterrar seus segredos. *Estou orgulhosa por você estar fazendo isso por mim*. O que Madison queria dizer com aquilo?

Seu coração batia forte. Ela estivera enganada. Mais uma vez. Naomi *era* A. Aquele e-mail era a prova.

– O que você está fazendo?

Naomi surgiu na porta do banheiro vestindo um roupão de banho. Hanna deu um pulo para se afastar da cama de Naomi.

– Ooi!

– Oi – disse Naomi lentamente. Ela olhou para Hanna, depois para seu laptop, e então para Hanna novamente. – Está tudo bem?

– Ah, sim, eu estava apenas procurando minha máscara de dormir – disse Hanna, correndo as mãos pela cama de Naomi e, em seguida, procurando no chão. Tinha certeza de que Naomi conseguia ouvir seu coração disparado.

Naomi foi até sua cama e se sentou. Observou Hanna por algum tempo, mas não disse nada. Por um momento, seu rosto foi iluminado pela luz da lua, e, quando sorriu, seus dentes pareciam presas longas e brilhantes, quase como as de um lobo.

– Pode usar o banheiro, se você quiser – disse, por fim.

– Ótimo, obrigada – retrucou Hanna. – Eu vou para a cama. – Se pudesse, mandaria uma mensagem para Mike, pedindo para dormir com ele de novo. Mas Naomi certamente desconfiaria se ela fizesse isso.

— Ah, tudo bem, então — disse Naomi, colocando seu laptop no chão e se cobrindo. — Boa noite, amiga!

— Durma bem — balbuciou Hanna, enrolando-se sob o edredom, certa de que não dormiria nem por um segundo.

18

QUENTE DEMAIS PARA AGUENTAR

No sábado pela manhã, Spencer atravessou correndo o salão de jogos do navio, àquela hora vazio, para encontrar com suas amigas. Nervosa, Emily andava para lá e para cá perto dos consoles desocupados de *Modern Warfare* e *Dance Dance Revolution*. Aria tamborilava com as unhas sobre a máquina de trocar dinheiro. Hanna brincava com um fio solto de seu short jeans dela, o rosto iluminado pelas luzes do fliperama. Seu cabelo estava embaraçado, e havia olheiras sob os olhos. Ela enviara uma mensagem para as amigas cedo, dizendo que precisava conversar com elas imediatamente.

– Não tenho muito tempo – avisou Spencer, conferindo o relógio. Ela precisava se encontrar com Bagana às dez horas, na sauna, e faltavam quinze minutos.

– Fiz uma descoberta importante na noite passada. – A voz de Hanna soou alta e rouca, como se ela tivesse bebido café demais. – Xeretei o e-mail de Naomi, como vocês me disseram para fazer. Encontrei uma longa troca de e-mails entre ela e Madison Strickland, falando sobre o acidente. E agora tenho certeza de que elas sabem sobre nós.

— Espere aí! — disse Aria, parecendo assustada. — Isso quer dizer que Madison está *viva*?

— Naomi me contou que ela sobreviveu, mas que ficou muito machucada — explicou Hanna. — O problema é que Naomi também disse que, de certa forma, foi um alívio que Madison tivesse se acidentado, que tudo acabou sendo uma coisa boa para ela, um novo começo, e que ela se sentia *feliz*, ainda que parecesse estranho. Mas depois do que eu li nos e-mails, não tem como *isso* ser verdade.

Spencer fechou os olhos com força e suspirou. O *estalo* dos ossos de Madison ressoou mais uma vez em sua mente. *Ela* era a culpada. Agora ela conseguia finalmente entender como Aria se sentia culpada pela queda de Tabitha — era bem diferente, em todos os sentidos, quando tinha sido você a empurrar ou deixar alguém cair.

— Os e-mails falavam nossos nomes?

— Não especificamente, mas um dizia *Vou acabar com elas*. *Elas*, no plural. Naomi deve saber que todas nós estamos envolvidas. E ela escreveu um e-mail em cinco de julho, também, antes que devolvêssemos o dinheiro a Gayle, antes de toda aquela confusão entre Spencer e Kelsey, antes de tudo que aconteceu no verão passado. E também havia um e-mail de Madison dizendo *Estou orgulhosa por você estar fazendo isso por mim*.

Emily esfregou a testa, pensando.

— Tudo bem, então, agora achamos que Naomi é A. Ou um dos As.

— Ao que tudo indica, sim. — Hanna parecia sofrer só em dizer as palavras. — Por alguns dias, pareceu que ela não sabia de nada, mas agora acho que ela é uma atriz muito, muito boa.

— Se Naomi é A, ou se ela está trabalhando com outro A, isso quer dizer que ela sabe de tudo. — Aria apanhou o celular e exibiu sua tela para as amigas. — Olhem o que A enviou *para mim*.

Elas estudaram a foto embaçada que mostrava o hotel da Jamaica e, no topo do prédio, cinco garotas no deque da cobertura. Uma menina loura estava perigosamente próxima da borda e uma menina morena com altura e tipo físico de Aria aparecia com os braços estendidos, parecendo pronta para empurrá-la. Se alguém soubesse o que estava procurando ao ver aquela foto, isso selaria de uma vez a sentença de prisão perpétua das quatro amigas.

— Você precisa apagar isso! — disse Spencer, tomando o celular da mão de Aria e clicando desesperada em vários botões.

— Fique à vontade, tente — disse Aria, cruzando os braços sobre o peito. — Há alguma coisa errada com o meu aparelho: não consigo apagar *nada*. Se alguém vir essa foto, seja Graham, os monitores dessa viagem ou a polícia, estamos perdidas.

Hanna ergueu a cabeça de repente.

— Você ainda está falando com Graham?

Aria fechou os olhos.

— Ah, meu Deus, Graham *não é A*, Hanna, certo?

— Mas e se Naomi contar a ele o que fizemos? — sussurrou Spencer. — Essas fotos podem ter sido enviadas por ela, Aria. E quem quer que seja seu parceiro pode ter mostrado a ela. E se Naomi mencionar para Graham que existe essa foto, que ela está no seu celular. E se ele, sei lá, surtar, ficar louco por vingança e tentar machucar você?

Brincando com a portinhola da pequena abertura de saída de moedas da máquina, Aria disse:

— Gente, ele não parece *mesmo* ser esse tipo de cara.

Hanna engoliu em seco.

— O que nós vamos fazer em relação a Naomi, meninas?

— E *quem* poderia ser esse segundo A? — acrescentou Aria.

— Vamos cuidar de um A de cada vez — declarou Spencer, inclinando-se contra o fliperama *Gran Turismo*. — Temos algum meio de provar que Naomi é, com certeza, um dos As?

Hanna bateu com o dedo em seus lábios, pensando.

— Spence, você disse que viu quando alguém saiu correndo na outra direção, na noite em que Gayle foi assassinada. Você acha que poderia ser uma garota?

— Acho que sim — respondeu Spencer, sem muita convicção. — Mas não pude ver o rosto dela. — Spencer encarou Hanna. — Você acha que consegue mexer de novo no laptop de Naomi? Talvez encontre alguma coisa que ligue Naomi ao assassinato de Gayle. Você poderia procurar nas pastas dela, quem sabe ela tem as fotos que enviou para Aria arquivadas lá! Com isso, provaríamos que ela é A. Se você encontrar, apague tudo. Caso contrário, ela pode mandar o que tem para a polícia.

Hanna estalou o maxilar.

— Mas ela me apanhou mexendo no laptop dela. Não pretendo voltar para aquela cabine nunca mais!

— Entre escondida quando ela não estiver lá — sugeriu Aria.

— E se Naomi *já tiver enviado* aquelas fotos para a polícia? — perguntou Hanna. — Ainda que eu encontre alguma informação sobre o assassinato de Gayle, a polícia vai pensar que nós as plantamos no computador de Naomi para incriminá-la!

— Duvido que Naomi tenha enviado as fotos — disse Aria. — Se fez isso, por que ela ainda estaria nos ameaçando? E por que a polícia ainda não abordou o navio e nos levou para a cadeia?

As meninas se entreolharam sem saber o que dizer. As mãos de Hanna tremiam. Emily enrolava a mesma mecha de cabelo em torno do dedo, de novo e de novo.

— E aí, meninas, fofocando? — retumbou uma voz atrás delas, e todas pularam assustadas e se viraram. Jeremy estava parado na porta, com os olhos escondidos por trás de seus óculos de armação vermelha em formato de estrela. Spencer sentiu calafrios. Há quanto tempo ele estava parado ali?

Aria se encolheu.

— Ah, não, imagine! — disse ela, enfiando o celular de volta no bolso.

De cabeça baixa, elas deixaram o salão. A reunião tinha acabado. Jeremy as observou sair com um sorriso estranho no rosto. Quando Spencer passou por ele, Jeremy colocou algo em sua mão.

— Ei, você esqueceu isso sobre a mesa do restaurante ontem à noite. Peguei para você antes de ir embora.

Ela olhou para o papel em sua mão. Era a foto Polaroid que a garçonete do restaurante em Porto Rico tinha tirado dela e de Bagana durante a serenata que a banda fizera para eles. Uma sensação amarga invadiu sua boca. Ela não se lembrava de ter visto Jeremy no restaurante.

— Vocês dois formam um casal tão bonito — disse Jeremy, animado. — É lindo observar o nascimento do amor da juventude.

Mas, quando Jeremy ajeitou os óculos no nariz e deu meia-volta em estilo marcial, Spencer foi tomada por um pavor profundo. *Bagana*. Ela precisava acabar seu namoro com ele. Agora.

De jeito algum ela roubaria o namorado de A.

Cinco minutos depois, Spencer esperava do lado de fora da sauna. A porta era feita de lâminas de madeira escurecidas pela umidade e pelo tempo. Um calor seco emanava dali, e o ar estava carregado com o cheiro pungente do cedro. Aquele aroma sempre fazia com que se lembrasse de seu avô Hastings, que gostava tanto de saunas que construíra uma em sua casa, na Flórida. Certa vez, entrando na sauna, Spencer tinha visto o avô nu. Ela nunca mais colocara os pés naquela parte da casa.

Respirando fundo, arrumou as tiras do biquíni e empurrou a porta, que rangeu ao ser aberta. Estava tão quente lá dentro que Spencer imediatamente começou a suar. A única luz do lugar vinha das brasas que ardiam num canto. Tudo o que ela conseguia ver era o contorno da silhueta de alguém sentado no último degrau. Seus dreadlocks caíam por sobre os ombros, e havia uma toalha enrolada em sua cintura.

O coração dela quase parou. Aquilo ia ser tão, tão difícil.

— Ei, que bom ver você aqui! — disse ele, galanteador, enquanto se levantava.

— Bagana, eu... — começou Spencer, mas ele acariciou as costas dela, enquanto seus lábios procuravam por seu pescoço. Spencer fechou os olhos e gemeu. Ele tinha um cheiro tão *bom*, como limão e sal.

— Bagana, espere um pouco! — disse Spencer, se afastando dele e prendendo a respiração.

— O que foi? — perguntou Bagana, ofegante. — Está muito quente aqui para você? Quer ir até a piscina se refrescar?

Spencer engoliu em seco.

— Quero, mas... Bagana, eu acho que não posso mais continuar com isso.

Ele a encarou. O único som em volta deles vinha dos rangidos das pequenas toras de madeira da sauna assentando.

— Mas por quê? — perguntou ele, com a voz embargada.

Spencer limpou uma gota de suor que ameaçava invadir seus olhos.

— É Naomi — disse ela.

— O que tem ela?

Spencer se sentou no banco e fitou a escuridão. Se ao menos ela pudesse contar a verdade a Bagana... *Essa garota quer me matar*, Spencer desejou poder dizer. *Ela matou antes. Eu não faço ideia do que ela é capaz. E estamos no meio do oceano, sem nenhum lugar para nos esconder, sem a polícia...*

Mas Spencer não podia contar essas coisas para ele. Em vez disso, ela limpou a garganta.

— Ela gosta mesmo de você.

— Mas eu não gosto *dela* — argumentou Bagana, confuso.

Spencer tocou numa cicatriz em seu joelho e, em seguida, ergueu os olhos ao se dar conta de uma coisa. — Você me disse que conheceu Naomi numa festa em Princeton. Quando foi isso?

— Há alguns meses. Antes de conhecer você.

— E ela foi ver você outras vezes?

Bagana pensou por um momento.

— Sim, foi. No mesmo fim de semana que você estava em Princeton tentando entrar naquela fraternidade superexclusiva. Mas foi uma visitinha rápida, não aconteceu nada entre nós.

Spencer piscou.

— Naomi estava lá *naquele* fim de semana?

— Estava sim. Por quê?

Seu coração estava disparado.

— Você sabe se ela foi à festa onde... o incidente do brownie aconteceu? — Spencer fechou os olhos e pensou em todas aquelas pessoas lotando a festa. Ela não tinha visto Naomi por lá, mas estava drogada, e sua atenção estava em Harper e nas outras meninas da fraternidade.

— Não, ela foi a outra festa. — Bagana franziu as sobrancelhas. — Por que isso é importante?

— Por nenhuma razão — disse Spencer, sem forças. Sua cabeça não parava de girar. Se Naomi estivera em Princeton naquele fim de semana, poderia muito bem ter sido ela que colocou LSD nos brownies com maconha. Spencer tinha ouvido um riso maníaco quando deixara a sede da fraternidade, não tinha? E ela não pensava ter vislumbrado uma cabeleira loura como a de Naomi se esgueirando para dentro do bosque?

Seria possível que o acidente em que Hanna estivera envolvida tivesse começado toda essa história? Spencer tinha implorado para Hanna esperar a polícia e confessar. Depois de tudo o que acontecera na Jamaica, elas não precisavam de outro segredo nas costas. Mas Hanna se recusara.

— Não posso fazer isso, vou destruir a campanha do meu pai — dissera Hanna, alguns dias depois, quando ela e Spencer estavam sentadas na Wordsmith, uma livraria perto de Rosewood Day.

— Mas o acidente nem foi sua culpa — insistira Spencer. — Outro carro apareceu do nada, jogou vocês para fora da estrada e simplesmente desapareceu.

— É o que eu *acho* mesmo que aconteceu — dissera Hanna fechando os olhos, como se para evocar as lembranças do acidente perdidas em sua memória. — Mas agora não tenho mais tanta certeza. Talvez eu *estivesse* na pista errada. Estava chovendo demais, as curvas eram fechadas, e eu... não sei...

Hanna hesitara, escondendo o rosto nas mãos. Por um instante, o único som que se podia ouvir era da música clássica que vinha dos alto-falantes. Spencer tinha conferido seu celular e visto uma nova mensagem de Phineas, um amigo que ela fizera no programa de verão da Universidade da Pensilvânia. Ele queria saber se ela gostaria de ir a uma festa com ele naquela noite. Spencer estava prestes a responder quando erguera os olhos e vira um vulto parado num dos corredores, encarando-a fixamente. A pessoa desaparecera antes que Spencer pudesse ver quem era, mas ela pensou ter visto cabelos louros, da mesma cor dos de Naomi.

De volta ao presente, Spencer olhava com cautela para Bagana.

— Eu só não quero ninguém com raiva de mim neste momento.

Bagana gesticulou.

— Ajudaria se eu mandasse Naomi se afastar?

— Não faça isso! — implorou Spencer no mesmo instante. — Eu-eu só acho que, até o fim da viagem, devemos nos manter afastados.

Bagana parecia arrasado.

— Você realmente acha que é melhor assim?

— Acho.

Eles se afastaram um do outro. Bagana virou de costas para ela e ajustou a toalha na cintura, e Spencer cometeu o erro de olhar para ele, seus músculos desenhados sob a pele úmida. O coração dela deu um tranco. Como se puxada por uma corda invisível, ela se moveu para a frente, caindo novamente nos braços dele. Bagana pressionou-a contra a parede de madeira, beijando Spencer com fúria.

— Sabia que você não conseguiria resistir ao meu charme! — zombou Bagana.

Spencer riu, acanhada.

— Ah, meu Deus, bem, talvez nós possamos namorar em segredo, até deixarmos o navio.

— Se isso significa que vamos continuar nos beijando, já topei. — Ele abriu a porta. — Vem, vamos para a piscina. Estou cozinhando aqui dentro.

Spencer assentiu, relutante.

— Mas, se encontrarmos Naomi lá, saímos no ato.

— Combinado.

Eles seguiram pelo corredor azulejado que levava para a área da piscina. Havia um bando de garotos fazendo briga de galo na parte rasa, enquanto as meninas se bronzeavam em espreguiçadeiras junto ao bar. Spencer percebeu um rangido sob seus pés e, antes que pudesse pensar sobre isso, estava no ar, indo em direção ao chão. Ela atingiu com força os azulejos, batendo o cotovelo, e sentiu uma dor incontrolável no tornozelo.

— Ai! — gritou ela, encolhida.

Bagana ficou de joelhos ao lado dela.

— Você está bem? Machucou muito?

— Não sei. — Spencer se inclinou para tocar em seu pé, que já estava inchado.

— Mas, afinal, no que você escorregou? — perguntou Bagana.

— Eu não sei. — Spencer olhou em volta à procura de algo que pudesse ter bloqueado seu caminho, mas o corredor estava vazio. Em seguida, um cheiro familiar de óleo de bebê encheu suas narinas. Havia uma poça perigosa pertinho de onde ela havia caído. Spencer passara pelo mesmo lugar quando fora para a sauna. Não havia poça nenhuma ali alguns minutos antes; estava certa disso.

Seu corpo foi tomado por um calafrio. De repente, uma risada estridente ecoou no corredor. Enquanto Bagana a ajudava a ficar em pé, o celular dela tocou. Tentando manter o equilíbrio, Spencer o apanhou dentro de sua sacola de praia e leu a nova mensagem.

Cuidado, cuidado! Eu posso, também, dar uma escorregada e – ops! – contar tudo o que sei.
– A

19

BOIANDO FEITO MORTO

— Aria? — chamou Noel do lado de fora da pequena barraca listrada perto do deque da piscina, onde a garota se trocava. — Você vem ou não?

— Não sei... — respondeu ela, examinando seu corpo no biquíni de lacinho roxo que Hanna insistira que ela comprasse para a viagem. Aria estivera tão ocupada com a caça ao tesouro que ainda não tivera oportunidade de usá-lo e agora se sentia constrangida ao ver como ficava nele. Ele era muito menor do que qualquer biquíni que ela já usara na vida. A parte de baixo era cavada, a parte de cima era... Bem, minúscula.

— Como poderei ensiná-la a nadar se você não sair daí? — perguntou Noel, impaciente.

Já era sábado de tarde, e Aria e Noel tinham terminado o turno do almoço na cozinha do navio e, finalmente, podiam passar algum tempo juntos. Quando Noel sugerira que poderia ensiná-la a nadar direito, Aria pensara que ele estivesse brincando.

— Vou ser o melhor professor do mundo, juro — insistiu ele.

Ela deixou a barraca. A temperatura caíra muito na última hora, e a piscina estava vazia. A água da banheira de hidromassagem soltava vapor. Colchonetes infláveis, pranchas e macarrões de espuma colorida estavam arrumadinhos em caixas de plástico no deque. Aquele vazio, porém, dava uma sensação de estranheza. As estrelas-do-mar, os golfinhos e polvos que decoravam a amurada pareciam irritados em vez de amigáveis.

Aria se livrou da toalha que tinha enrolado em torno do corpo e jogou-a sobre uma das espreguiçadeiras. Noel, que usava uma sunga florida, prendeu o ar por uns segundos.

— Uau!

— Ah, para com isso! — disse Aria. Mas ela estava sorrindo. Foi até a escadinha para entrar na piscina. A água fria envolveu seus pés, depois suas panturrilhas e, em seguida, seu quadril. Por fim, Aria mergulhou a cabeça e emergiu espalhando água.

— *Que fria*!

— Você se acostuma logo! — Noel flutuou até onde ela estava. — Venha aqui — sussurrou ele, tomando-a pela cintura e trazendo-a para junto de seu peito.

Aria enroscou suas pernas ao redor dele, sentindo-se livre e leve. Eles se beijaram por um longo tempo, os corpos imersos na água clorada; de algum lugar do navio, a música do Cirque du Soleil os alcançou.

— Vamos ver como é a sua técnica de nado — pediu Noel quando eles se separaram.

— Bem, você foi avisado. — Aria se afastou na direção da parte mais profunda da piscina, onde seus pés não tocavam mais o fundo. Ela agitava as pernas para todas as direções enquanto batia os braços, sem nenhum tipo de coordenação. Passado algum tempo, ela cruzou a piscina nadando, no que Mike chamava de "nado cachorrinho da Aria".

Quando finalmente chegou à outra borda, ela se virou. Noel parecia horrorizado.

– Você realmente *não teve* aulas de natação quando era criança.

Aria balançou a cabeça.

– Mike teve, mas meus pais nunca insistiram comigo. Eu preferia ter aulas de escultura. Ou de teatro. Ou de hip-hop.

– Bem, acho que deveríamos começar com o básico – disse Noel. – Você sabe como fazer o que costumam chamar de "boiar feito morto"?

Aria estremeceu.

– Credo, não!

Noel levou-a de volta para a parte rasa.

– Saber boiar pode ser de grande ajuda, caso você caia no mar.

Aria olhou chocada para ele.

– Muito obrigada, mas isso não está nos meus planos.

– Cair no mar não está nos planos de ninguém, Aria. – Noel apoiou as mãos nos quadris. – Vamos lá, relaxe, deite-se de bruços na água. Eu vou segurar você.

Aria obedeceu, sentindo as mãos de Noel por baixo da sua cintura, sustentando seu peso.

– Estenda os braços – disse ele. – Agora relaxe tudo, deixe-se levar. – Foi estranho não precisar agitar braços e pernas para se manter na superfície. Aria pensava o tempo todo que iria afundar. Mas depois de um momento, ela tomou coragem e abriu os olhos debaixo d'água. O fundo da piscina era feito de azulejos em forma de diamantes. Ela podia ver o vulto dos pés de Noel, quase um borrão sem forma.

Aria virou a cabeça para tomar fôlego e depois mergulhou mais uma vez. Sentia seus membros pesados e, ainda assim, capazes de flutuar. Ela sentia-se zen, como se *realmente estivesse* morta.

De repente, a imagem do corpo de Tabitha flutuando nas ondas pipocou em sua mente. E uma voz dentro dela disse: *Você é a responsável. Você vai ser punida.* No mesmo instante, Aria perdeu a concentração. Aspirou um bocado de água e se virou, tossindo e com os olhos fixos em Noel, como se ele tivesse lido os seus pensamentos.

— Mas o que aconteceu? — exclamou Noel, sem entender nada. — Você estava indo tão bem!

Aria tirou a água dos olhos.

— Eu senti medo — murmurou. E não estava mentindo.

Durante a hora seguinte, Aria aprendeu a flutuar e a nadar batendo os pés com alguma coordenação. Ela teve dificuldade com o nado peito, mas teve um bom desempenho inicial no nado de costas. Quando o sol saiu de trás das nuvens e alguns garotos voltaram para a piscina, Aria estava exausta, mas tinha aprendido muito. Ela e Noel foram para a banheira de hidromassagem e compartilharam uma jarra de limonada.

— Você é um professor realmente muito bom — disse ela a Noel, beijando-o no rosto. — E foi muito romântico, também. Nós dois quase nus, seus braços em volta de mim...

— Quer continuar com as aulas? — Noel deu um gole em sua bebida. — Se você soubesse nadar, poderíamos surfar juntos. Você adoraria. É viciante.

— Eu acho que ainda não estou pronta para isso — disse Aria, fechando os olhos e sentindo os jatos da banheira massagearem suas pernas. — Mas é claro que podemos fazer mais aulas.

— Que tal uma mais tarde? Posso matar o surfe hoje.

Aria abriu os olhos. Noel olhava para ela com uma expressão tão terna que ela odiou ter de desapontá-lo.

— Eu não posso — disse ela, com pesar. — Marquei de me encontrar com Graham.

— Ah, sei. — Noel pareceu chateado. — Tudo bem.

— Eu sinto muito. — Aria realmente se sentia péssima. Noel parecia tão triste. — Somos apenas amigos.

— Eu sei, eu sei. Mas ele gosta de você, viu? Um cara sabe quando o outro está apaixonado.

— Não, ele não está — afirmou Aria, no mesmo instante. — Ele está *a centímetros* de marcar um encontro com Tori. Eles se encontraram no jantar na noite passada, e ela o convidou para se sentarem na mesma mesa. Mas não estamos contando *isso* como um encontro, porque não foi planejado.

Noel riu.

— Você realmente gosta de bancar o cupido, não gosta?

— Ah, eu adoro! — disse ela. — Faz com que eu me sinta bem. — Aria sabia que aquela frase tinha vários sentidos subliminares.

Alguém ligou um rádio por ali, e uma música da Shakira encheu a área da piscina. O serviço de bufê começou a servir a comida, e uma fila formou-se. Noel tocou no medalhão que pendia do pescoço de Aria.

— Estou feliz por você ainda estar usando isso.

— É a coisa mais bonita que já ganhei na vida — murmurou Aria.

Noel soltou o colar, e ela o examinou mais uma vez. Havia alguma coisa de muito familiar naquele medalhão, mas Aria ainda não conseguira identificar o quê.

Algo perto de sua toalha chamou sua atenção. O visor de seu celular havia acendido. Ela deixou a banheira e foi conferir. *Você recebeu uma nova mensagem.*

De costas para Noel, Aria abriu a mensagem. Depois de ler todo o texto, ela apertou APAGAR e, aliviada, viu que a mensagem desaparecera. Ainda assim, Aria não a esqueceria por muito, muito tempo.

O peixe-palhaço é engraçadinho,
E a estrela-do-mar até que não é feia.
Será que Aria terá um namoradinho
Para visitá-la na cadeia?

– A

20

RESISTIR É TÃO DIFÍCIL

Uma hora depois, Emily estava com Aria e Spencer num cantinho isolado perto da quadra de shuffleboard. As três usavam saias de palha. Prestando atenção nos alto-falantes portáteis de seu iPod, Emily ouviu os primeiros compassos da música havaiana que ela e as amigas tinham escolhido para sua apresentação no show de talentos. Depois de ouvir um pouco, ela começou a contar.

– Cinco, seis, sete, oito...

Todas elas agitaram graciosamente braços e mãos enquanto balançavam os quadris. Cerca de trinta segundos depois, Aria parou e observou o que as outras faziam.

– Ei, meninas, estamos mexendo as mãos em direções diferentes nesse trecho da coreografia – disse ela. – Precisamos nos movimentar primeiro para a direita, *depois* para a esquerda.

– Estou fazendo o melhor que posso, se você levar em conta que meu tornozelo está me matando. – Spencer ergueu o pé esquerdo, agora enfaixado. Ela contara às amigas sobre o escorregão que levara na poça de óleo de bebê mais cedo.

— E nós falamos sobre acrescentar aquele passo, o 'gingado do patinho' — disse Aria, pausando a música. — Alguém se lembra exatamente como era? Ali era a melhor nesse tipo de coisa.

— Eu estou *exausta* de toda essa conversa sobre Ali! — resmungou Emily, irritada.

Spencer e Aria olharam para ela no mesmo instante.

— O que foi isso, Em? O que houve? — perguntou Aria.

— Nada — disse Emily, seca, alisando sua saia de palha. A ponta de uma das folhas pinicou sua coxa, e ela estremeceu.

— Alguém concorda comigo que essas saias são pavorosas? — resmungou ela de novo.

Spencer se inclinou contra a amurada, parecendo preocupada.

— Emily, está tudo bem com você?

Emily suspirou.

— Não sinto a menor vontade de participar desse show. Quero dizer, qual o sentido de estarmos fazendo isso? — Ela calçou suas sandálias, sem encarar as amigas. — A está nos torturando. Somos praticamente procuradas pela polícia. Vocês não acham que participar do show de talentos com uma coreografia idiota é um pouco ridículo? O plano é dirigirmos nossas Vespas na cadeia?

— Ora, é uma distração divertida — disse Spencer, tranquila.

— Aconteceu alguma coisa nova, Em? — pressionou Aria. — Alguma coisa com A? Algo com aquela garota que vimos ontem na televisão? Ela está mesmo no navio?

Emily desviou o olhar, mordendo o lábio. Lamentava que suas amigas tivessem testemunhado seu ataque de fúria depois que ela vira a Bandida Patricinha na TV. Emily não queria arrastá-las para mais essa confusão.

— Bem, ela deixou o navio ontem — mentiu. Para todos os efeitos, até onde ela sabia aquilo era mesmo a verdade. Não havia nem sombra de Jordan quando Emily voltara para sua cabine no dia anterior, e a outra não tentara entrar em contato. — E nós nunca mais vamos falar sobre isso, combinado?

Um silêncio estranho e constrangedor tomou o ambiente.

— Certo. Estamos combinadas — garantiu Spencer, com um óbvio tom de preocupação na voz.

— Ótimo — disse Emily mecanicamente. Mas quando fechou os olhos, tudo em que podia pensar era naquela reportagem. A Bandida Patricinha. Jordan indo para a cadeia usando um macacão laranja.

O Google fornecera uma centena de links com todos os detalhes constrangedores daquela história. Jordan — ou Katherine DeLong, ou qualquer que fosse o nome dela — não vinha de uma família pobre, como tinha contado a Emily. Pertencia a uma família muito rica de fora de Nova York. Havia uma porção de fotos dela em eventos de sociedade em Manhattan e festas de debutantes nos Hamptons. Jordan havia roubado barcos, carros, aviões — basicamente, qualquer coisa em que ela pudesse pôr as mãos — por dois anos, circulando entre os ricos e famosos ao redor do mundo na tentativa de realizar assaltos maiores e mais ousados. Finalmente, fora presa e posta numa prisão da Filadélfia alguns meses antes, até que foi apanhada dirigindo a Ferrari do sócio do pai dela. Agora, o FBI estava em seu encalço.

Os artigos e as reportagens a descreviam como uma "trapaceira", como alguém com habilidade para convencer qualquer um de qualquer coisa só para conseguir o que desejava. Alguns repórteres a chamavam de "sociopata", uma "Garota Houdini" e "uma delinquente juvenil, sem qualquer respeito pela propriedade alheia". Até onde se sabia, Jordan não roubava pelo lucro; ela o fazia pela emoção.

Aquilo era devastador. Emily tinha se sentido renascer ao começar a amizade com Jordan. Por algumas horas felizes, havia alguma coisa boa em sua vida novamente. Mas como ela pôde ter acreditado em outra garota mentirosa? Será que Jordan tinha gostado dela de verdade ou estava explorando a bondade e a generosidade de Emily para poder viajar como clandestina no navio? E se Emily acabasse se metendo em apuros, só por ter ajudado Jordan? A já sabia sobre aquilo, também. E se A contasse à polícia?

Suspirando, apanhou sua bolsa no canto onde a deixara.

— Vou voltar para a minha cabine, preciso de um tempo. Mas estarei pronta para o show amanhã. Prometo.

Emily seguiu em direção ao elevador, olhando por cima do ombro só uma vez. Aria e Spencer sussurravam, muito provavelmente tentando decidir se iam com ela ou não. Emily ficou feliz por elas terem permanecido onde estavam.

Não havia ninguém no caminho até o andar da cabine dela. O corredor também estava vazio. Mas quando viu um vulto sentado no chão, junto à porta de sua cabine, Emily congelou, sentindo seu coração disparar. Era Jordan.

A garota ergueu os olhos. Ela abriu a boca e fez menção de se levantar.

— Emily!

Emily deu meia-volta imediatamente, andando depressa por onde viera, sua saia de palha roçando contra suas pernas.

– Emily! – chamou Jordan mais uma vez, levantando-se e correndo atrás dela. – Espere!

Emily continuou andando, sem responder ou olhar para trás.

– Eu sei que você está chateada! – desabafou Jordan. – Desculpe por não ter contado antes. Eu tentei, algumas vezes, mas... Bem, eu não sabia como.

– Bem, agora está tudo às claras, não está? – perguntou Emily, ríspida, abrindo a pesada porta corta fogo que dava para as escadas. Ela não fazia ideia de para onde estava indo. Só sabia que precisava ir para *algum lugar*.

– Então é isso? – perguntou Jordan, com a voz rouca. – Simplesmente acabou?

Emily mordeu o lábio inferior e subiu o primeiro lance da escadaria; a saia de palha fazendo barulho quando raspava na sua pele.

– Emily, por favor! – pediu Jordan. – Você é a melhor coisa que me aconteceu em muito tempo.

Emily se interrompeu no meio do lance seguinte. Quando se virou, viu o rosto de Jordan lavado de lágrimas. Seu nariz arrebitado estava vermelho de tanto chorar, e as mãos dela denunciavam seu nervosismo, mexendo sem parar na bainha da camiseta – que, aliás, ela pegara emprestado de Emily. A boa, a ingênua, a fenomenalmente burra Emily. De repente, viu mais uma vez a imagem de Jordan na tela, indo para a cadeia. *Afaste-se dela*, disse a voz magoada em sua cabeça.

Mas Emily entendia o que Jordan queria dizer. Ela também se sentia assim. O que acontecera entre elas havia sido extraordinário.

Ela engoliu em seco.

— Você mentiu para mim. Eu não sei nada sobre você! Sequer sabia o seu verdadeiro nome!

— Eu sei, Emily. E eu me sinto péssima por isso. Mas eu realmente não quis magoá-la, eu juro. Só quis *proteger* você.

Emily correu as pontas dos dedos numa rachadura na parede.

— Você realmente fugiu da cadeia?

— Fugi — disse Jordan baixinho.

— Por que você não estava vestindo aquele macacão laranja quando nos conhecemos?

— Eu usava minhas roupas normais na cela.

— E por que você escolheu o nome Jordan?

— É o meu nome do meio. — Jordan baixou os olhos. — E Richards é o nome de solteira da minha mãe. Sempre gostei mais deles do que dos meus.

— Por que você roubou os aviões? Os carros?

Jordan desviou o olhar.

— Eram desafios criados pela minha melhor amiga. Fazíamos tudo juntas.

Emily não acreditou.

— Sua melhor amiga fez você roubar um *avião*?

— Foi aquela garota, a Mackenzie, de quem lhe falei — Ela me desafiava a roubar coisas cada vez maiores, a correr mais riscos, basicamente apenas porque gostava de exercer seu poder sobre mim. Mackenzie prometeu que me amaria para sempre se eu fizesse isso, mas... não foi assim. — Emily encolheu seus dedos dos pés. Aquela era uma história dolorosamente familiar. Ali também a tratara assim. — Na verdade, foi Mackenzie quem me entregou — continuou Jordan. — Eu disse a ela que não queria mais continuar com aquilo, porque as coisas estavam saindo do controle. Então, ela chamou a polícia.

Emily ofegou.

— E ela também se meteu em encrenca?

Jordan sacudiu a cabeça.

— Não.

— E por que não? Ela também cometeu crimes, não?

Os lábios de Jordan tremeram.

— Eu não contei essa parte para os policiais. — Ela encarou Emily sem graça. — Uma verdadeira idiotice, não é?

Emily observou o grande número seis pintado ao lado da escada, na parede. Ela também tinha acobertado Ali. Que diabo! Até deixara a porta da casa em Poconos aberta para que a outra escapasse.

— Não acho idiotice. Mas saiba que essa relação que você tem com Mackenzie não é amor. Não é nem mesmo *amizade*.

— Eu sei disso — concordou Jordan, calmamente. — Mas quando percebi, era tarde demais. Só que agora *realmente* entendo o que é o amor.

Emily ergueu os olhos; o ar estava carregado de eletricidade. Jordan olhava com tanta intensidade nos olhos de Emily que se sentira atraída em sua direção, como um imã. Pensou em como Jordan a abraçara no barco com piso de vidro, aceitando todo o seu passado. Em como ela a beijara abertamente junto aos elevadores. E como elas podiam falar sobre qualquer coisa quando estavam juntas, o quanto elas riam, como parecia *certo* beijá-la.

Emily desceu as escadas devagar, até chegar perto de Jordan. Quando tomou as mãos dela, parecia que Emily estava voltando para casa. Mas, então, uma onda de terror a tomou.

— E se mais alguém souber onde você está? — perguntou Emily, pensando na mensagem de A.

> Ah, que meigo! Talvez você e a senhorita Bandida Patricinha possam dividir uma cela na cadeia!
> — A

Jordan apertou os lábios.
— O que você quer dizer?
Emily engoliu em seco.
— E se alguém reconhecer você depois da reportagem da CNN... e chamar a polícia?
— Mas tenho me saído bem, escondida por aqui — insistiu Jordan. — Não acredito que alguém neste navio esteja à minha procura, para ser franca. Você não precisa se preocupar.
— Mas... — Emily se interrompeu, pensando em todas as maldades que A poderia fazer de posse daquela informação. — O que você vai fazer quando o cruzeiro terminar e voltarmos para o continente? Eles vão prendê-la, você não pode fugir para sempre. E o que vai acontecer conosco? Será que vou ver você de novo?
Jordan puxou-a para junto do peito, embalando-a.
— Ei! — disse ela suavemente, afagando as costas de Emily. — Não se preocupe.
— Mas eu *tenho* de me preocupar! — gritou Emily. — Você precisa ter um plano! Você precisa descobrir uma maneira de se manter segura!
Jordan sorriu docemente.
— Em, eu *tenho* um plano.
Emily piscou.

— E qual é?

Lentamente, Jordan tirou-a da área da escadaria, e juntas elas atravessaram o salão de jogos lotado até chegarem a uma das salas de descanso, com enormes sofás de veludo e aquários compridos ao longo de todas as paredes. Além de Jeremy, que estava encostado no bar conversando com um dos bartenders, elas eram as únicas pessoas na sala.

Elas se sentaram a uma mesinha junto de um caixa automático. O ponteiro dos minutos de um antigo relógio *art déco* pendurado na parede fez uma rotação completa antes de Jordan voltar a falar.

— Eu nunca mais vou voltar para os Estados Unidos — disse ela. — Você tem razão, vou ser presa assim que botar os pés lá. Enquanto eu ficar em outro país, estarei segura. Então, quando nós atracarmos nas Bermudas, vou entrar num avião. Eu ia fazer isso quando atracássemos em St. Martin, na nossa primeira parada, mas depois de conhecê-la eu... não pude.

Emily arregalou os olhos.

— Mas para onde?

— Para a Tailândia. Eu tenho tudo planejado. Há um passaporte falso esperando por mim nas Bermudas e também uma passagem de avião.

Emily tentou lembrar-se do mapa-múndi, fazendo um esforço para calcular a distância entre Rosewood e a Tailândia. Jordan poderia muito bem estar indo para a lua.

— O que você vai fazer lá?

— Vou viver uma vida sensacional — disse Jordan, cheia de esperança, torcendo um guardanapo de pano que estava sobre a mesa. — O lugar é maravilhoso, Em. Tem belas praias, uma cultura rica, e você pode viver como uma rainha. Eu estava pensando em dar aulas de inglês para viver. E quero muito que você venha comigo.

Chocada, Emily se aprumou.

— *O quê?*

— Pense bem! — Jordan tomou as mãos da garota nas suas, quase derrubando um copo de água. — Nós *moraríamos* na praia! Você ia nadar no mar todos os dias. Poderíamos viajar, viver aventuras incríveis e você deixaria para trás tudo o que odeia aqui.

Um menino que Emily não reconheceu passou por elas para usar o caixa eletrônico, e Emily calou-se, apreensiva, até que ele terminasse. Então ela olhou para Jordan preocupada.

— Mas... e se eu sentir falta da minha família e quiser visitá-los? Uma passagem de avião não é muito cara?

— Você não *veria* mais sua família, Em. A polícia poderia descobrir que fugimos juntas. Você seria considerada minha cúmplice. Se tentasse entrar nos Estados Unidos, poderia ser presa também.

Aquelas palavras foram um soco no estômago de Emily. Nunca mais ver sua família? Nunca mais viver nos Estados Unidos?

Mas... O que realmente a prendia? Uma família que a detestava? Um curso na faculdade nada animador? Boas amigas, sim, mas elas provavelmente aproveitariam qualquer chance de deixar a cidade, também. Havia Violet, claro, mas os Baker eram os pais dela e melhores do que Emily jamais poderia ser.

Se Emily fosse embora, nunca mais teria de se preocupar em ser presa pelo assassinato de Tabitha. Nunca mais teria de se preocupar com A perseguindo-a em todos os lugares, nunca mais seria assombrada pelo fantasma de Ali... Ou quaisquer outros fantasmas de seu passado em Rosewood. A família de Emily provavelmente celebraria o seu desaparecimento. Isaac sequer se importaria. A universidade encontraria outra nadadora para quem oferecer uma bolsa.

Emily olhou no fundo dos grandes olhos de Jordan, cheios de esperança, sua boca entreaberta e sua adorável covinha ao lado da sobrancelha. Emily encontrara tanto naquela garota. Deixá-la sair de sua vida parecia um erro terrível.

Será que ela poderia realmente se permitir cometer *outro* erro terrível?

21

A FESTA DO PIJAMA DE HANNA

— Vamos lá, pessoal, coragem, mais duas repetições! — gritou uma sósia de Jillian Michaels, a personal trainer das estrelas, liderando uma turma na pequena sala de ginástica do navio enquanto erguia dois halteres azuis acima de sua cabeça. — Continuem, mesmo que doa! Sintam as calorias se dissolvendo!

Hanna sentia que seus braços eram feitos de borracha, mas ela ergueu os halteres tão alto quanto pôde, dando um grunhido. Quando se olhou no espelho, viu que sua careta parecia com o rosto de uma senhora idosa constipada.

Finalmente, soltou os halteres no chão e deu um suspiro.

— Deem a si mesmos uma salva de palmas! — gritou a instrutora. Alguns alunos aplaudiram, sem grande entusiasmo.

Hanna despencou sobre o colchonete. Era sábado de tarde, e, antes de começar aquela aula, chamada *7 Dias de Retaliação*, ela estivera na academia por duas horas. Tinha corrido por trinta minutos na esteira, depois tentara esquecer dos seus problemas com uma sessão de vinte minutos de step. Mas nada disso a ajudara a tirar Naomi da mente, ou A. Ou Naomi *assumindo a identidade* de A.

Os alunos começaram a sair. Hanna jogou uma toalha sobre os ombros e os seguiu. Mas quando viu o rosto brilhante de Naomi na janela, recuou.

— Ei, você aí, sua celebridade! — chamou Naomi, animada, invadindo a sala de ginástica. Ela estava usando um short cinza de tecido felpudo, um top branco e tênis New Balance. — Você desapareceu tão cedo essa manhã! Esteve aqui esse tempo todo? Você deveria ter me dito que vinha à academia, eu viria junto!

— Ah... É que eu decidi de última hora — disse Hanna, evitando o olhar de Naomi. A outra a fazia sentir-se constrangida.

Naomi pegou Hanna pelo braço.

— Tive uma conversinha com a instrutora de pilates, ela parece ser incrível. Talvez pudéssemos nos inscrever e fazer uma aula juntas amanhã, o que você acha?

— Ah, é claro que sim. — disse Hanna, brincando com a ponta da toalha, desconfortável com o fato de Naomi estar tão perto dela. A visão do corpo de Gayle caído na garagem da casa dela passou por sua mente. *Naomi é a responsável.*

Naomi colocou as mãos nos quadris.

— Hanna, você está brava comigo?

— Claro que não! — protestou Hanna, tentando parecer inocente.

— Bem, você anda muito esquisita ultimamente — disse Naomi, parecendo magoada. — Está me tratando como se eu tivesse vômito em meu cabelo.

Hanna deu de ombros, tentando parecer despreocupada.

— Ah, Naomi, estou apenas cansada. — Então gesticulou na direção do bebedouro, murmurou que estava morrendo de sede e se afastou. *Ela sabe de tudo*, rugiu uma voz dentro de sua cabeça. *Tudo o que ela falou é mentira. Ela não está aliviada por sua prima ter sofrido o acidente; está furiosa e agora tem sangue nos olhos.*

Naomi ainda estava esperando quando ela terminou de beber água.

— Podemos pelo menos ensaiar para o show de talentos hoje à tarde?

Hanna se sentiu acuada. Por sorte, naquele momento, seu celular tocou. Era um e-mail sem importância oferecendo artigos indispensáveis para o verão, mas Naomi não sabia disso.

— Mike quer me encontrar, disse que é uma emergência. Que chatice.

Naomi pareceu desconfiada.

— Ei, você ainda *quer* se apresentar comigo no show de talentos?

— Claro! — mentiu Hanna, apavorada ao pensar no que Naomi faria se ela dissesse que não. Ela, então, soltou um sorriso no melhor estilo, "ah querida sinto tanto por ser tão ocupada". — Nós nos vemos em breve, ok? — Então, de cabeça baixa, correu para a porta que levava para a escadaria e subiu para o deque onde ficava a cabine delas. Hanna precisava desesperadamente trocar de roupa. Teve medo de que Naomi a seguisse, mas ela não apareceu.

Hanna passou o cartão no leitor automático e entrou rapidamente. Ainda que não fizesse muito tempo desde a última vez em que estivera lá, o quarto não parecia mais dela. A mala de Naomi estava num lugar completamente diferente agora.

Roupas diferentes estavam sobre a cama dela e a cadeira estava perto da janela. Ela procurou pelo laptop de Naomi, mas ele não estava à vista. Provavelmente Hanna nunca mais teria outra chance.

Jogou-se na cama por um momento, sentindo-se subitamente tão cansada quanto fingira estar na academia. Afundou a cabeça no travesseiro macio. Seus membros doloridos puderam finalmente relaxar no colchão confortável. Era delicioso poder se esticar depois de tantas horas de exercício puxado. O barulhinho suave do ventilador foi deixando Hanna mais e mais calma e tranquila. *Só vou fechar meus olhos por um minuto*, pensou ela, enquanto sua respiração desacelerava. Um instante depois, a escuridão a cobria, como uma coberta pesada, isolando-a do mundo.

Quando Hanna abriu os olhos de novo, estava no volante de uma BMW desconhecida. Um purificador de ar em formato de pinheirinho balançava, pendurado no espelho retrovisor. O rádio estava sintonizado numa estação de hip-hop.

Hanna piscou e olhou pela janela. Chovia. Ela estava cercada de edifícios altos, e uma placa neon que indicava a rua Steaks South brilhava a distância.

A porta do passageiro se abriu, e uma pessoa sentou-se ao lado dela.

– Você realmente não precisa fazer isso, Olivia – gaguejou uma voz familiar. – Estou superbem para dirigir.

Hanna piscou com força. Era Madison. Seu cabelo louro estava todo bagunçado e o rosto, vermelho. Ela estava com a mesma camiseta listrada que usara na noite em que se conheceram no bar. Hanna olhou em volta de novo. Ela *voltara* àquela noite! A atmosfera era de verão. O hálito de Madison cheirava a bebida. Hanna sentia um gosto salgado de margarita na própria boca.

Então, teve uma epifania. Ela estava refazendo aquela noite? Poderia mudar o destino? Poderia esquecer essa história de dirigir, colocar Madison num táxi e mandá-la para casa, evitando toda aquela confusão? Se pudesse, Naomi nunca teria nada contra elas e jamais se tornaria A. Então, Hanna não estaria 24 horas por dia vivendo um pesadelo.

Mas quando Hanna tentou puxar a maçaneta para sair, seus dedos não a obedeceram. Contra a sua vontade, ela sentiu que sua mão virava a chave na ignição e ligava o motor do carro. Antes que percebesse, estava dirigindo. *Pare!*, disse ela a si mesma, mas seu pé continuou a pressionar o acelerador.

— Pegue a 76 Oeste — resmungou Madison, apontando para a placa acima delas. Hanna tentou levar o carro para outra direção, mas sem sucesso. Ela viu que entrava na rodovia exatamente como da primeira vez.

Hanna fixou seu olhar na estrada, cuja visibilidade estava péssima por causa da chuva.

— Siga pela 76 até a entrada 202 — instruiu Madison.

Essas eram as instruções para chegar a Rosewood.

— Onde você mora, exatamente? — perguntou Hanna, apesar de agora saber a resposta.

Madison riu.

— Você vai me odiar por dizer isso, mas a verdade é que não tenho certeza. Meus pais compraram uma casa nova, tipo, na semana passada, e ainda não decorei o endereço. Mas acho que consigo chegar lá.

Um carro passou por elas espirrando água contra o para-brisa. *Pare o carro no acostamento, Hanna!*, disse a si mesma. *Espere pelo menos até a chuva diminuir!* Mas, para seu desapontamento, ela continuou dirigindo.

Madison mandou que ela pegasse a Reeds Lane. O coração de Hanna acelerava a cada curva fechada, temendo o momento que estava por vir. Então, aconteceu: um carro surgiu do nada, invadindo a pista dela. Hanna gritou e deu uma guinada brusca no volante. Madison soltou um grunhido, e sua cabeça bateu contra o assento. Os pneus derraparam na estrada molhada, e antes de Hanna entendesse o que estava acontecendo, o carro tinha alcançado o barranco ao lado da estrada. Ela meteu o pé no freio com toda a força que pôde, as rodas travaram, e o carro rabeou.

– Socorro! – gritou Hanna. Um carvalho enorme aproximava-se mais e mais do para-brisa. Hanna tentou desviar, mas era tarde demais.

Houve um *baque* ensurdecedor e, em seguida, uma sinfonia de vidros se estilhaçando. Hanna cobriu o rosto e sentiu o airbag inflando-se. O cinto de segurança a conteve com força, pressionando seu ombro e sua cintura, e então tudo subitamente ficou imóvel. Quando Hanna abriu os olhos, o rádio ainda tocava. O motor não havia desligado. Um galho de árvore atravessara o para-brisa. Havia caquinhos de vidro por toda a parte.

Hanna olhou para a direita. A cabeça de Madison pendia num ângulo estranho. Um fio de sangue escorria do nariz dela. Ao olhar para os pés da garota, Hanna gritou. Madison não tinha pernas. Seu corpo era apenas tronco.

— Madison? — sussurrou Hanna, com a voz trêmula. Ela sacudiu Madison pelo ombro. — *Madison?*

De repente, Madison abriu os olhos. Hanna recuou. Os olhos da garota estavam claros e lúcidos, e ela encarou Hanna com firmeza.

— Seu nome não é Olivia — disse ela, com uma voz que vinha do além. — É Hanna Marin. E eu sei tudo sobre você.

Os olhos de Hanna se arregalaram. Ela empurrou o airbag para o lado e lutou para deixar o carro, mas Madison a agarrou pelo braço antes que ela conseguisse sair. Quando se virou, não era mais o rosto de Madison que olhava para ela. Era o de Ali.

— Ei, Hanna! — saudou Ali, com um sorriso enorme nos lábios. — Sentiu muito minha falta?

Hanna se ergueu da cama no mesmo segundo, respirando com dificuldade. Ela estava de volta à sua cabine calma e tranquila no navio. Os lençóis estavam embolados no chão, e ela agarrava um travesseiro com os dedos trêmulos. Hanna apertou seu nariz, próximo aos olhos, tentando apagar o rosto de Ali de seus pensamentos, mas o sorriso dela estava gravado em seu cérebro.

— Você está bem?

Naomi estava sentada em sua cama, olhando com curiosidade para Hanna.

— Eu... ah... Há quanto tempo você está sentada aí?

Naomi sorriu, seus grandes olhos azuis aparentando totalmente inocentes.

— Pouco tempo. Você desmaiou de sono. E falou enquanto dormia, umas coisas sem sentido e...

— Fo-foi? O quê? — perguntou Hanna, ofegante. O sonho dava voltas em sua cabeça. E se ela tivesse dito o nome de Madison?

Naomi deu de ombros, sem responder. Ela tomou as mãos de Hanna para ajudá-la a se levantar.

— Tenho uma surpresa para você!

— Uma surpresa? — repetiu Hanna, confusa.

Naomi mostrou o saco de plástico que mantinha escondido atrás das costas e tirou dele duas perucas coloridas.

— Olha o que eu encontrei numa das lojas do navio! Não são perfeitas para a nossa coreografia de amanhã? — perguntou Naomi, enfiando a peruca azul na cabeça de Hanna, para depois colocar a roxa em si mesma. — Eu acho que sei por que você anda tão estranha, Hanna. Você tem medo de palco, não é? Está assustada por ter de cantar na frente de tantas pessoas. Mas será maravilhoso, *eu* estarei do seu lado! Nada vai dar errado, prometo. Então, você ainda está dentro?

O perfume frutado Kate Spade que Naomi usava o tempo todo de repente pareceu tão forte que Hanna pensou que fosse vomitar. Ela olhou para seu braço. Naomi ainda segurava-a pelo pulso e seus olhos brilhavam, parecendo muito com os de Madison.

Ela se esquivou rapidamente do toque de Naomi.

— Eu... eu preciso sair.

Naomi franziu a testa.

— Por quê?

Hanna deu de ombros, nada lhe ocorria. Sua meta era simplesmente sair pela porta o mais rapidamente possível.

— Preciso resolver uma coisa — gaguejou.

— Mas e o show de talentos?

Hanna olhou para trás apenas uma vez. Naomi tinha uma expressão incrivelmente magoada, mas Hanna sabia que era apenas fingimento.

— Sinto muito — disse ela, quase num sussurro. Em seguida, saiu para o corredor e bateu a porta, antes que Naomi viesse atrás dela.

Hanna estava quase nos elevadores quando viu seu reflexo no espelho do corredor. A peruca comprada por Naomi estava torta em sua cabeça, com metade do cabelo azul espetado para cima e a outra metade cobrindo sua testa. Quando ergueu a mão para ajeitá-la, algo caiu no chão. Parecia um recibo. No verso do papel, havia algo escrito em caneta azul hidrográfica. Quando Hanna se inclinou para olhar mais de perto, seu coração parou.

Você não pode fugir da verdade, sua pequena mentirosa.
Você vai ter o que merece.
— A

22

FEZ A FAMA DEITA NA CAMA

Na manhã seguinte, uma batida forte sacudiu a porta de Spencer.
— Spencer? — chamou Bagana. — Você está aí?
— Vá embora! — respondeu ela, com a voz abafada. — Estou doente.
— O que aconteceu? O que você está sentindo? — Bagana parecia realmente preocupado. — Posso entrar? *Por favor?*

Spencer escondeu o rosto no travesseiro e gemeu alto. Tinha ficado escondida no quarto o máximo possível. Aria, Hanna e Emily enviaram mensagens cedinho, contando que Hanna ainda não conseguira xeretar no computador de Naomi para descobrir mais nada. Em seguida, Emily e Aria ligaram, perguntando a Spencer se ela gostaria de ensaiar a coreografia do show de talentos mais uma vez — a apresentação delas seria naquela noite, e ainda não estavam seguras da coreografia. Mas as meninas pararam de incomodá-la depois que Spencer disse que não estava se sentindo bem. Bagana, aparentemente, não desistiria tão fácil.

— Por favoooor? — implorou Bagana novamente.

Spencer suspirou, entregando os pontos; levantou-se e mancou na direção da porta, estremecendo cada vez que apoiava o peso sobre o tornozelo torcido. A lâmpada do lado de fora era forte demais, e Spencer protegeu os olhos.

Bagana pareceu chocado quando a viu.

— O que *aconteceu* com você?

— Que parte? O fato de eu cheirar a vômito ou de ter chiclete grudado no meu cabelo?

— *Tudo!* — disse Bagana.

Spencer examinou seu reflexo no espelho do corredor e estremeceu. Já era ruim o suficiente ter passado a noite toda vomitando por causa dos camarões estragados do jantar — quer dizer, ela *supunha* que fossem os camarões, ainda que outros garotos tivessem comido a mesma coisa sem ter sequer ficado com uma leve dor de estômago. Pela manhã, Spencer notara também, com muita alegria, que havia um chiclete grudado no cabelo, formando uma maçaroca disforme em sua cabeça, um acessório nada atraente. Seria necessário um milagre para tirar aquilo sem tosar seu lindo cabelo.

— Alguém grudou isso no meu cabelo na confusão da saída do jantar — disse Spencer. — Eu não percebi, mas aí está.

Bagana sentou-se na cadeira, parecendo intrigado.

— Você viu quem fez isso?

— Não.

— Talvez você estivesse mascando chiclete antes de dormir e se esqueceu de jogar fora.

Ela balançou a cabeça com veemência.

— Nunca masco chiclete antes de dormir.

Bagana caminhou até ela e a abraçou.

— Talvez esse seja um recadinho do universo para lhe dizer que não devemos mais nos encontrar apenas às escondidas.

Spencer escapou de seus braços.

— Nós *só* podemos nos encontrar às escondidas.

— Ainda? — perguntou ele.

— Eu lhe disse — suspirou Spencer. — Não acho justo com Naomi. E você disse que não tinha problema.

Bagana deu uma fungadela.

— Eu não sabia que você seria tão rígida com isso.

Então Bagana acariciou o cabelo dela, aparentemente sem nojo pelo chiclete. Spencer tentou resistir, mas ele cheirava deliciosamente a protetor solar e a cloro e, um segundo depois, seus lábios estavam sobre os dela, e eles caíram juntos na cama. A pele dele ainda estava quente do sol. Spencer se ajeitou para ajudar Bagana a tirar a camiseta pela cabeça.

Crack!

De repente, a cama cedeu. O chão tremeu. A gravura do navio pendurada acima da cama de Spencer oscilou e, então, caiu. Spencer protegeu a cabeça um segundo antes que a moldura a atingisse.

Bagana piscou.

— Eu sabia que eu era um furacão, mas não sabia que era *tão* forte!

Spencer se arrastou para fora do colchão para examinar a estrutura da cama. As quatro pernas tinham cedido horizontalmente, como se a cama não pudesse suportar o peso do colchão. A madeira não estava rachada, como Spencer pensou que aconteceria; ela havia se separado em duas partes lisas, como se tivesse sido serrada.

Spencer ficou em pé para analisar o prego no qual a gravura estava pendurada. Ele havia sido entortado. Aquilo era, claramente, proposital. Na primeira noite da viagem, o navio tinha enfrentado uma tempestade no mar, e, ainda que os tubos de pasta de dente de Kirsten e de Spencer tivessem caído da prateleira do banheiro, nenhum móvel ou quadro da cabine se mexera um milímetro sequer. Elas até brincaram, dizendo que as coisas por ali estavam aparafusadas.

Spencer estremeceu. A ideia de que aquele quadro pesado estivera perigosamente balançando sobre sua cabeça nas últimas vinte e quatro horas era muito assustadora.

— Já chega — anunciou. — Não aguento mais isso. Essa história está fora do controle.

— Do que você está falando? — perguntou Bagana.

— Você não percebeu? — gritou Spencer, à beira do choro. — A poça de óleo no corredor, os camarões estragados, o chiclete e agora a cama? Há alguém por trás dessas coisas *querendo me atingir*!

O sorriso no rosto de Bagana se apagou.

— Você está *falando sério*?

— É *claro* que estou falando sério.

— Mas quem estaria fazendo isso com você? E por quê?

Spencer respirou fundo.

— Mas não é óbvio, Bagana? Naomi!

Os olhos dele se arregalaram.

— Ah, tenha dó. Ela não é *tão* pirada.

— Sim, ela é!

Spencer olhou ao redor da cabine, parecendo apavorada.

— Essa televisão não parece muito perto da borda do móvel? — perguntou ela.

Então, desviou os olhos para a bandeja do café da manhã no qual não tocara e cheirou a cesta de pães. – Você quer provar esse bolinho para ter certeza de que Naomi não colocou LSD nele?

Bagana a encarou.

– Hum, Spencer, se tivesse LSD aí, *eu* ficaria doidão. Mas, querida, acho que você está exagerando. Ninguém está atrás de você, muito menos Naomi. Ela não...

– Sim, ela está! – choramingou Spencer. Ela se adiantou até o armário, verificando-o, temendo que suas malas fossem armadilhas prestes a cair sobre sua cabeça. Em seguida, examinou o frasco de comprimidos para alergia contra a luz. As pílulas estavam intactas, não estavam? O mesmo azul, o mesmo formato... Não haviam sido adulteradas, haviam? E se Naomi as tivesse substituído por outra coisa – algo letal?

Bagana colocou as mãos nos ombros dela.

– Spencer, você precisa se acalmar. Você não pode sair por aí culpando outra pessoa por coincidências, por má sorte, por coisas que podem ocorrer com qualquer um de nós. Tudo o que aconteceu com você foi *criado* por você mesma, ok?

Um nó se formou na garganta de Spencer. Bagana estava certo – mas não pelas razões que ele pensava. Talvez, após ter feito tantas atrocidades, ela tivesse criado um carma negativo que havia atraído muito azar para si mesma. Deixar que Kelsey levasse a culpa sozinha pelas drogas que a polícia encontrara. Ajudar Hanna a encobrir o acidente com Madison. *Tabitha*. Aquilo era mesmo um recadinho do universo – o cosmos dizendo como ela era má.

Então ela piscou com força, a realidade entrando novamente no foco principal. Ei, aquilo não tinha nada a ver com carma... Aquilo era A! E A não ia parar até conseguir o que desejava.

E foi então que Spencer soube o que precisava fazer. Ela encarou Bagana com um nó na garganta.

— Temos de terminar o namoro — declarou.

Bagana não podia acreditar naquilo.

— O quê?

— Sinto muito — disse Spencer baixinho. Ela sabia que não suportaria se olhasse dentro dos olhos de Bagana, por isso manteve seus olhos fixos em suas mãos. — Nada disso está certo.

— Você realmente acha que Naomi está atrás de você, não é?

— Sim, eu acho.

— Por que você não me deixa falar com ela?

Spencer desviou o olhar.

— Você pode, por favor, fazer o que estou pedindo?

Bagana recuou, como se Spencer o tivesse esbofeteado. Lágrimas brilharam nos olhos dele por um instante, mas, então, ele trincou os dentes, respirou fundo e deu as costas para ela.

— Tudo bem — disse ele, parecendo derrotado.

— Sinto muito — disse Spencer com um fio de voz. Mas Bagana já havia batido a porta.

23

IMPRESSÃO ERRADA

Naquela tarde, Aria e Graham esperavam do lado de fora do teatro no nível inferior do navio. Nas paredes azul-brilhante, havia fotografias da trupe do Cirque du Soleil. Todos ali pareciam loucos ou possuídos, com seus olhos esbugalhados, *collants* justos demais e braços e pernas demasiado longos. Havia também uma parede dedicada a cartazes sobre o show de talentos daquela noite, que começava às dezenove horas. Haveria uma festa antes e uma depois do show.

O resto do espaço estava coberto com estranhos hieróglifos relacionados ao espetáculo da trupe circense. Aria e Graham estavam ali porque a última pista da caça ecológica ao tesouro, encontrada no balde de compostagem na cozinha do navio, pedia que decifrassem aquela confusão de símbolos. Aria examinava, desanimada, os sinais: eles não faziam o menor sentido.

— Alguma ideia? — perguntou Aria, dando espaço para que uma das acrobatas, com uma única pluma de avestruz brotando da sua cabeça, atravessasse a porta. Naquela manhã, quando ela e Graham se reportaram a Gretchen para falar de seus progressos, ela dissera que os dois estavam na liderança.

— Se desvendarmos o que dizem os símbolos, os vale-compras de presente da Apple serão nossos! — Ainda que aquele não fosse o objetivo de Aria no começo da aventura, ela já podia ver a si mesma atravessando uma loja da Apple, tentando se decidir se compraria um iPad branco com um montão de memória ou um MacBook Air.

— Provavelmente foi por isso que planejaram esta etapa para ser tão impossível. — A testa de Graham franziu enquanto ele estudava a parede. — Aquilo ali se parece com uma nuvem. — Ele apontou para uma imagem difusa e arredondada. — E isso se parece com uma garota caindo.

Aria estremeceu. Se ela virasse a cabeça em determinado ângulo, *parecia mesmo* um corpo despencando. A foto de Tabitha caindo explodiu na mente de Aria, assim como a última mensagem de A. *Será que Aria terá um namoradinho para visitá-la na cadeia?*

A porta do teatro escancarou-se, e outra acrobata surgiu. Ela olhou para os garotos e sorriu.

— Querem uma dica?

Aria e Graham assentiram, ansiosos.

A acrobata se aproximou.

— Olha aquela imagem ali, a que parece um pouco com um garfo? Ela representa uma letra 'O'. E a imagem que se parece com uma cenoura é a letra 'S'.

Aria examinou a parede de novo.

— Então, é como um criptograma?

— Isso mesmo! — disse a acrobata, dando piruetas.

Aria estudou os símbolos. Ela e Byron, seu pai, costumavam decifrar o criptograma do jornal todos os dias, de manhã. O enigma sempre envolvia uma frase embaralhada. O truque era descobrir a letra que correspondia a cada símbolo e depois montar as frases.

Quando Aria vasculhou sua bolsa à procura de um lápis, encontrou sem querer um pino do campo de minigolfe onde ela e Graham tinham ido no outro dia. Ela deu uma batida leve na própria testa.

— Graham, eu sou tão mal-educada! Desculpe! Conte-me sobre o encontro com Tori na noite passada! Como foi? — Graham enviara uma mensagem na tarde anterior dizendo a Aria que ele e Tori tinham combinado de se encontrar para jantar. Ela mandara uma mensagem para ele com uma lista de assuntos, dizendo também que ele deveria puxar a cadeira para Tori se sentar e que não deveria, de jeito nenhum, fazer o pedido da comida por ela. Aria não podia acreditar que se esquecera de perguntar como tinha sido.

Graham afastou uma mecha de cabelo de sua testa.

— Foi tudo bem. — Então, ele apontou para dois símbolos juntos, as imagens de um garfo e uma cenoura. — Se esse é o sinal para 'O', e aquele é o sinal de 'S', então temos um artigo aqui. 'Os'.

— Ah, certo! — Aria escreveu, completando, em seguida, todos os outros os 'Os' e 'Ss' na folha de seu bloquinho. Ela limpou a garganta.

— Ei, conte mais. Foi só 'Bom'? Achei que ouviria um 'Sensacional!' hoje.

— E talvez isso aqui seja 'AO'. — Graham apontou para uma palavra de duas letras que começava com um 'A'. Era como se ele não estivesse ouvindo o que Aria dizia.

— Certo — concordou ela, escrevendo de novo. Ela estava aflita. Será que o encontro tinha sido um desastre? Talvez Graham tivesse falado sem parar sobre suas atividades na SCA ou sobre a morte de sua ex-namorada. Talvez Tori tivesse largado Graham sozinho, antes mesmo de terminarem as entradas.

Aria estava morrendo de vontade de perguntar, mas, de repente, o corredor pareceu um lugar exposto demais, inadequado para uma conversa daquelas. Eles estudaram o enigma por mais alguns minutos, desvendando mais palavras. Pouco depois, tinham a mensagem completa: *Proteja os mares. Salve o planeta. Aproveite a vida ao máximo.*

— Pronto! — comemorou Graham. — O que vamos fazer com isso?

— Eu já li essa frase... Mas onde? — murmurou Aria, fechando os olhos. Então, a resposta apareceu em sua mente: a faixa no cassino do navio, no primeiro dia, quando ela se inscrevera na caça ecológica ao tesouro. Ela anotara porque poderia jurar ter visto alguém ou alguma coisa oculto nas sombras abaixo dela.

— Vamos lá! — chamou ela, tomando a mão de Graham e puxando-o pelo salão.

O cassino estava às escuras e vazio, as máquinas caça-níqueis zumbiam baixinho. A faixa ainda estava lá. Aria foi até a mesa logo abaixo dela, correndo as mãos pelo tampo. Nada. Quando ela passou a mão embaixo, sentiu que a textura mudava de repente; seus dedos tinham encontrado alguma coisa de papelão. Ela se abaixou e viu dois cartões grudados com fita adesiva no cantinho, onde o tampo e as pernas da mesa se encontravam. Aria puxou a fita e ergueu os cartões para a luz. *Parabéns!*, estava escrito em ambos.

Aria abriu um deles. Era um vale-compras de mil dólares da Apple. Ela exibiu-o para Graham.

— Conseguimos!

Graham esmurrou o ar. Então, ele ergueu Aria nos braços, fazendo-a rodopiar. Ela riu, mas sem abraçá-lo demais, não querendo dar a ideia errada. O rosto dele estava rosado de satisfação quando a colocou de volta no chão.

— Precisamos comemorar, o que você me diz? — perguntou ele. — Que tal almoçar no restaurante do deque superior?

— Bem... — hesitou ela. Queria dizer que ele deveria celebrar com Tori, não com ela. Ela queria ver Noel. Mas Graham parecia tão feliz... E eles tinham alcançado *um feito e tanto*!

— Eu topo! — decidiu Aria, apertando seu cartão contra o peito. — Só preciso me refrescar um pouco.

Uma hora depois, Aria subiu a escadaria em espiral que levava ao Galileo's, o restaurante que ocupava uma pequena plataforma no topo do convés principal. Ao redor da amurada, havia luzinhas cintilantes que seguiam até os vasos de figueiras nos cantos. As mesas do lugar estavam ocupadas por grupos animados, e uma banda de jazz afinava seus instrumentos no canto. As paredes estavam tomadas por cartazes do show de talentos. PRIMEIRO PRÊMIO: UMA VESPA!, lia-se em todos eles.

— Aria?

Graham apareceu atrás dela, usando uma camisa social azul e uma calça jeans clara. Seu cabelo estava bem penteado, e ele havia se barbeado. Mesmo a distância, Aria podia sentir o cheiro da loção pós-barba amadeirada. Quando ele a viu, estremeceu um pouco, parecendo nervoso.

— Ei, você está bonita.

— Ah, é tudo tão antigo, uso tudo isso há anos — disse Aria, apontando para seu longo vestido azul e espadrilhas.

Graham foi até o bar e pediu dois refrigerantes, levando Aria, em seguida, a uma mesa alta perto da amurada. Quando se sentaram, Graham fez uma expressão marota e tirou um frasco do bolso de trás, sacudindo-o. Aria percebeu que havia líquido lá dentro.

— O que é isso? — sussurrou ela, alarmada.

— Algo para nos ajudar na celebração — disse Graham. Depois de uma pausa, ele perguntou: — Tudo bem?

Aria deve ter feito uma cara esquisita, porque estava surpresa por Graham beber. Ele tinha sido tão veemente no seu discurso contra a venda de bebidas alcoólicas para menores no hotel da Jamaica em seu comentário no site em memória de Tabitha e agora...

— Bem, acho que eu poderia tomar um pouquinho — disse ela depois de um momento, permitindo que Graham derramasse um gole em seu refrigerante. Ao levar o copo à boca, Aria quase engasgou. — UAU! — O que era aquilo, combustível de motor de lancha?

Graham bebeu do copo dele com sofreguidão.

— Eu precisava mesmo de uma dose.

— Por quê? — perguntou Aria, empurrando seu copo. — Pensei que, agora que vencemos, você fosse se sentir mais relaxado — disse ela, erguendo uma sobrancelha. — Você está nervoso porque vai se apresentar no show de talentos? Eu acho que tocar uma música do Death Cab num alaúde é uma ideia sensacional.

– Ah, não, não é por isso – grunhiu Graham.

– Tori vai adorar! – disse Aria. – Falando nisso, por favor, conte mais! Como foi o encontro de vocês, *de verdade*? Quero detalhes!

Graham deu de ombros.

– Eu contei. Foi legal. Jantamos no convés principal. Ela comeu sushi, eu comi um hambúrguer de peru.

Aria piscou. Listar o que cada um tinha comido durante seu primeiro encontro não era um bom sinal.

– Vocês tinham assuntos em comum?

– Acho que sim – respondeu ele distraído, despedaçando o guardanapo sob seu copo. – Para ser bem franco, não tenho mais tanta certeza se estou mesmo a fim de Tori, sabe?

– Mas por que não? – perguntou Aria. – Ela é perfeita para você! E eu tenho certeza de que ela estava interessada, Graham! – Aria se aprumou. – Você está com medo de se envolver com outra pessoa por causa de Tabitha?

– Não! De jeito nenhum! Não é isso. Ela só não é a pessoa certa para mim. – Graham pegou o copo e bebeu o resto da bebida. Cubos de gelo dançaram no fundo de seu copo vazio. Quando ele o colocou de volta sobre a mesa, olhou dentro dos olhos de Aria, que não entendeu o que estava acontecendo. – Preciso dizer uma coisa para você. Uma coisa que passei o dia todo reunindo coragem para dizer.

Aria inclinou a cabeça.

– Do que você está falando, Graham?

Ele continuou a olhar para ela, em silêncio. Então, de repente, ela entendeu tudo. *Ele gosta de você*, Noel tinha dito.

Um cara sabe quando o outro está apaixonado. Você pode estar incentivando o sujeito sem perceber e nem se deu conta disso.

Aria encolheu os braços no colo, quase derrubando seu copo.

— Ah... Olha, Graham, você não precisa me dizer nada — disse ela, tentando não parecer nervosa.

— Não, eu realmente preciso...

— Vamos só nos divertir esta noite — interrompeu ela, apanhando seu copo, porque um drinque agora parecia uma grande ideia. — Vamos comemorar!

— Mas... — Graham não terminou a frase, olhando como que hipnotizado para o peito de Aria.

Ela baixou os olhos, desejando ter escolhido um vestido menos ousado.

— O mar não está lindo hoje? — perguntou ela em voz alta, gesticulando na direção da água.

Mas Graham não mordeu a isca. Ele apontou para o colar no pescoço dela.

— Onde você conseguiu isso?

Aria tocou o medalhão, constrangida.

— Foi um presente do meu namorado.

Graham estendeu a mão sem cerimônia. Ele pegou a corrente e puxou-a na sua direção. O corpo de Aria se inclinou também. Seus lábios estavam a centímetros dos lábios dela. Aria gritou e virou a cabeça para que Graham não pudesse beijá-la, afastando-se com tanta força que quase caiu da banqueta.

Quando conseguiu se equilibrar, Graham a encarava fixamente, sem pedir desculpas pelo seu comportamento. Aria apanhou sua bolsa, evitando olhá-lo nos olhos.

— Preciso ir.

Graham ficou em pé também.

— Aria, espere!

— Não! — Sua cabeça começou a latejar. De repente, o mundo parecia escuro, fora de foco. — Nós nos falamos depois, certo?

Ela tentou se afastar, mas Graham pegou seu braço. Aria gritou de novo. Quando ela olhou para o rosto dele, viu que Graham estava sério, com uma expressão próxima da raiva. — Mas eu preciso mesmo dizer uma coisa a você!

— Graham, você está me machucando! — reclamou Aria, trêmula, olhando para as unhas dele fincadas em seu braço. Seu coração estava disparado.

De repente ele a soltou, parecendo horrorizado. Aria se afastou no mesmo instante, quase correndo, disparando escada abaixo o mais rapidamente que seus saltos altos permitiam.

— Aria! — chamou Graham, mas ela não parou. Só quando ela chegou ao fim da escada olhou para cima. Graham estava lá, parecendo desconcertado. Seus olhos estavam arregalados e tristes, os cantos de sua boca puxados para baixo numa careta.

Aria foi embora, sentindo-se terrivelmente culpada. E se ela tivesse dado a ideia errada a Graham? Ele havia se apaixonado por ela? Como é que as coisas saíram tanto do controle?

O elevador não chegava nunca. Aria apertava o botão com insistência, com medo de que Graham decidisse correr atrás dela. De repente, música. Alguém brincava com as teclas do piano de uma das salas de descanso, pressionando o mesmo acorde, de novo e de novo. Soava como o tema do filme *Psicose*.

Aria se virou, pronta para dizer a quem quer que estivesse tocando para parar com aquilo. Não havia ninguém sentado no banco do piano. Ela piscou com força, correndo os olhos pela sala vazia – será que realmente ouvira a música? Ouvira sim, o som ainda ecoava. Alguém *tinha* tocado aquele piano. E Aria soube, imediatamente, quem havia sido.

24

ESTÁ FALTANDO ALGUMA COISA

— Sejam bem-vindos às Bermudas! — saudou Jeremy, sua voz ecoando pelos alto-falantes naquela tarde. Os acordes da abertura de "Over the Rainbow" tocavam, claro. Em vez de correr para a amurada, acenando alucinadamente para as pessoas no cais, como fizera todas as outras vezes em que o navio se acercava de uma ilha, Hanna permaneceu imóvel atrás de uma pilha de livros na biblioteca do navio, o olhar fixo na porta de sua cabine, do outro lado do corredor.

— Quanto tempo você planeja ficar aqui? — perguntou Mike, com os pés apoiados sobre a mesa de carvalho ao lado dela, folheando uma antiga edição da Revista Sports Illustrated. Era uma edição especial de garotas de biquíni.

— Eu já expliquei, Mike — disse Hanna baixinho. — Estou esperando Naomi sair.

Mike espiou-a sobre a revista.

— Você realmente não pode ficar no mesmo cômodo que Naomi nem por um *segundo*, Hanna? Está com medo dela?

Hanna o encarou.

— Você não precisa ficar, sabe?

Quando Mike perguntara a ela o que faria naquela manhã, ela dissera que gostaria de passar um tempo na biblioteca que ficava no mesmo andar do quarto dela. Mike se oferecera para ir junto, mas depois de meia hora assistindo Hanna vigiar o movimento da porta de sua cabine sem folhear um único livro, ele entendera o que a namorada realmente estava fazendo.

— Eu ainda acho que briga na lama é o melhor jeito de resolver as coisas entre vocês — disse Mike, voltando uma página para apreciar novamente uma supermodelo de biquíni cavado.

— Obrigada pela dica — ironizou Hanna. — Eu realmente só não gostaria de ter que encarar Naomi agora. Ela me pegou mexendo no laptop dela e está bastante chateada. Quero entrar na cabine quando ela não estiver lá, e isso é tudo.

Aquilo era uma *meia verdade*. Hanna não sentiu necessidade de acrescentar que precisava xeretar *de novo* o laptop de Naomi. Nem que a outra provavelmente estava ainda mais chateada com Hanna porque ela dispensara sua amizade sem nenhuma justificativa.

— Você mexeu nas coisas dela? — perguntou Mike. — O que passou pela sua cabeça? Primeiro você persegue Colleen, agora resolve incomodar Naomi...

— Quer parar de fazer perguntas? — sussurrou Hanna, sentindo-se cada vez mais irritada.

Mike colocou a revista sobre a mesa.

— Pelo amor de Deus, tudo bem. — Ele se levantou e se espreguiçou. — Vou procurar Noel para ensaiarmos nossa música para o show de talentos outra vez. Pode me chamar quando estiver cansada de brincar de tocaia.

Assim que Mike se afastou, a porta da cabine de Hanna se abriu e Naomi saiu usando um vestido branco rendado e sandálias azuis. Diversas fileiras de pulseiras grossas pendiam de seus pulsos, e ela carregava uma bolsinha vermelha de couro debaixo do braço.

Hanna prendeu a respiração quando Naomi passou pela biblioteca, rezando para que ela não entrasse. Não o fez. Assim que Naomi desapareceu dentro do elevador, Hanna se esgueirou pelo corredor em direção à cabine delas. Quando estava quase lá, alguém passou no cruzamento de corredores, e ela quase morreu de susto. Era Jeremy. Ele caminhava com os dedos entrelaçados atrás das costas, assobiando.

Hanna se encostou à parede, sua confiança abalada. Quando o elevador tiniu, um pensamento apavorante lhe ocorreu. E se Naomi tivesse esquecido alguma coisa e resolvesse voltar?

Ela voltou para a biblioteca e ligou para Spencer.

— Oi, sou eu, Hanna — sussurrou ela quando Spencer atendeu. — Eu estou do lado de fora da minha cabine e quero mexer no computador de Naomi, mas tenho medo de ela voltar de repente. Você pode ficar de vigia?

Spencer deu um gemido aflito.

— Não quero mais atritos com Naomi, Hanna.

Hanna olhou para o elevador de novo. Ela rezava para que Naomi não tivesse apenas ido dar uma voltinha na loja de presentes.

— Por favor, Spence! Eu só preciso de cinco minutos. Precisamos descobrir algo mais sobre ela!

Spencer deixou escapar um longo suspiro e desligou. Em menos de um minuto, o elevador abriu as portas e lá estava ela, mancando no deque da cabine de Hanna. Seu rosto estava pálido e um dos lados de seu cabelo, todo emaranhado. Hanna a encarou e a amiga foi logo explicando:

— Grudaram chiclete no meu cabelo. Foi um inferno para tirar. — Em seguida, ela gesticulou na direção do corredor. — Vamos logo com isso.

Hanna entrou na cabine. Lá dentro, a cama de Naomi estava arrumada e suas roupas, dobradas sobre a cômoda. Hanna varreu o cômodo com o olhar de um lado para o outro, até localizar o laptop embaixo da escrivaninha do lado de Naomi. Seu coração disparou quando ela ergueu a tampa. Rapidinho, Hanna achou a pasta de fotos de Naomi e abriu-a. Em seguida, clicou numa chamada "Férias". Abrindo-a, clicou no primeiro ícone. A mesma foto enviada para o celular de Aria apareceu bem diante dos seus olhos. Aquilo era quase fácil demais.

— Ah, meu Deus... — sussurrou Hanna. — As fotos! Achei!

— Sério? — Spencer correu da porta e olhou para a tela. — Meu Deus! Apague todas agora!

— É claro! — Hanna selecionou as imagens e as arrastou para a lixeira. — Volte para a porta e me avise se ela aparecer! — instruiu Hanna.

Spencer fez exatamente isso, mas poucos segundos depois, ela deixou seu posto de novo, enfiando a cabeça no banheiro de Hanna.

— Ei, o box de vocês é maior do que o meu!

— Como você acha que Naomi conseguiu essas fotos, afinal? — murmurou Hanna, respondendo *sim* quando o sistema perguntou se tinha *certeza* de que gostaria de apagar as fotos.

— Eu pensei que já tínhamos discutido isso. O outro A deve ter enviado para ela.

— Você entende as implicações da existência de um segundo A? — Hanna desejou que as fotografias fossem excluídas um pouco mais rapidamente. — Isso quer dizer que há *mais alguém* solto por aí que nos detesta. Significa também que outra pessoa tem cópias dessas fotos. Foi *essa* pessoa quem testemunhou o que aconteceu na Jamaica.

— Eu sei — disse Spencer, séria.

— Quem você acha que pode ser?

— Hanna, se eu *soubesse*, provavelmente nós não estaríamos nessa enrascada! — Spencer parecia exasperada.

Hanna também não sabia, mas a possibilidade de um segundo A estava realmente começando a parecer bem real, e aquilo a deixava apavorada. Ainda que eliminassem Naomi como ameaça, encontrando provas de que a menina tinha assassinado Gayle, não estariam a salvo. O segundo A estaria sempre à espreita, pronto para fazê-las pagar por tudo.

Graças a Deus, uma mensagem apareceu dizendo que todas as fotos tinham sido apagadas. *Ufa!*

— Ah, meu Deus! — gritou Spencer. Ela saiu do banheiro com um vidro de óleo de bebê, comprimidos de laxante e um pacote grande de chiclete. — Hanna, olha o que eu achei na bolsa de Naomi!

— Não mexa nas coisas dela, sua louca! — sibilou Hanna, ficando em pé.

— Você não sacou? — Spencer gesticulou com as coisas nas mãos. — Isso tudo é prova absoluta de que foi Naomi que armou para mim! Ela usou o laxante para me fazer pensar que eu estava com uma intoxicação alimentar. E derramou o óleo de bebê no corredor para que eu escorregasse. E ela colocou isso – Spencer ergueu o pacote de chiclete – no meu cabelo!

– Spence, preciso *mesmo* que você fique de olho na porta! – disse Hanna, empurrando-a de volta para o corredor. Em seguida, jogou de volta as coisas de Naomi no banheiro e voltou para a frente do computador. Agora que tinha apagado as fotografias, Hanna precisava de alguma coisa que incriminasse Naomi, ligando-a à morte de Gayle. Um e-mail, quem sabe? Ela tornou a abrir a conta do Gmail de Naomi, torcendo para encontrar uma mensagem assinada por *A*. Com sorte, talvez até uma pista que a levasse ao cúmplice de Naomi.

Mas quando entrou na conta, Hanna não encontrou mensagem alguma. Nada. A caixa de entrada do Gmail de Naomi estava vazia. Franzindo a testa, Hanna clicou em algumas das outras pastas. Todas elas estavam vazias. A troca de e-mails de Naomi e Madison desaparecera. Era como se nunca tivesse existido.

25

ESQUEÇA SEUS PROBLEMAS

Braçada, braçada, braçada, braçada, braçada, respira.
Braçada, braçada, braçada, braçada, braçada, respira.

Emily alcançou a parede, fez a viragem corretamente e tomou impulso para cobrir mais uma raia na piscina. Seus braços cortavam a água em braçadas ritmadas, e ela batia as pernas com força total. No meio da raia, Emily precisou desviar de um macarrão de espuma e, depois, de um brinquedo flutuante estranhamente parecido com um pênis gigante. A piscina do navio não era apropriada para treinos àquela hora do dia – estava cheia de gente aproveitando o frescor da água e o calor do sol. Mas nadar era a única coisa que ajudava Emily a pensar, e, por Deus, ela precisava pensar muito. Ainda não dera uma resposta para Jordan sobre fugirem juntas. Mas Jeremy anunciara havia pouco que estavam chegando às Bermudas, e ela sabia que precisaria tomar uma decisão em breve.

★ ★ ★

Braçada, braçada, braçada, braçada, braçada, respira.

Será que ela conseguiria deixar Rosewood para sempre, sabendo que nunca mais veria sua família? E seria seguro fugir ao lado de uma criminosa? E se alguém fosse atrás de Jordan e a levasse de volta para os Estados Unidos, presa? O que seria de Emily?

Mas, então, Emily pensou na Tailândia. Tinha pesquisado on-line sobre as praias daquele país na noite anterior e quase desmaiara. Diversos sites contavam sobre a vida no país, sobre como era uma terra amigável, limpa, acessível e acolhedora. *Ninguém se importa em como você leva sua vida aqui na Tailândia*, escrevera alguém. *Neste país, você é livre para ser você mesmo.* Não era isso que Emily desejava? Não era isso que Rosewood – ou uma bolsa de estudos na equipe de natação da universidade – *jamais* poderia oferecer?

Emily poderia acordar todas as manhãs ao lado de Jordan. Elas iriam às compras nos mercadinhos tailandeses, viajariam para aldeias remotas e incríveis, visitariam outros países. Talvez Emily pudesse ensinar inglês, como Jordan pensava em fazer.

O rosto apático e triste da sua mãe surgia entre os seus pensamentos, seguido do de seu pai. Ela também pensava em Carolyn. Partir para a Tailândia significava deixar sua família para trás. Tudo o que Emily desejava era ser amada por eles. Mas eles não poderiam amá-la. Fugir de tanta dor talvez fosse uma coisa boa, afinal. Talvez Jordan pudesse ser sua nova família.

Ela nadou até o fim da raia e agarrou-se à borda da piscina. Hanna estava sentada numa das espreguiçadeiras, e Emily gesticulou, pedindo que ela se aproximasse.

Sob o bronzeado, Hanna parecia pálida. Emily sabia que ela ainda estava preocupada com o que havia encontrado – e com o que ela *não* havia encontrado – no laptop de Naomi.

– O que foi? – perguntou Hanna.

Emily correu os dedos sobre a superfície da piscina, incapaz de encarar Hanna.

– O que você sabe sobre a Tailândia?

Hanna franziu a testa.

– Ouvi dizer que é um lugar bem legal. Por quê?

Emily mordeu o lábio.

– Se você tivesse a oportunidade de ir viver lá, de deixar tudo isso para trás, você iria?

– Claro que sim! – respondeu Hanna enfaticamente.

De repente, a mente de Emily pareceu clara e sem nuvens, como o céu. Ela saiu da piscina, atravessou o deque e apanhou sua toalha. Hanna foi atrás dela.

– Ei, espera aí! O que está acontecendo? *Você* está pensando em ir embora para a Tailândia?

– Claro que não! – respondeu Emily rapidamente. Mas sua voz soava travada.

Hanna franziu a testa.

– Emily... No que você está se metendo?

Emily encarou a amiga por um instante. Então, lembrou-se das festas do pijama que davam na casa de Ali, quando ela e Hanna eram as duas últimas meninas a pegar no sono.

– Vamos olhar os álbuns de fotografias de Ali – sussurrara Hanna em certa ocasião. E, sob a luz noturna, elas folhearam as páginas cheias de fotos. – Ela não parece tão legal nessa foto – comentara Hanna, apontando para uma fotografia de Ali no quarto ano e para outra, que mostrava a garota sem maquiagem na manhã de Natal. Ainda que Hanna procurasse desesperadamente fotografias que mostrassem os piores ângulos de Ali, parecia que ela entendia que Emily olhava os álbuns em busca dos melhores ângulos de Ali. Por isso, ocasionalmente, Hanna apontava para uma fotografia na qual Ali estivesse bonita.

— Ela tem olhos lindos, não tem? — dizia, melancolicamente. E também: — Ela parece uma modelo. — Tudo para agradar Emily.

Seus olhos ficaram marejados quando se lembrou disso. Sabia que sentiria muita falta de suas melhores amigas.

— Eu não estou me metendo em nada — disse ela, afastando-se antes que Hanna pudesse detê-la.

A estibordo do navio, Emily conseguia ver as docas das Ilhas Bermudas. A área dos elevadores já estava tomada pelos garotos que desejavam ser os primeiros a desembarcar. Será que Jordan estava entre eles? Emily a encontraria a tempo?

Os elevadores estavam lotados e, por isso, Emily desceu descalça os três lances de escada até a sua cabine. Abriu a porta e olhou em volta cheia de esperança, mas Jordan já havia ido embora. Desesperada, ela encobriu suas roupas de piscina com um roupão, tirou sua mala debaixo da cama e começou a enfiar suas roupas nela, sem se preocupar com a organização. Pendurou sua bolsa no ombro e correu porta afora, juntando-se à multidão que seguia para fora do navio.

Emily subiu correndo a escadaria e passou pela porta que dava para a saída. A rampa de desembarque já havia sido abaixada, e dezenas de pessoas esperavam para descer. Emily ficou na ponta dos pés e procurou o cabelo escuro de Jordan. Quando não a encontrou, seu coração quase parou.

— Jordan! — gritou ela. — *Jordan*? — E se tivesse perdido Jordan? Será que a outra iria embora sem ela?

— Jordan! — gritou de novo.

— Emily?

Emily se virou. Sob a placa que indicava as rotas de saída do navio, estava Jordan, usando uma camiseta de Emily, jeans, boné e óculos escuros. Os joelhos de Emily estavam a ponto de ceder. Jordan abriu um sorriso que misturava alívio e felicidade. Emily correu para os braços dela.

— Ei, isso significa que você vem comigo? — perguntou Jordan no ouvido de Emily.

— Eu acho que sim — respondeu Emily, trêmula.

Jordan deu um passo para trás e tirou o celular da bolsa.

— Nossa vida vai ser sensacional! — disse ela, animada, com os olhos brilhando. — Eu prometo.

Em seguida, discou um número e preparou-se para falar.

— Alô, Jasmine? Eu gostaria de reservar uma passagem extra para a Tailândia. Em nome de Emily Fields. — Ela soletrou o nome de Emily devagar. — Vou pagar em dinheiro no aeroporto, tudo bem?

Emily abriu a boca, pronta para dizer que ajudaria a pagar, mas depois ela se deu conta — não tinha nenhum centavo em dólares bermudenses. Ela não fazia ideia de como Jordan tinha acesso à moeda corrente nas ilhas, mas também não tinha certeza se queria mesmo saber.

A fila para a saída andava lentamente. Emily agarrou a mão de Jordan para que não se perdessem na multidão. Depois de algum tempo, Emily pôde ver as docas. A luz do sol era tão brilhante que ela precisou cobrir os olhos. Quando finalmente chegou a vez de saírem, Jordan foi na frente. Emily ia logo atrás dela, com o coração batendo rápido. Jordan estava no meio da rampa quando parou de repente. Emily esbarrou em suas costas.

— O que foi, Jordan? — perguntou Emily. Um mar de gente passava por elas, fluindo como a água que circula por entre as rochas no meio da corredeira.

Se Jordan dissesse que tinha visto um fantasma junto ao cais, Emily acreditaria, porque a menina estava assustadoramente pálida. Seu olhar estava fixo em alguma coisa no mar. Emily esticou o pescoço para ver o que a apavorara tanto. Uma lancha atracou ao lado do navio. Homens uniformizados e com cara de poucos amigos desciam da embarcação. Um deles falava num *walkie-talkie*. Outro parecia ter uma arma no coldre. A lancha exibia um logotipo nas laterais: FBI.

Emily cobriu a boca com a mão. Ela observou, paralisada, enquanto os federais subiam até o cais e depois embarcavam no navio, sem nenhuma cerimônia. Foi então que ela ouviu um deles dizer "Katherine DeLong" em seu *walkie-talkie*.

Jordan se virou para encará-la.

— *Você* chamou a polícia?

— Claro que não! — gritou Emily, arregalando os olhos. — Você sabe que eu não faria isso com você!

O olhar de Jordan moveu-se de Emily para os federais e para Emily mais uma vez.

— Eu sei que você não faria isso — admitiu Jordan. — Mas... eu não consigo entender. Você é a única pessoa que sabe quem eu sou.

O coração de Emily afundou em seu peito. Ela *não era* a única que sabia quem era Jordan e que ela estava no navio. Alguém além dela sabia disso há algum tempo. Emily deveria ter contado a Jordan assim que recebera a primeira mensagem de A com a piadinha idiota, mas fora muito egoísta para agir.

O primeiro agente do FBI atravessou a doca rapidamente, com o rosto afogueado. Jordan agarrou a mão de Emily com força.

— Vamos, Emily! — disse por entre os dentes. — Não podemos deixar que nos vejam.

Ela puxou Emily de volta para dentro do navio, até a escadaria de emergência. Elas voaram escadas acima, subindo de dois em dois degraus. No começo, Emily ainda tentou arrastar sua mala pesada, mas a abandonou no meio do caminho. Não tinha tempo para aquilo, agora. Finalmente, pararam no Convés Cinco, onde ficavam o auditório e uma porção de restaurantes. Foram recebidas por uma fila longa de gente que esperava sua vez no bufê ou para pedir seus sanduíches.

Jordan atravessou a fila correndo, sem se preocupar com quem empurrava no processo, derrapando ao dobrar a esquina do corredor que levava às salas de conferência do navio. Uma voz soou às suas costas:

— Parem aí!

Instintivamente, Emily parou. Mas dois policiais federais tinham arrebentado as portas da escada e corriam atrás de Jordan. Todos na fila do bufê ficaram paralisados e boquiabertos. Alguém deixou cair um prato. Uma garota gritou.

Emily sentia-se como se suas pernas estivessem coladas ao chão. Em segundos, Jordan seria presa. E *ela* também.

Emily virou a cabeça para o lado, odiando-se até mesmo por pensar nisso. Quando olhou para Jordan, a amiga lhe deu um sorriso triste.

— Está tudo bem, querida — disse ela, calmamente. — Corra, Emily. Fuja e finja que você não me conhece.

— Não! — choramingou Emily, sentindo-se envergonhada por Jordan saber exatamente no que ela estava pensando. — Eu não vou te abandonar!

Mas Jordan apenas continuou correndo na direção da amurada.

— Pare aí, srta. DeLong! — advertiu o agente alto.

Jordan mantinha-se firme na direção da amurada, com os olhos frios. Havia determinação em sua expressão, algo quase selvagem, como se ela fosse um animal encurralado à procura de uma rota de fuga. Todas as pessoas no convés acompanhavam o desenrolar da história. Sem hesitar nem por um segundo, Jordan passou a perna por cima da amurada e, em seguida, subiu nela, lutando para se equilibrar. Foi então que Emily se deu conta do que Jordan estava prestes a fazer.

— Não! — gritou Emily, correndo na direção dela.

Mas era tarde demais. O corpo de Jordan desapareceu, lançando-se na direção do oceano azul. Segundos depois, um barulho de mergulho. Todos os que estavam ali correram para se acotovelar junto à amurada e olhar para baixo. Ondas azul-turquesa arrebentavam contra o navio. Enormes jangadas feitas de algas flutuavam sobre a superfície agitada da água.

Por favor, sobe, por favor, apareça, rezou Emily, vasculhando o oceano agitado em busca dos cabelos escuros de Jordan. Mas ela não apareceu.

— Para onde ela foi? — perguntou alguém a seu lado.

— É uma queda muito, muito alta — disse outra pessoa. — Ela não deve ter sobrevivido.

Os federais corriam de volta escadaria abaixo, de volta à lancha do FBI. Emily agarrava a amurada com força, procurando Jordan por entre as ondas. Havia uma feia espuma castanha na superfície do mar. Um peixe pulou e enfiou-se de novo na água em menos de um segundo. Mas nenhum sinal de Jordan.

Pelo menos uma centena de garotos também observava o mar, tentando ver o mesmo que Emily. Ela queria berrar com eles, espantá-los dali, mandá-los embora. Como uma coisa daquelas pôde ter acontecido? Quem teria avisado a polícia? Imediatamente, Emily percebeu que sabia a resposta. Era estupidez sequer imaginar que poderia ter sido outra pessoa.

Como se tivesse sido ensaiado, seu celular apitou. Emily o apanhou na bolsa e conferiu a tela, irritada e magoada, odiando de antemão a mensagem que sabia que veria.

Opa! Será que terei de "caminhar na prancha" por ter alertado as autoridades, Em? Foi mal!

– A

26

TENTANDO RESPIRAR

Naquela tarde, apesar de ainda ter um tiquinho de chiclete grudado no cabelo e de seu tornozelo ainda doer como o diabo, Spencer acomodou-se num barco de pesca com sua turma do curso de mergulho. Estavam chegando a um grupo de enseadas naturais, em uma das áreas desabitadas da ilha. As rochas ali pareciam escorregadias e ensopadas, cercadas pela imensidão azul-turquesa. Era um lugar lindo, mas tão remoto que dava calafrios.

Tim parou o motor do barco.

– Deixei o mergulho mais pitoresco para o fim do nosso curso. As formações de coral nesta enseada são incrivelmente preservadas. Vejam se vocês conseguem encontrar o peixe-anjo; é por aqui que ele gosta de circular. Todo mundo pronto?

Todos murmuraram que sim, e Tim fez com que cada um conferisse com cuidado os medidores, tanques e os outros equipamentos. Depois de terminada a verificação, Tim olhou para Spencer.

— Você e Bagana querem ir primeiro?

Bagana. Spencer olhou para ele, do outro lado do barco. Ele estava sentado junto de Naomi, evidentemente evitando encará-la. Eles não haviam trocado uma palavra sequer desde que Spencer terminara o namoro. Ela teria faltado ao último mergulho para não encontrá-lo, se isso não significasse que seria reprovada no curso. Ainda que o seu futuro em Princeton *parecesse* seguro, não colocaria sua aceitação em risco para fazer birra com um ex-namorado. A poderia aproveitar a história e estragar tudo. De novo.

A, claro, era *Naomi*, para quem Spencer olhava com fúria e que estava agarradinha no braço de Bagana. *Feliz agora?*, Spencer queria perguntar. *Você conseguiu exatamente tudo o que desejava, não é? Como você sempre faz.*

Em vez disso, ela dirigiu um sorriso para Tim.

— Será que posso formar dupla com Kirsten desta vez?

Tim olhou para Kirsten, sentada ao lado de sua parceira, uma menina chamada Jessica.

— Por mim, tudo bem — disse Jessica, e Kirsten levantou-se, abraçada aos seus pés de pato.

— A única coisa que eu peço é que ninguém se afaste do grupo, combinado? — avisou Tim enquanto abria caminho para as meninas entrarem na água. — As correntes aqui podem ser muito perigosas. Não quero que ninguém seja carregado para longe.

Alguém ergueu a mão no meio do grupo:

— Mas ouvi dizer que há uma formação de coral ainda mais surpreendente numa enseada mais distante — perguntou um cara de cabelo curto, que usava um piercing na sobrancelha. — Podemos ir todos juntos até lá?

— De jeito nenhum — respondeu Tim, franzindo as sobrancelhas. — Os corais nas outras enseadas são muito afiados, alguém pode se machucar. E é muito profundo lá, não é seguro para mergulhadores iniciantes. Fiquem onde eu possa vê-los o tempo todo, meninos. Fui claro?

Spencer suspirou. Isso significava que ela teria de ficar onde Bagana e Naomi pudessem vê-la, também.

Apanhando uma máscara de mergulho do caixote, puxou a alça sobre a cabeça. Então, ela e Kirsten sentaram-se ao lado do barco, contaram até três e se jogaram no mar.

A água pareceu fria em contato com a pele de Spencer, e ela sentiu que afundava mais, mais e mais. Abrindo os olhos, respirou fundo e olhou em volta. Peixes tropicais deslizavam para lá e para cá. Algas que pareciam dedos moviam-se como num lindo balé. Ela localizou Kirsten a alguns metros de distância e acenou para ela. Kirsten fez um gesto para o tanque de Spencer e ergueu as sobrancelhas — parceiros devem ficar de olho nos medidores uns dos outros. Mas Spencer apenas balançou a cabeça — estavam na água por apenas alguns minutos. Não havia ainda a necessidade de verificar os controles. O que ela realmente precisava era de alguns instantes de absoluta e verdadeira solidão. Spencer virou-se na direção da enseada mencionada pelo garoto no barco, ansiosa para conferir como seria uma profundeza maior. Danem-se as regras.

Spencer observou enquanto a turma ia se lançando dentro da água, dupla por dupla, incluindo Naomi e Bagana. No momento em que Tim virou de costas, nadou com elegância para longe do grupo, e por alguns minutos, tudo o que pôde ouvir foi o som de sua respiração através dos aparelhos. Bolhas flutuavam por todo o seu campo de visão. Um cardume de peixinhos rosa neon passou por ela, seguido por uma arraia veloz. Spencer continuou a nadar e nadar, até ficar cara a cara com a formação de corais.

Sem querer, uma memória surgiu de repente em sua cabeça. No começo do sexto ano, quando o grupo de amigas se formou, as famílias Hastings e DiLaurentis viajaram um fim de semana para suas casas de veraneio em Longboat Key, Flórida. Ali e Spencer foram fazer uma aula de mergulho juntas. Enquanto caminhavam pela doca, Ali a cutucara, apontando para uma garota loura platinada que liderava a turma.

– Por um segundo, temi que fosse Naomi Zeigler – sussurrara. – A família dela também tem um apartamento aqui, sabia?

Spencer olhara para Ali.

– Por que você não é mais amiga dela?

– Nós brigamos – respondera Ali, ajustando a alça do biquíni, sem dar maiores explicações.

– Por quê? – perguntara Spencer.

Ali dera de ombros.

– Naomi sabe o que ela fez.

Nunca mais falaram sobre isso. Spencer sabia que tinha sido *Courtney* que inventara aquela história, uma menina que jamais convivera com Naomi. A tal briga nunca existira. Naomi nunca tinha feito nada.

Ou... tinha? Havia uma nota apavorante na voz de Courtney quando mencionara Naomi, uma irritação que nem mesmo a melhor atriz poderia fingir. Será que ela descobrira alguma coisa perigosa sobre Naomi ao se mudar para Rosewood? Havia mais naquela história do que Spencer sabia?

Quando correu os dedos por um pedaço de coral, uma dor aguda a atingiu. Spencer se virou, pensando que algo havia batido nela, mas não havia ninguém por perto, nenhuma pessoa nem um peixe sequer. Piscando com força, Spencer sentiu uma tontura repentina. Tentou respirar fundo, mas seus pulmões não pareciam receber oxigênio. Será que tinha descido tanto sem perceber? Ela estaria com "mal de descompressão dos mergulhadores"?

Ela tentou respirar mais uma vez, mas o oxigênio não vinha. Subitamente em pânico, Spencer ajustou sua máscara de mergulho – talvez não estivesse corretamente instalada sobre sua boca. Mas estava, e ainda assim, Spencer não recebia oxigênio. Seu coração disparou. Ela tentou subir para a superfície, mas seus braços e pernas não a obedeciam. Spencer verificou mais uma vez seu medidor de pressão, que indicava que o tanque de oxigênio ainda estava cheio. Só que tinha de haver alguma coisa errada, porque ela, definitivamente, não estava recebendo oxigênio.

Enquanto lutava por ar, uma ideia se formou na cabeça de Spencer. Ela escutara esse tipo de história antes, claro. Medidores podiam sofrer alterações para que indicassem que tanques quase vazios tinham nível normal de oxigênio. Era o que estava acontecendo naquele momento, e Spencer sabia quem era o responsável. *A.*

Sentindo-se tonta, Spencer tentou enxergar através da água e localizou Naomi em meio ao grupo de mergulhadores. A poça de óleo de bebê e a sabotagem da cama pareciam brincadeiras de criança se comparados a adulterar o suprimento de oxigênio de alguém. É claro que Naomi ainda a odiava! Pensar que Spencer acreditara estar a salvo porque cedera ao terminar o namoro com Bagana!

— Hummmm, hummmm! — gritou, mas a água abafou o som completamente. Havia pontinhos pretos manchando sua visão. Spencer fez o melhor que pôde para agitar braços e pernas, numa débil tentativa de chamar a atenção de alguém, mas o grupo estava longe demais para notá-la. Spencer tentou se aproximar. Seus pulmões queimavam, desesperados por ar.

— Hummmm, hummmm! — chamou, tentando agitar os braços com mais ênfase. Mas todos os mergulhadores estavam de costas para ela. Spencer começou a sentir os olhos pesados. Seu pescoço não sustentava mais o peso de sua cabeça, e, de repente, o seu corpo pesava toneladas. A escuridão a envolveu, obscurecendo sua visão. Spencer bateu a perna, mas ela não pôde se mover. Não tinha *energia* para se mexer nem mais um milímetro. Era o fim, e Spencer nem mesmo conseguia lutar.

Uma sensação de calor tomou seu corpo, e ela se deixou afundar. Não conseguia mais ouvir sua respiração. Seus olhos se fecharam. A última coisa que viu foi um facho de luz vindo em sua direção, ocupando aos poucos todo o seu campo de visão...

Em seguida, o ar invadiu seus pulmões, e ela abriu os olhos, alarmada. Tossiu violentamente, água salgada saindo pela boca e queimando suas narinas. Estava deitada no convés do barco de novo. Bagana estava abaixado sobre ela com seus lábios molhados e uma expressão aliviada no rosto.

— Ah, meu Deus! — disse ele, ofegante. — Spencer, você está bem?

Ela tentou falar, mas tossiu novamente. Rolou para o lado e esperou que a água escorresse de seus ouvidos. Por um instante, acreditou que Bagana a tivesse beijado e que o namoro deles ainda estava firme. Mas então, lembrou-se de que não estavam mais juntos.

— O que... aconteceu? — murmurou ela.

— Você começou a afundar — explicou Bagana. — Encontrei você e a puxei para a superfície. Depois, fiz respiração boca a boca. Tim checou seu medidor, não havia nem sombra de oxigênio em seu tanque.

Um arrepio desceu pela espinha de Spencer. Ela correu os olhos pelo grupo reunido no barco, em torno dela, e viu Naomi meio escondida lá atrás, alternando seu olhar entre Spencer e Bagana, sem parar. Ela estava com os lábios pressionados com tanta força que a sua boca estava quase branca, os olhos arregalados, do tamanho de pires. Naomi parecia contrariada, talvez porque Bagana estivesse reconfortando Spencer.

Ou talvez porque seu plano de eliminar Spencer tivesse falhado.

27

SURPRESA

Poucas horas depois, Aria admirava seu reflexo no espelho de corpo inteiro perto do auditório. Estava com o biquíni minúsculo que usara em sua primeira aula de natação com Noel, a saia de palha, uma porção de colares de contas e rasteirinhas nos pés. Como toque final, Aria tinha posto uma flor atrás da orelha.

Ela olhou para o saguão do auditório. Uma garota passou por ela com um cavalete debaixo do braço. Vários jovens carregavam caixas dos mais variados instrumentos. Jeremy, ainda usando seus óculos de sol vermelhos em formato de estrela, atravessou correndo o saguão com uma prancheta na mão, parecendo sobrecarregado. Dois homens de terno e uma mulher num vestido de baile, provavelmente os outros juízes, seguiam atrás dele. Todo mundo parecia empolgado; o ambiente era alegre, de expectativa. Centenas de balões flutuavam acima da cabeça de Aria, e havia apliques no chão, imitando as estrelas da Calçada da Fama de Hollywood.

Ela avistou Noel perto de uma das portas de entrada do auditório e quase caiu na gargalhada. Ele usava um agasalho de ginástica de tecido brilhante, grande demais para ele, e um monte de correntes douradas ao redor do pescoço. Aria correu até ele.

– Você parece mais com um professor de ginástica do que com um rapper!

Noel virou a aba do boné que usava para trás e cruzou os braços sobre o peito, num estilo *gangsta*.

– Espere até ouvir minhas rimas. Mike e eu vamos detonar.

– Quando é a apresentação de vocês? – perguntou Aria.

– Às sete e meia. E a de vocês?

Aria checou a tela de seu celular. Ela e todos os outros participantes do show de talentos haviam recebido um cronograma para as apresentações daquela noite.

– Às sete – disse ela. – Acho que nosso grupo é um dos primeiros.

Eram seis e meia.

Noel deu o braço a ela.

– Vamos ver o que tem para comer?

Eles atravessaram o auditório e desceram os corredores em direção à área do palco, onde um bar e as mesas do bufê haviam sido montadas. Várias filas de cadeiras tinham sumido para dar lugar a uma pista de dança. Quando desviaram de um grupo de meninas que praticava saltos acrobáticos de líderes de torcida, Aria ligou para o número de Emily novamente. De novo, caiu na caixa postal. Aquela era a terceira vez que tentava falar com Emily nas últimas horas. Aria se lembrou da chamada do noticiário que tinha visto em sua cabine.

BANDIDA PATRICINHA PULA DE NAVIO DURANTE CRUZEIRO NAS

BERMUDAS. AGENTES DO FBI VASCULHAM O PORTO. Isso certamente explicava a lancha dos federais esperando-os no porto, que Aria tinha visto da última vez que espiara pela escotilha. Pelo visto, a garota não tinha deixado o navio na parada anterior, como Emily afirmara.

Houve um sinal sonoro e Aria apressou-se em deixar o recado para a amiga:

— Em, estou nos bastidores do show de talentos. Espero que tudo esteja bem e que você ainda queira se apresentar conosco. Ligue quando ouvir essa mensagem, por favor. – Ela jogou o celular de volta na bolsa, e então observou as pessoas por ali se agitando em todas as direções. Spencer não estava à vista, nem Hanna.

Noel pegou um prato vazio e entrou na fila que se formara em frente a uma longa mesa cheia de bandejas de prata.

— E aí, onde está seu amiguinho, Graham?

Aria desviou os olhos, sentindo um aperto no peito.

— Eu não sei.

Noel ergueu as sobrancelhas.

— Pensei que vocês fossem os melhores amigos do mundo.

Aria alisou sua saia de palha.

— A caça ecológica ao tesouro acabou. E acho que não temos tanto em comum quanto pensávamos.

— Você conseguiu ajudá-lo a arrumar aquela namorada?

Aria manteve os olhos fixos no conjunto de talheres brilhantes organizados sobre a mesa.

— Bem, parece que ele não era tão apaixonado por ela assim, afinal.

Aria podia sentir o olhar de Noel queimando em sua pele, tentando descobrir o que não estava dizendo a ele.

Provavelmente o mais correto seria contar a verdade. Aliás, eles tinham um acordo sobre sempre dizer a verdade um ao outro. Mas se Noel descobrisse que Graham praticamente a agarrara, eram grandes as chances de que ele botasse a porta da cabine do garoto abaixo e fosse para cima dele. Era melhor que Noel pensasse que Graham perdera o interesse na amizade. Se ao menos *fosse* apenas isso que realmente tivesse acontecido... O pescoço dela ainda estava dolorido por causa do puxão dado por Graham ao pegar no medalhão. Aria não se esquecia da expressão furiosa no rosto dele, e a via de novo e de novo. Estremeceu ao lembrar-se de como ele a perseguira até as escadas.

– Oláááá, meus talentosos amigos! – gritou Jeremy do palco. Atrás dele, rapazes com camisetas da equipe técnica ainda preparavam o equipamento. – Como vocês podem ver, nosso pessoal ainda está preparando as coisas, mas eu tenho uma grande surpresa para deixar vocês no clima! Um convidado especial se juntou ao cruzeiro e vai apresentar algumas músicas, como um show de abertura! Sem mais enrolação, recebam com palmas... Vegan Sunrise!

Aria olhou para Noel esperando que ele soubesse quem era, pois ela nunca ouvira falar. O público mais próximo do palco aplaudiu sem entusiasmo, também parecendo confuso. Mas quando quatro membros da banda subiram ao palco e começaram a tocar um cover de "When I Come Around", todo mundo deu de ombros e começou a dançar.

A fila do bufê andou, e Aria e Noel encheram seus pratos. Ela conferiu a tela do celular mais algumas vezes, mas nada; nenhum sinal de vida de Emily ou Spencer. A multidão ficou mais turbulenta e animada. Uma garota apareceu do nada e bateu com o cotovelo nas mãos de Aria, derrubando o prato que ela segurava no chão. Aria se contorceu para tentar segurá-lo, mas com isso seu tornozelo se virou, e ela também perdeu o equilíbrio. Apesar de prever a queda, Aria não pôde evitá-la. Em uma fração de segundos, ela estava no chão com o cabelo numa poça de macarrão vegetariano. O som de alguma coisa metálica se partindo a alcançou. No começo, Aria pensou que fosse seu garfo contra o chão, mas quando se ergueu, deu-se conta de que tinha sido seu medalhão. As duas metades da peça haviam se separado na queda.

– Você está bem? – perguntou Noel, estendendo o braço para ajudá-la a se levantar.

– Estou, sim – disse Aria, juntando o melhor que pôde a comida espalhada e jogando tudo na lixeira. Então, foi conferir o que havia acontecido com seu medalhão. Dentro dele, havia uma fotografia de duas sorridentes meninas louras, seus rostinhos pressionados juntos, bochecha com bochecha. Observando mais atentamente, Aria foi percebendo devagar que *conhecia* aquelas meninas. A garota da direita tinha um rosto arredondado, grandes olhos azuis e algumas fracas cicatrizes de queimadura em seu pescoço. *Tabitha.*

Aria desviou sua atenção para a menina do lado esquerdo. Seus olhos percorreram aqueles traços tão familiares, o rosto em forma de coração e também enormes olhos azuis. Aria recuou, aturdida. *Não!* Não podia ser!

Aria afastou o medalhão de seu rosto, mas os olhos da menina pareciam persegui-la. Em seu rosto, um sorriso manipulador e afetado, o mesmo sorriso que seduzira Aria por anos. Um grito formou-se em sua garganta. De repente, não conseguia mais respirar.

Ali.

— Aria?

Ela ergueu os olhos, piscando. Noel a encarava a alguns passos de distância. Sorriu para ele, nervosa e travada, e fechou rapidamente o medalhão. Mas o fecho havia quebrado, e ele se abriu de novo. Ela examinou a foto mais uma vez. Não podia ser. Seu cérebro estava pregando uma peça nela, tinha de ser isso. Aria tentou fechá-lo de novo e, em seguida, examinou a superfície do medalhão. Sob as fortes luzes que iluminavam o palco, a inicial gravada na prata não era um "I" nem um "J". Era um "T".

De "Tabitha"?

Foi então que ela se deu conta de mais uma coisa. Com o coração retumbando no peito, Aria apanhou seu celular, entrou no site dedicado a Tabitha Clark e examinou com atenção a foto da menina na página inicial. Foi *ali* que ela tinha visto o medalhão antes, por isso ele era tão familiar. No pescoço de Tabitha, antes de ela morrer.

Ela ergueu a corrente e olhou de novo para Noel.

— Onde... Onde você realmente encontrou essa corrente, Noel?

Noel parecia confuso.

— Eu disse a você. Foi na praia, em St. Martin. Por quê?

Aria parecia pensar em mil coisas ao mesmo tempo.

— É impossível! — sussurrou. Aquilo não podia ser coincidência. Será que A tinha plantado a corrente na praia para que Noel a encontrasse? Também havia aquela foto — a prova de que Tabitha e Ali *tinham sido amigas*.

Aria tentou andar, mas suas pernas não a obedeciam.

— Aria? — Noel tocou em seu braço. — O que foi?

— Eu só preciso... — disse ela, incerta. Ela cambaleou na direção da saída. O celular dela tocou. Era Graham. Em pânico, Aria clicou em IGNORAR e, em seguida, ligou para Spencer. Mas a chamada caiu na caixa postal.

— Onde está você? — gritou Aria após o bip. — Nós *precisamos* conversar!

Aria teve medo de falar demais e a gravação acabar nas mãos de outra pessoa, por isso desligou e correu. Ligou para Emily em seguida, mas ela também não atendeu. A mesma coisa se repetiu com Hanna. Aria percorreu velozmente o corredor e, então, foi até a área dos elevadores, apertando o botão de novo e de novo e de novo.

— Aria?

Aria se virou. Graham estava de pé junto à janela, olhando para ela.

— Você passou por mim — disse ele, parecendo irritado. — Por que você não atendeu meu telefonema? Preciso falar com você.

— Eu... — Aria se interrompeu, desviando os olhos para o medalhão em suas mãos. Graham olhava para ele, também. Suas sobrancelhas se juntaram. Ele apertou os lábios e, de repente, estendeu a mão para o medalhão. Aria suspirou e tentou cobrir a joia com os dedos, mas era tarde demais. Claro que Graham reconhecera o colar antigo de sua ex-namorada, provavelmente mais cedo, no restaurante.

— Eu... Graham, eu posso explicar — gaguejou Aria.

Graham piscou com força.

— Ah, *pode mesmo?*

Seu rosto estava vermelho. Seus olhos brilharam. Aria, de repente, deu-se conta de uma coisa e não pôde pensar em mais nada. *Ele sabe o que eu fiz.*

Fazia sentido. Graham não queria falar com ela sobre sua paixonite. Queria, sim, confrontar Aria sobre o assassinato da ex-namorada.

Aria se virou, procurando desesperadamente por uma rota de fuga. A placa vermelha indicando SAÍDA brilhava a distância.

– Aria! – gritou Graham, atirando-se em sua direção, agarrando o braço dela e apertando-o com força. Seus dedos pareciam ferros em brasa sobre sua pele. Aria gritou e contorceu-se para se livrar dele, jogando seu peso contra a pesada porta corta fogo que levava para as escadas de emergência e disparando para o deque inferior. Ela nunca havia descido para o nível abaixo do auditório e não sabia o que tinha lá. No fim da escada, deparou-se com uma porta que trazia o aviso ENTRADA PROIBIDA.

Os passos de Graham ecoavam ao bater no chão.

– Aria, volte aqui! – gritou ele.

Ela abriu a porta sem pensar duas vezes e viu que estava na enorme sala das caldeiras do navio, cheia de dispositivos e sensores de todos os tipos. Caldeiras tremulavam ruidosamente. Unidades de ar-condicionado rugiam. Outras máquinas misteriosas sacudiam-se e se debatiam. A sala era iluminada por algumas lâmpadas que pendiam do teto. Havia ali dezenas de corredores longos, verdadeiros labirintos. E nenhuma pessoa por perto.

Atrás dela, a porta se abriu.

– Aria! – chamou Graham, sua voz ecoando nas paredes.

Aria deslizou para trás de uma caldeira, mas não a tempo de enganar Graham, que correu furioso na direção dela com o rosto vermelho, narinas dilatadas e dentes à mostra, como presas.

Aria olhou ao redor, querendo desesperadamente encontrar alguém que pudesse ajudá-la. Mas estava sozinha. Precisava ir para algum lugar onde pudesse se esconder. Foi então que viu outra porta, depois das caldeiras, com os dizeres SOMENTE FUNCIONÁRIOS AUTORIZADOS. Correu para lá, pensando em buscar refúgio do outro lado. Encontrou uma sala cheia de canos, monitores e mais caldeiras. O som de todo aquele equipamento funcionando junto era ensurdecedor, como um carro de corrida acelerado ao máximo. A maçaneta foi sacudida, e Aria correu para trancar a porta, jogando em seguida seu peso contra ela. Lágrimas de puro pavor corriam por seu rosto.

– Que diabos, Aria, você não pode se esconder aí para sempre! – berrou Graham, esmurrando a porta.

– Por favor – implorou Aria –, vá embora. *Por favor*.

– Não vou sair daqui até...

Um dos equipamentos estalou. Graham gritou alguma coisa, acima do som das máquinas.

– Eu preciso... Preciso...

– Me deixe em paz, Graham! – soluçou Aria. – Sinto muito, certo? Eu sinto muito mesmo! Eu não queria fazer aquilo com ela! Mas eu estava tão assustada! Todas nós estávamos!

– Você não pode... Eu... Ele... E... – o volume da voz raivosa de Graham subia e descia. Aria só conseguia entender trechos do que ele dizia. – ... de olho em você!

— Por favor, vá embora! — gritou ela. — Eu já disse que sinto muito! Por favor, deixe-me em paz!

— ... há uma fotografia! — continuou Graham. — ... *de olho em você*!

O sangue de Aria congelou em suas veias. Claro que ele estava se referindo à assustadora fotografia que mostrava claramente Aria empurrando Tabitha da cobertura. Talvez ele tivesse tirado aquela foto. Talvez *de olho em você* se referisse a isso.

Os pensamentos de Aria iam se encadeando uns aos outros, como uma fileira de dominós caindo. E se Graham tivesse enlouquecido no final do namoro com Tabitha perseguindo-a em todos os lugares? Talvez ele a tivesse seguido até a Jamaica em busca de uma segunda chance. Talvez ele tivesse andado atrás dela tirando fotografias sem que ela soubesse e, por isso, estivesse na praia, de tocaia, para registrar imagens dela na cobertura do hotel. Porém, em vez de tirar fotografias descontraídas de Tabitha com algumas novas amigas, Graham testemunhara um assassinato. Talvez ele tenha tirado uma foto dela deitada na praia, também depois que ela caiu e morreu. Ou mesmo arrancado a corrente de seu pescoço e a colocado na praia para que Noel a encontrasse. Não fazia sentido Graham não ter imediatamente reportado o crime, mas talvez ele preferisse se vingar do jeito *dele*. E assim... ele se transformara no novo A.

Aria começou a tremer. Seria isso possível? Apesar de todas as advertências que as amigas fizeram, tantas vezes elas disseram que ele tinha um motivo, Aria sempre tinha ficado do lado de Graham, procurado *justificar* as atitudes dele. Mas, afinal, ele *tinha mesmo* um motivo. E talvez, após o acidente, ele tivesse conseguido entrar em contato de alguma forma com Naomi, recrutando-a para ajudá-lo em seus planos de vingança.

Ele poderia ser um assassino. Um torturador. Agora, Aria estava presa numa sala, com Graham esperando por ela do outro lado.

A porta sacudia mais e mais; Graham a esmurrava e chutava sem parar. Ao fechar os olhos, Aria pôde ver claramente o rosto aterrorizado de Tabitha despencando da cobertura. Imaginou o corpo dela todo machucado ao cair sobre a areia, para depois ser varrido pela maré. Aria era uma pessoa horrível. Merecia ser alvo do ódio de Graham. Mas não merecia as coisas que ele fizera fingindo ser A.

Bum!

Aria gritou e cobriu a cabeça. O som fora tão próximo dali que a sala estremeceu. As luzes acima piscavam, e o som de metal atingindo o chão ecoou ao seu redor. Aria ofegou e espiou por entre os dedos. Será que alguma coisa ali explodira? Um cheiro horrível de pólvora e aparelhos eletrônicos queimados pairava no ar, como uma queima de fogos de artifício. Ou, talvez, uma bomba caseira.

O alarme de incêndio começou a soar.

— Pessoal! — gritou Jeremy, sua voz crepitando pelo alto-falante depois de um instante. — Vocês precisam evacuar o navio agora mesmo! Por favor, dirijam-se ordenadamente aos botes salva-vidas aos quais foram designados!

Evacuar o navio? Seu coração começou a acelerar. Ela não podia sequer abrir a porta.

Aria encostou o ouvido na porta, esperando Graham recomeçar a gritar e esmurrar. Alguns segundos se passaram e, então, um minuto. Por fim, Aria abriu uma fresta da porta. As luzes de emergência estavam acesas. A sala estava cheia de fumaça. Uma caldeira tinha tombado. Havia resíduos de metal em todas as partes. Uma densa fumaça negra brotava de todos os equipamentos, e as chamas já lambiam o teto. Sem dúvida nenhuma, a explosão ocorrera ali.

Aria soltou um grito e, em seguida, escancarou a porta. Ela precisava sair dali de qualquer maneira. Olhou ao redor procurando Graham, esperando ser agarrada por ele. Mas, mesmo através da fumaça, ela entendeu o que acabara de acontecer.

Graham se fora.

28

MULHERES E CRIANÇAS PRIMEIRO

Emily seguiu o fluxo de pessoas na direção das escadas, seu peito ardendo por causa da fumaça. Acima dela, luzes de emergência piscavam. Todos comentavam aos berros a estranha explosão, rindo histericamente e fazendo comparações nervosas com o filme *Titanic*. Ainda que todo mundo tivesse participado de uma demonstração sobre as normas de segurança no primeiro dia a bordo, ninguém ali parecia se lembrar de onde ficavam os botes salva-vidas para os quais cada um havia sido designado.

– Atenção, pessoal! – gritou Jeremy pelo alto-falante. – Se nos separarmos, por favor, lembrem-se de que devemos nos encontrar no Hotel Royal Arms em Hamilton, Bermudas!

Jeremy repetiu a mensagem mais três vezes. Enquanto Emily esperava sua vez para descer as escadas, observou o céu. Um avião sobrevoava o navio, vindo do aeroporto das Bermudas, que estava a dez minutos de barco dali. Seria aquele o avião em que ela e Jordan deveriam estar? Emily imaginou as pessoas lá dentro sentadas em seus lugares, as aeromoças percorrendo os corredores, o cheiro de café fresco impregnando o ar da cabine – e os dois assentos desocupados que pertenciam a ela e a Jordan.

A fila moveu-se um pouquinho, e mais alguns garotos passaram pela porta que levava à escada. Uma garota de trancinhas, bem na frente de Emily, cutucou a amiga.

– Ouvi dizer que terroristas explodiram o refeitório.

– Não, foram dois caras que participaram no show de talentos que fizeram isso – retrucou a amiga dela. – Eles sabiam que o número deles era uma droga, então decidiram bombardear o navio e roubar a Vespa.

– Você está inventando isso! – disse Trancinhas, revirando os olhos.

– Talvez tenha sido aquela menina que se jogou no mar mais cedo – sugeriu uma outra voz. – Talvez tenha sido a vingança dela contra quem a delatou para os federais.

– Isso é loucura! – Alguém parecia irritado. – Ninguém viu aquela garota sair da água. Ela está morta.

– Não é incrível pensar que ela estava no navio o tempo todo? Quem vocês acham que a ajudou a bordo?

Parem de falar sobre ela!, Emily queria gritar. Era como se Jordan fosse uma celebridade caída em desgraça, alguém esquisito, distante. *Ela adora beber café com bastante leite*, Emily pensou. *Ela é corajosa. Ela é a menina mais sensacional que eu já conheci.*

Emily fechou os olhos e imaginou o corpo de Jordan afundando mais e mais, até alcançar as profundezas da baía, assim como acontecera com o de Tabitha. Ela seria capaz de estrangular A com suas próprias mãos. Por que A não podia deixá-las em paz? Por que A tinha que arruinar TUDO o que ela e as amigas amavam?

De repente, Emily sentiu que alguém tocava em seu ombro. Aria estava nas escadas bem atrás dela, usando seu biquíni e sua saia de palha, encharcada de suor. Hanna e Spencer também estavam lá, usando roupas normais, mas parecendo muito perturbadas.

— O que diabos está acontecendo? — perguntou Emily.

Aria olhou de um lado para o outro, observando os jovens agitados ao redor delas. Então, puxou Emily para um canto isolado numa plataforma entre os lances de escadas, um canto frio, escuro e vazio. O pessoal passava por elas apressado e não parecia sequer notá-las ali.

— *Olha isso!* — Aria puxou do bolso a corrente de ouro com o medalhão que estivera em volta do seu pescoço a semana inteira, e balançou-o sob o nariz de Emily. O medalhão se abriu em duas partes. Emily observou as meninas da fotografia. Uma das meninas era Ali. Quando ela percebeu quem era a outra, recuou, confusa.

— Esta é *Tabitha*? — sussurrou Emily, atordoada.

— Esta corrente era dela! — respondeu Aria. — Noel a encontrou na praia, mas verifiquei as fotos de Tabitha na Internet. Não tenho a menor dúvida, a outra menina é ela.

Spencer balançou a cabeça, atônita.

— Eu aposto que Naomi plantou a corrente com o medalhão na praia para que Noel o encontrasse e desse de presente a Aria.

— Ou talvez Graham tenha feito isso — sugeriu Aria, ainda respirando com dificuldade. Ela estava a um passo de uma crise de choro. — Eu estava errada sobre ele, meninas. Ele olhou para a corrente como se soubesse de quem era, e depois me encarou como se soubesse tudo o que eu fiz. Fugi dele e me tranquei numa das salas das máquinas, mas ele ficou berrando comigo através da porta. Pedi perdão por tudo o que fizemos com Tabitha, mas ele não parava de berrar. Disse que estava de olho em mim, e que tinha uma fotografia. Eu acho que foi ele quem detonou a bomba. Ele comentou algo sobre pólvora em uma das nossas conversas — certamente ele saberia como criar uma explosão.

Spencer cobriu a boca.

— Você poderia ter morrido!

— Eu sei — respondeu Aria, engolindo em seco.

Emily estremeceu.

— Sobre qual foto você acha que ele estava falando?

— Não sei — respondeu Aria. — Talvez a fotografia de Tabitha caída na praia. Acho que ele e Naomi estão *juntos* nisso.

— Ah, meu Deus! — Spencer se apoiou na parede, parecendo zonza.

— Mas por que Naomi, ou Graham, ou seja lá quem for, plantaria a corrente na praia para que Noel a encontrasse e desse para Aria? — perguntou Hanna.

— Porque isso prova que fomos nós que matamos Tabitha — explicou Spencer, aproximando-se das amigas para que um bando de meninos que passava aos berros descendo as escadas não pudesse ouvir. — Ele nos conecta com ela e com aquela noite. A está tentando levantar evidências contra nós, para as quais não existam dúvidas.

Emily encolheu-se contra a parede.

— Não consigo entender. Por que A precisa levantar evidências contra nós? A, ou melhor, os dois As têm fotografias nossas na cena do crime. Um dos As nos viu. E, bem, *fomos* nós. Por que A precisaria reunir provas extras?

Spencer deu de ombros, a luz vermelha de emergência piscando em seu rosto.

— Eu não sei. Mas o FBI está rondando o navio, à procura da menina que pulou. — Ela olhou para Emily enquanto falava e, em seguida, desviou o olhar. — Este seria o momento ideal para ele nos entregar. Seríamos presas quase que imediatamente, especialmente se uma de nós for apanhada usando esse medalhão.

Hanna encarou Aria.

— Onde está Graham?

Aria tamborilou as unhas contra a grade.

— Não sei. Ele desapareceu depois da explosão.

Spencer franziu a testa.

— Isso é estranho, você não acha?

Aria encolheu os ombros.

— Estou *aliviada* por ele ter sumido. Fiquei apavorada pensando que ele fosse me atacar e me machucar.

— Bem, faria mais sentido, você não acha? — perguntou Spencer, abraçando seus joelhos. — Quero dizer, estou feliz por você estar segura, mas por que ele não ficou esperando você sair depois que a bomba explodiu? Por que ele a deixou lá e foi embora?

Emily pensou por um momento, com os olhos fixos na correria do pessoal pelas escadas.

— Talvez ele tenha calculado mal e posto a bomba no lugar errado. Por isso, precisou fugir para não se ferir.

— Ei, mas e se Graham não tiver certeza de que éramos nós na cobertura naquela noite? — perguntou Hanna, entre pausas para tossir. — Aquelas fotos estão muito borradas... Talvez ele só tenha confirmado que estávamos envolvidas na morte de Tabitha quando você fugiu dele, Aria. E agora, pode ser que ele e Naomi estejam indo contar a coisa toda para a polícia.

Spencer apoiou-se no corrimão para se erguer.

— O colar certamente nos liga ao crime. Os policiais vão pensar que o arrancamos de Tabitha na noite em que ela morreu.

Hanna acenou com a cabeça.

— Temos de nos livrar deste colar *já*! Tudo de que não precisamos é mais uma coisa que nos ligue a Tabitha... especialmente com o FBI por perto.

— Você deveria ter se livrado disso assim que percebeu de quem era — disse Emily para Aria. — Por que não a jogou no mar?

Aria parecia assombrada. A luz fluorescente da plataforma fazia sua pele, já branquinha, parecer fantasmagórica.

— Eu não estava exatamente pensando com clareza, gente.

— Até que foi *uma coisa boa* você não ter jogado a corrente no mar — disse Hanna. — Neste momento, há um zilhão de policiais esquadrinhando o porto. Um deles poderia encontrar a corrente. Mas um monte de gente viu você com ela no pescoço, Aria; eles ligariam você a este objeto num piscar de olhos e, então, A faria com que todo mundo soubesse que era a corrente de Tabitha. Temos de nos livrar dessa coisa para sempre, para que ela não volte a nos assombrar. Poderíamos afundá-la com alguma coisa pesada, para que nunca seja encontrada.

Ouviu-se um barulho de interferência e microfonia vindo dos alto-falantes, e as garotas ergueram os olhos. Então, Jeremy soprou no microfone para testá-lo.

— Lembrando a vocês que quem se separar do grupo deve ir para o Hotel Royal Arms. Estamos enviando um e-mail para os celulares de todo mundo, caso se esqueçam.

— Tive uma ideia — segredou Spencer, depois que Jeremy se calou. — Há uma enseada perfeita para mergulho, não muito longe daqui... meu grupo esteve lá perto hoje de tarde. Aparentemente, o lugar é mesmo profundo. E se fôssemos até lá num dos botes salva-vidas? Podemos mergulhar e enterrar a corrente sob a formação de coral.

Emily arregalou os olhos.

— Mas não fomos designadas para o mesmo bote salva-vidas. E cada bote costuma levar mais de quatro pessoas, não é? Não podemos simplesmente nos apossar de um e comprometer a vida de outras pessoas!

— Ah, Aria — disse Spencer, dando de ombros —, você reparou na quantidade de botes salva-vidas que temos neste navio? Há o suficiente, acredite.

— Ei, isso é verdade — comentou Hanna, pensativa. — Eu li uma porção de documentos referentes ao navio em meu trabalho voluntário. Sei que parece que está lotado, mas ele tem capacidade de carregar mais umas cem pessoas.

Aria engoliu em seco.

— Spencer, eu não sei nadar.

— Mas eu sei — disse Spencer. — Sou mergulhadora certificada. Eu mesma enterro a corrente com o medalhão, você nem precisa sair do bote.

— Mas e quando tivermos completado o plano? — perguntou Aria. — Nós estaremos no meio do oceano! Como vamos encontrar os outros?

Spencer não parecia preocupada.

— Você ouviu o que Jeremy disse: quem se perder do grupo deve ir para o Hotel Royal Arms, em Hamilton. Enterramos a corrente e seguimos para lá.

Hanna tirou um pedacinho da pintura que descascava na parede.

— Pode ser perigoso sairmos sozinhas num bote, especialmente para um lugar tão isolado.

Spencer gesticulou, minimizando a afirmação de Hanna.

— Estive seis vezes nas Bermudas com minha família. Conheço bem essas águas.

— Eu topo — decidiu Emily. — Vamos lá.

— Eu também topo — concordou Aria, finalmente. Elas olharam para Hanna que, apesar de relutante, finalmente deu de ombros, cedendo.

As meninas se juntaram novamente ao enorme grupo que seguia para o convés inferior, dando uma parada no armário de armazenamento do equipamento de mergulho para pegar uma máscara, um tanque e pés de pato para Spencer. As portas que levavam para os botes salva-vidas estavam abertas, e o oceano azul-escuro e um entardecer brilhante exibiam-se para elas. Todo o pessoal estava embarcando nos botes aleatoriamente, sem respeitar listas ou atribuições prévias. Amigos sentavam-se juntos. Casais se apertavam juntinhos. Alguns ainda traziam nas mãos as bebidas da festa do show de talentos. A maioria usava a roupa com que se apresentaria, inclusive Aria.

— Vamos lá! — chamou Spencer, apontando para um bote salva-vidas vazio no fim do corredor. Elas correram até ele e subiram a bordo, aproveitando que os membros da equipe de segurança do navio estavam ocupados ajudando as pessoas a embarcarem nos outros botes. Emily apoiou-se nas laterais do barco de borracha e olhou para o porto agitado à sua frente. A praia parecia estar a quilômetros de distância. Um barco do FBI oscilava sobre as ondas à esquerda delas, deixando-a mais nervosa ainda. Todas vestiram os coletes salva-vidas, que tinham um leve cheiro de mofo. Quando estavam finalmente acomodadas, Spencer puxou a corrente para dar a partida do motor de popa.

Em seguida, alguém agarrou o braço de Emily.

– Temos espaço para mais um?

Emily se virou e reprimiu um grito de susto. No convés do navio, olhando diretamente para ela, estava Naomi.

– Ah... – arfou Emily, incapaz de esboçar reação.

O olhar de Naomi pulou de Emily para Spencer, depois para Aria e para Hanna. As meninas pareciam em estado de choque. Os cantos da boca dela se inclinaram para baixo, formando uma careta descontente.

– Posso entrar ou não? – perguntou Naomi, um tanto rude.

– Desculpe, Naomi. Não temos espaço. – Hanna agarrou Spencer pelo braço. – Vamos!

Spencer saiu com o bote, afastando-se do navio, quase jogando Naomi na água. Emily esfregou a pele de seu braço bem onde Naomi havia tocado. Ela estava arrepiada.

– Ei! – Naomi chamou por elas. – O que diabos...?

– Não respondam! – sussurrou Hanna.

– Ei! – chamou Naomi mais uma vez, ainda de olho enquanto Spencer virava o bote para longe da costa. – Meninas, para onde vocês vão? É para o outro lado!

Aria choramingou. Hanna parecia prestes a vomitar. O coração de Emily batia rápido como o de um coelho. Spencer trincava os dentes enquanto conduzia o bote na direção da enseada. No minuto seguinte já haviam se afastado tanto que podiam ver o navio inteiro. Miniaturas de salva-vidas iam se afastando do navio. Uma luz de alarme brilhava no convés superior. Das escotilhas saía uma coluna de fumaça preta.

E então, Emily pousou o olhar no convés, onde a equipe organizava os botes que ainda não tinham partido. Naomi continuava plantada no mesmo lugar, com as mãos na cintura, olhando diretamente para o bote delas. Emily observou sua figura imóvel cada vez menor e menor, diminuindo a distância, até que finalmente desapareceu na escuridão que se instalava.

29

S.O.S

Demorou cerca de vinte minutos até que as meninas alcançassem o ponto de mergulho em que o grupo de Spencer estivera naquela tarde. O sol desaparecia no horizonte, os últimos raios de luz tingindo o céu de púrpura. Spencer virou o bote na direção de um recorte no litoral, pontuado por enormes formações rochosas, falésias naturais e pequenas cavernas. Bordas irregulares e afiadas de corais se projetavam por todo lugar. O mar lambia as enormes rochas escorregadias, cobertas de algas. A caverna da qual elas se aproximaram, profunda e escura, parecia uma boca zangada, bastante assustadora.

Spencer desligou o motor, para então envergar o tanque de oxigênio e calçar os pés de pato, sentindo-se um pouco incomodada por usar equipamento de mergulho depois de quase morrer afogada. Mas ela verificou o medidor de seu tanque três vezes, e era impossível que Naomi tivesse sabotado o equipamento dela antes de saírem.

— A parte mais profunda é a que fica no interior da caverna. Eu vou sozinha, certo? Vocês esperam aqui.

— Spencer, você ficou louca? — perguntou Emily. — De jeito nenhum deixaremos você entrar sozinha no mar. Eu vou com você. Fico na superfície te esperando.

— Eu também vou — disse Hanna.

Aria arregalou os olhos.

— Ei, não me deixem aqui! Eu também vou.

Spencer olhou para ela, preocupada.

— Aria, você dá conta?

Aria ajustou seu colete salva-vidas.

— Ora, eu vou ficar bem. Estamos todas juntas nessa, não estamos?

— Eu fico de olho em você — ofereceu-se Emily.

As meninas amarraram o bote salva-vidas num afloramento de rochas e enfrentaram a água fria e cheia de algas. Nadaram na direção de uma passagem estreita que levava para uma piscina de águas escuras e agitadas. Depois de mais algumas braçadas, chegaram a uma caverna bem maior, onde a água era muito mais calma e quente. Mas estava escuro lá, também — Spencer mal podia ver alguns metros à frente. A visibilidade ficou um pouquinho melhor quando ela acendeu a lanterna de mergulho. As algas translúcidas e pegajosas deslizavam pelas pernas delas como sanguessugas. Spencer olhou preocupada para Aria, mas viu que a amiga flutuava confortavelmente com seu colete salva-vidas.

Ela pegou a corrente com o medalhão das mãos de Aria.

— Desejem-me sorte — pediu, desaparecendo em seguida sob a água.

Spencer afundou exatamente como fizera mais cedo, naquele mesmo dia. Dessa vez, porém, o equipamento funcionou perfeitamente, e ela respirou sem dificuldade. Depois de descer uma boa distância, encontrou uma formação rochosa e empurrou a corrente com o medalhão o mais fundo que pôde, fazendo subir uma nuvem de areia. Quando o sedimento finalmente voltou ao seu lugar, a corrente tinha desaparecido. Agora ela estava escondida, e para sempre – pelo menos, esse era o desejo de Spencer.

Quando ela emergiu, as meninas ainda chapinhavam por ali. Um silêncio tenso pairava no ar – Spencer estava certa de que nenhuma delas falara durante todo o tempo em que estivera no fundo do mar. Hanna batia os dentes. Aria ofegava. Emily olhava para diversos pontos na costa, aflita, e a ilha parecia estar a um milhão de quilômetros de distância.

– Pronto, meninas – disse Spencer, puxando a máscara de mergulho de seu rosto. – Vamos embora daqui.

As quatro nadaram de volta pela passagem. O mar estava ainda mais frio, agora que o sol estava se pondo e Spencer mal podia esperar para subir de novo a bordo do bote salva-vidas e alcançar a praia. Ela observou a pequena linha de luz prateada na linha do horizonte. Quase não havia diferença entre o céu escuro e a água azul-marinho. O único som que se ouvia era o suave quebrar das ondas. Spencer voltou sua cabeça para a direita e para a esquerda, desorientada. Alguma coisa ali estava diferente.

Emily se colocou logo atrás dela. Aria nadou até alcançá-las e, então, Hanna apareceu. Todas elas se agruparam em volta de Spencer, confusas.

– Onde está nosso bote? – perguntou Emily finalmente.

Spencer piscou, aturdida. E isso, de alguma forma, a orientou. Ela via o navio de cruzeiro a distância. E, logo ali, a rocha em forma de dedo que ela lembrava-se de ter visto durante o mergulho em grupo. Mas quando voltou seus olhos para a floração onde haviam amarrado o bote, tudo o que Spencer viu foi um pedaço de corda solta. Ela puxou a corda, sentindo que havia um peso mais abaixo. Pouco depois, um motor de popa apareceu na superfície, seguido pelo bote murcho, sem nenhum ar dentro.

Aria engasgou. Emily e Hanna trocaram um olhar horrorizado, sem dizer nada. As ondas batiam violentamente contra as rochas. Uma risadinha aguda e estridente pairava no ar.

Hanna gemeu, encarando as amigas com os olhos arregalados de pavor.

– Eu... Eu não entendo.

– Alguma coisa deve ter furado o bote – sugeriu Spencer, com a voz trêmula.

Emily choramingou.

– Ah, meu Deus, isso não pode estar acontecendo. Como vamos voltar para a praia?

As meninas se entreolharam, depois avaliaram a enorme distância que as separava do navio. Spencer se virou, tentando avaliar se seria possível nadar até a costa, mas era longe demais, também. Emily talvez conseguisse nadar, mas, ao lado dela, Aria se debatia, quase sem fôlego, mesmo usando o colete salva-vidas.

– Eu deveria ter ficado no bote – lamentou Aria, engasgando com a água do mar. – Talvez isso não tivesse acontecido. Eu poderia ter mantido ele a salvo.

— Pare já com isso! — disse Spencer, irritada. — Imagine se você tivesse ficado no bote e ele começasse a afundar. E você não conseguisse sair?

Aria olhou para as paredes das falésias, lisas, sem protuberâncias.

— Como alguma coisa pôde perfurar nosso bote, afinal? Não parece ser possível.

E então, como se em resposta, elas foram novamente alcançadas por uma risadinha estridente, que parecia vir das profundezas do oceano. Era uma gargalhada vingativa, de satisfação, um gargalhada que dizia: "E agora, suas cretinas, o que vocês vão fazer?" E, de repente, algo ocorreu a Spencer.

— Foi Naomi — sussurrou ela.

Aria engoliu em seco. Hanna batia o queixo. As mãos de Emily tremiam tanto que ela mal conseguia afastar seu cabelo do rosto. Assim que Spencer proferiu aquelas palavras, soube que estava certa. Naomi vira quando as meninas se afastaram do navio e, claro, ela sabia o que as quatro iam fazer. Sendo A, percebera que aquela era uma oportunidade à prova de falhas. Spencer já podia ver as manchetes do dia seguinte: *Quatro garotas saem para um passeio de barco durante evacuação de um navio de cruzeiro. Bote naufraga e meninas morrem afogadas.*

Isso provavelmente já acontecera antes. Quando uma das equipes de resgate afinal as encontrasse, o fato seria considerado como um terrível acidente, mas certamente não um assassinato. Ninguém iria para a cadeia. Era o crime perfeito.

As garotas trocaram um olhar apavorado.

— Naomi nos largou aqui para que morrêssemos — sussurrou Spencer. — Nós sabemos muito bem que ela e Graham estão juntos nisso. Quando a bomba que ele detonou não acabou com Aria, eles partiram para o plano B.

Emily começou a chorar.

— O que vamos *fazer*? Eu não quero morrer assim!

— Socorro! — gritou Hanna. Mas o bater das ondas abafou sua voz.

— Nós nunca deveríamos ter vindo até aqui — choramingou Emily.

— É tudo por minha culpa — soluçou Aria. — Se eu não tivesse aceitado o medalhão de presente, não estaríamos aqui, boiando no meio do nada. Não estaríamos metidas *nesta* confusão se eu não tivesse empurrado Tabitha.

— Não fale assim! — disse Spencer.

— Mas é verdade! — lamentou Aria. — Sou eu que mereço a vingança de A. Não vocês!

Spencer observou quando uma onda cobriu a cabeça de Aria. Ela voltou à superfície, engasgando, e outra onda a fez afundar de novo. Ela debatia inutilmente os braços. Havia terror em seus olhos.

Emily pegou Aria pela cintura e puxou-a para a superfície.

— Aria, você precisa manter a calma! — gritou ela em seu ouvido. — Não entre em pânico. Você está desperdiçando energia.

— Como posso *não* entrar em pânico? — choramingou Aria. — Vocês não entendem? A nos deu um final poético: vai nos matar no mesmo mar que levou o corpo de Tabitha. E mesmo que a gente sobreviva, do que vai adiantar? A vai nos achar de novo e fazer algo *pior* ainda.

— Não, Aria, não pense assim — disse Spencer, gentilmente. — Vamos derrotar A. Nós vamos dar um jeito. — Mas quando olhou para o céu que escurecia mais e mais, soube que tudo o que Aria estava dizendo era verdade. Abandono no mar parecia ser a pior morte que poderiam ter, mas, se sobrevivessem, não havia garantias de que A não contra-atacaria com algo ainda mais assustador. Como Spencer conseguiria tocar sua vida sabendo que A teria sempre algo pronto para ser usado contra ela, a qualquer momento?

Aria tirou a água dos olhos.

— Se sairmos dessa confusão vivas, vou contar à polícia o que eu fiz na Jamaica.

Todas elas encararam Aria.

— Não, você *não vai* — sibilou Spencer.

— Eu não aguento mais! — disse Aria, agitando os braços. — Você não entende o que está acontecendo? A está usando a nossa culpa e o nosso medo para nos manipular, e essa história pode continuar para sempre se não dermos um jeito de isso tudo acabar agora! A única maneira de nos libertar de A será confessando! Assim, A não terá mais nada contra nós.

O mar se acalmou por um instante. Hanna passou a mão pelo rosto. Spencer engoliu o choro. Finalmente, Emily limpou a garganta.

— Talvez *todas* nós devêssemos confessar — disse.

— Não podemos deixar você assumir isso sozinha, Aria — acrescentou Hanna.

— E você tem razão — disse Spencer, quando uma onda bateu em seu rosto. — A não poderá fazer mais nada contra nós se todas confessarmos. De um modo estranho, fazer isso nos libertará. Sim, nós vamos a julgamento, e sim, não sabemos o que vai acontecer conosco. Mas pelo menos A terá saído das nossas vidas.

Aria engoliu em seco.

— Vocês não precisam arruinar suas vidas por algo que eu fiz.

Spencer revirou os olhos.

— Pela última vez, Aria, estamos nisso juntas. Vamos *todas* confessar. Nós nunca deixaríamos você levar a culpa sozinha.

Então, sem mais palavras, num acordo mudo, as meninas começaram a nadar juntas, cuidando umas das outras. E, de repente, era como se fossem realmente melhores amigas. Até mesmo irmãs.

Spencer vislumbrou alguma coisa ao longe.

— Ei, o que é *aquilo*? — De vez em quando, depois de uma onda, ela conseguia ver uma forma branca através da água.

Aria se encheu de esperança.

— Um barco!

Hanna agitou os braços sobre a cabeça.

— Ei!

— Aqui! — berrou Emily.

O barulho grave de um motor sobrepujou o som da maré furiosa. O barco seguia direto na direção delas. Hanna deixou escapar um riso quase histérico.

— Eles nos *viram*!

O barco subia e descia com o movimento das ondas. Parecia-se com um pesqueiro, com redes penduradas dos lados e varas de pesca se projetando para fora do casco. O capitão usava um chapéu de pesca cáqui que cobria seus olhos. Spencer se perguntou se era alguém do cruzeiro.

— Segurem-se! — gritou alguém, enquanto uma corda era lançada à água. Spencer se esticou para alcançá-la, mas quando estava prestes a pegar, Aria a afastou.

— Não! — sussurrou Aria.

Prestes a protestar, Spencer seguiu o olhar arregalado de Aria. Havia uma garota no convés. Spencer achou que estava tendo uma alucinação.

Naomi.

— Agarrem a corda, meninas! — gritou Naomi. Ela pegou a corda e jogou-a de novo na direção delas, como uma linha de pesca. Quando ninguém mordeu a isca, Naomi olhou feio para elas, estreitando os olhos. — O que *há de errado* com vocês? Querem morrer afogadas?

— Nadem para longe! Afastem-se! — gritou Spencer, dando meia-volta dentro da água. — Precisamos ficar longe dela!

Mas, então, outra voz gritou do barco:

— Parem com isso, meninas, por favor! Precisamos levar vocês para terra firme em segurança!

Spencer parou de nadar, reconhecendo a voz. Emily não conseguia acreditar no que acabara de ouvir. Quando uma onda passou, um segundo vulto apareceu na amurada. Era um rapaz, usando uma camiseta polo cor-de-rosa justa, bermuda listrada e óculos de sol em forma de estrela. O olhar em seu rosto era de pura preocupação e pavor.

— Jeremy? — gritou Spencer, incrédula.

Havia outras pessoas ao lado dele. Erin, a menina namoradeira que dividia a cabine com Emily. Kirsten Cullen e Mike. E também Noel.

Elas estavam salvas.

30

UM LONGO CAMINHO PARA CASA

— Agarrem-se à corda, meninas! — gritava Jeremy, dependurado na lateral do barco, com o braço estendido. — Vou puxar vocês para cá!

Hanna olhou de Jeremy para Naomi e, em seguida, desviou os olhos para o capitão do barco, um sujeito com as abas do chapéu enterradas sobre os olhos. Então, ela observou o resto do grupo de resgate. Rostos familiares e desconhecidos as observavam com preocupação. Mike parecia prestes a cair no choro a qualquer minuto. Noel ofereceu a mão para Aria, branco como um fantasma.

Uma onda cobriu a cabeça de Hanna, e ela afundou por um instante. Por mais que não quisesse pôr os pés a bordo do mesmo barco em que Naomi estava, a situação parecia sob controle. Ela estava congelando no meio do mar. Seus braços e suas pernas tinham perdido toda a sensibilidade e, pela forma como se sentia tonta, tinha certeza de ter chegado à exaustão.

Aceitando a corda, deixou que Jeremy, Noel e os outros a puxassem a bordo. Alguém colocou uma toalha grande sobre os ombros de Hanna, e ela se deixou ficar ali, imóvel, recuperando o fôlego. Houve um corre-corre junto à amurada enquanto Aria, Emily e Spencer eram trazidas para o convés. Depois disso, Jeremy veio falar com elas com as mãos na cintura.

— Garotas, no que diabos vocês quatro estavam pensando ao roubar um bote salva-vidas e ir para *o lado oposto* da costa? — gritou Jeremy. Seus óculos de sol em formato de estrela caíram, mas ele não fez menção de apanhá-los. — Vocês percebem o tipo de confusão em que se meteram? O que vocês têm a dizer em sua defesa?

Todas se entreolharam. Então Spencer se adiantou.

— Eu-eu perdi uma coisa hoje mais cedo durante a minha aula de mergulho. Uma herança de família. E pensei que, bem... já que estávamos deixando o navio, poderíamos passar aqui pela última vez e ver se ele estava por lá. — Hanna a encarou, impressionada com a rapidez de pensamento de Spencer. — Quando chegamos à enseada, pulamos do bote e demos uma nadada por ali, para procurar — acrescentou. — E então o nosso bote salva-vidas murchou.

Jeremy sacudiu a cabeça.

— Não pensem que seus pais não serão informados sobre isso! *Assim como* a direção da escola de vocês!

Hanna engoliu em seco e sentiu que Aria ficava tensa ao lado dela. Mas então alguma coisa dentro dela sussurrou: quem se importa com as ameaças tolas de Jeremy? Ela e as amigas estavam prestes a confessar um assassinato!

O motor do barco roncou alto, e Jeremy mandou que todos se sentassem. Spencer, Aria e Emily foram para uma das extremidades. Noel rapidamente ocupou o último lugar ao lado de Aria. Hanna não teve escolha, a não ser sentar-se do outro lado do barco – um assento, infelizmente, ao lado de Naomi.

Ela se ajeitou, evitando os olhos da outra. Mas Naomi a encarava, de qualquer maneira.

– Você está bem? – perguntou Naomi, soando sincera.

Hanna se afastou, dando de ombros.

– Por Deus, Hanna! – gritou Naomi, perdendo a paciência. – Você poderia pelo menos me agradecer!

Hanna a encarou.

– Pelo quê? – perguntou, abruptamente.

Naomi parecia não acreditar naquilo.

– Ah, bem, que tal por eu me preocupar com você quando vi que as quatro retardadas estavam indo na direção oposta à da praia? Por organizar uma equipe de resgate quando não encontrei vocês em terra? Hanna, você não facilita quando alguém quer ser sua amiga!

Hanna cruzou os braços sobre o peito.

– Você nunca quis ser minha amiga, Naomi. Eu sei de tudo. Você afundou o nosso bote. Você *queria* que fôssemos para a cadeia. Você e Graham.

– Quem?

Hanna bufou.

– O seu comparsa nesse plano maluco para acabar conosco.

Naomi encarou Hanna como se um terceiro olho tivesse brotado em sua testa.

– Nossa, Hanna, acho que você tem toda razão. Eu e esse tal de Graham, quem quer que ele seja, seguimos você em minha lancha espiã supersônica, afundamos *seu* bote e tentamos matar vocês. Somos uns verdadeiros monstros.

Sim, vocês são, Hanna pensou, meio zonza, ainda tremendo sob a toalha. *Vocês são monstros chamados A.*

Mas alguma coisa ali estava errada. Não havia um sorriso irônico nos lábios de Naomi. Nenhuma expressão confusa no rosto dela. Sem olhos arregalados, nenhum nervosismo do tipo "você me pegou". Em vez disso, Naomi sacudia a cabeça como se a outra fosse louca.

Hanna tinha um gosto salgado na boca e, quando respirou fundo, sentiu os pulmões congestionados e os músculos doloridos. Talvez porque estivesse à beira da exaustão, ou talvez fosse o fato de que ela e as amigas haviam finalmente decidido confessar o que fizeram a Tabitha, mas nada parecia importar muito. Quando Hanna olhou para Naomi, sentiu-se cheia de coragem.

— Eu sei que você sabe — disse Hanna.

Naomi franziu a testa.

— Sei o quê?

— Você *sabe*. — Hanna falou com mais ênfase. — Eu sei que você sabe que me ofereci para levar Madison para casa na noite em que aconteceu o acidente. Eu não estava bêbada, mas um carro apareceu de repente na estrada e me empurrou para fora da estrada, fazendo com que eu enfiasse o carro numa árvore. E também sei que você sabe que carreguei Madison para o banco do motorista e fugi para evitar encrenca. Você e Madison descobriram a verdade, não foi?

Naomi tinha as mãos inertes no colo, e seu rosto estava branco como um papel.

— *O quê?*

Hanna respirou fundo e, em seguida, desviou os olhos para Jeremy, que falava com o capitão. Por que Naomi parecia tão surpresa? Os e-mails entre ela e Madison deixavam claro que elas sabiam de tudo. E as mensagens enviadas por A eram óbvias, A também conhecia a verdade. E lá estava Naomi, com o rosto pálido, um olhar hesitante no rosto, as mãos tremendo.

Parecia que alguém tinha entrado na mente de Hanna e bagunçado tudo. Seria possível que estivesse errada sobre Naomi todo aquele tempo?

— Você... *Você não sabia?* — perguntou Hanna.

Naomi negou com a cabeça, lentamente. Hanna ergueu os olhos e olhou para a lua acima de sua cabeça, depois para um adesivo de pesca no casco do barco e, então, para os ridículos óculos de sol de Jeremy, tentando buscar apoio em algo estável e conhecido. Se Naomi não sabia que Hanna dirigia o carro de Madison na noite do acidente, então não tinha razão para perseguir Hanna. E se não era Naomi quem estava perseguindo Hanna, por que ela era A?

Ela *era* A?

Parecia que alguém tinha acabado de dizer a ela que o céu era verde e a água, cor de abóbora. Hanna encarou Naomi. Ela parecia tão vulnerável e desarmada quanto estivera naquela noite no karaokê, ou na boate, ou na academia, quando pedira a Hanna para que ensaiassem juntas para o show de talentos. Uma lágrima desceu por seu rosto. Ela mordeu o lábio inferior uma vez e outra até que ele ficou vermelho e doído.

Hanna colocou a mão sobre a boca. De repente, ela se sentiu péssima.

— Ah, meu Deus — sussurrou. — Pensei que você soubesse.

Lágrimas fizeram os olhos de Naomi brilharem. Seus lábios se contraíram, e ela fechou e abriu os punhos, como se estivesse pensando em socar o rosto de Hanna. Mas, depois de um momento, Naomi fechou os olhos e deu um suspiro.

— Não, Hanna. Eu não sabia.

— Eu sinto muito, Naomi, de verdade — murmurou Hanna.

Naomi a encarou.

— Você acha que *sentir muito* resolve alguma coisa?

— Mas eu sinto mesmo, Naomi — protestou Hanna. — Não foi de propósito, eu não quis que isso acontecesse. Madison mal podia caminhar quando deixamos o bar. Foi por isso que resolvi levá-la para casa, fiquei apavorada que alguma coisa terrível acontecesse com ela se Madison dirigisse o próprio carro. E você mesma admitiu que o acidente, de uma forma estranha, acabou sendo uma coisa *boa*, porque mudou a vida de Madison.

Naomi olhou para Hanna horrorizada.

— Meu Deus, Hanna. Seria mil vezes melhor se o acidente *nunca tivesse acontecido*.

Hanna fechou os olhos, de repente, dando-se conta de que era uma cretina.

— Claro, eu sei — sussurrou.

Naomi apertou suas têmporas.

— Estou considerando a possibilidade de chamar a polícia quando chegar em casa e entregar você. Minha prima gostava de jogar hóquei nos fins de semana, você sabia? E ela nunca mais vai poder fazer isso. Madison provavelmente vai mancar para sempre. Ela gritou de dor na fisioterapia por meses, e isso foi caríssimo; meus tios estão afundados em dívidas. Eu deveria fazer *você* pagar por tudo isso. Ou talvez o seu pai rico.

Hanna abriu a boca e fechou-a novamente. Ela não tinha como se defender. Naomi estava coberta de razão.

— O acidente foi uma *provação* para minha família — continuou Naomi, com o rosto vermelho. — Foi uma tortura, não sabíamos se Madison conseguiria sobreviver. E você acha que um 'sinto muito' idiota resolve tudo?

— Eu não deveria ter dito isso — disse Hanna, de cabeça baixa. — Você pode contar à polícia sobre o que fiz, se achar que isso é o certo a fazer. E aos seus pais. E a Madison. Eles merecem saber a verdade.

Naomi apertou a mandíbula e olhou para o horizonte.

— Eu só não entendo como alguém pode *agir* dessa forma. E mesmo depois de tudo o que fez, você fingiu ser minha amiga, como se nada tivesse acontecido!

— Eu não sabia que Madison era sua prima até ver sua identidade falsa — disse Hanna, sem conseguir controlar o choro. — Quando me dei conta disso, me apavorei. Achei que você soubesse sobre minha participação no acidente de Madison desde o início, e que fosse por isso que você estava tentando ser minha amiga. Porque você queria se vingar.

Naomi zombou.

— Eu estava sendo gentil, Hanna, porque queria que fôssemos amigas. Estava cansada de todas aquelas brigas ridículas. — Naomi encarou-a sem acreditar. — É por isso que você estava mexendo em meu computador depois da nossa noite na boate? Para ter certeza do que eu sabia?

Hanna assentiu, cheia de culpa.

— Eu tinha certeza de que você sabia sobre minha participação no acidente de Madison. Li uma troca de e-mails entre você e ela, na qual você dizia ter descoberto quem era o suspeito. Eu achei que você sabia que era eu.

— E você nunca pensou em apenas esclarecer as coisas? Contar tudo o que aconteceu? – perguntou Naomi.

— Ah... É mais complicado do que isso – gemeu Hanna. Ela não poderia contar a Naomi sobre A.

— Foi você também que colocou aquelas fotos no meu computador?

Hanna franziu a testa.

— Que fotos?

— Uma pasta de fotos novas foi misteriosamente adicionada à minha área de trabalho. Eu pensei que era um vírus, para ser franca, e não abri. Mas quando eu fui excluir, a pasta tinha desaparecido. Você estava tentando invadir meu computador?

Hanna abriu a boca, mas as palavras não saíram. As fotos de que falava Naomi eram as fotografias delas na Jamaica? Será que alguém plantara essas fotos no computador de Naomi?

— Sinto muito – disse Hanna novamente, sem saber como explicar aquilo.

Naomi pressionou seus ombros. Ela observou as ondas por alguns instantes e depois virou para encarar Hanna, ríspida.

— Quero deixar claro que eu não tinha ideia de que havia alguém com Madison no carro. Ela estava tão bêbada naquela noite que também não se lembrava. Mas ela *se lembra* de faróis no rosto dela, vindos da outra direção, pouco antes do acidente. E era isso o que estávamos investigando, sua idiota. *Não* você.

Hanna estremeceu, e depois assentiu, constrangida:

— Eu me lembro do outro carro. Foi como se, em um segundo, a estrada estivesse completamente vazia e, de repente, lá estava um carro em alta velocidade, vindo bem na nossa direção.

– Nós encontramos uma testemunha – disse Naomi, contrariada. – Uma senhora que mora na casa da colina perto de onde o carro despencou e bateu. Ela não estava em casa no momento, mas a câmera de segurança da entrada da garagem registrou alguns momentos do acidente. Não dava para ver com clareza dentro do carro de Madison. Não sabíamos que havia duas pessoas. Mas é possível ver a imagem do segundo carro jogando o BMW para fora da estrada. Foi como se o outro motorista tivesse feito de propósito.

O coração de Hanna disparou.

– Você tem ideia de quem foi?

– Temos parte da placa, mas é só isso. Os investigadores perguntaram a Madison se ela conhecia alguém que a odiava tanto a ponto de querer machucá-la, mas ela não conseguiu se lembrar de ninguém. Acho que eu deveria perguntar a você a mesma coisa.

Um arrepio subiu pela espinha de Hanna. Ah, se ela *sequer imaginasse* quem gostaria de fazer-lhe mal... Mas talvez A soubesse exatamente o que tinha acontecido naquela noite. A poderia ser o motorista do outro carro, provocando o acidente. E, assim, A tinha cadeira cativa na primeira fila para assistir ao que aconteceria em seguida. Tudo o que A precisava fazer era estacionar na curva onde o carro de Madison perdera a direção, desligar os faróis e assistir enquanto Hanna se desesperava.

O barco desacelerou, e o porto de Hamilton tornou-se visível. As amigas de Hanna estavam acomodadas do outro lado e não conseguiam ouvir o que as meninas diziam, apesar de estarem inclinadas na direção dela. Elas provavelmente observavam a conversa, tentando descobrir o que Hanna estava dizendo. Hanna se perguntou se apenas por sua linguagem corporal elas conseguiram deduzir que Naomi não era A.

Hanna encarou Naomi mais uma vez. Ela ainda queria dizer uma porção de coisas, *inclusive* agradecer — ela e as amigas teriam morrido se não fossem resgatadas. E queria tentar fazer as pazes com Naomi, também, apesar de não saber nem por onde começar. Mas tudo em que conseguia pensar pareceria indelicado se dito em voz alta. Uma coisa era ter feito algo que permanecia em segredo; mesmo sendo algo pelo qual ela era torturada, aprendia-se a viver com aquilo dentro de si. Mas a coisa mudava de figura quando se descobria quantas vidas tinham sido atingidas e alteradas pelo que se fez. Isso adicionava uma carga extra de culpa e vergonha, totalmente nova.

— Eu realmente lamento muito por tudo o que aconteceu — sussurrou ela, novamente.

— Sim, bem, você deveria lamentar — murmurou Naomi. Quando encarou Hanna, havia desgosto em seus olhos. Mas, em seguida, ela deu de ombros. — Eu não vou contar a ninguém, se é com isso que você está preocupada. Mas você me deve uma, fique sabendo. E vamos torcer para que peguem quem quer que seja o outro motorista.

— Ah. Obrigada! — Hanna estava surpresa com a súbita generosidade de Naomi.

A garota revirou os olhos e deu-lhe as costas.

Uma onda espirrou água no rosto de Hanna. Ela se acomodou no assento, experimentando uma mistura de vergonha e arrependimento. E, pesarosa, soube que a sementinha de amizade que havia nascido entre ela e Naomi provavelmente jamais brotaria. As coisas tinham ido longe demais.

Estava tudo perdido e a culpa era toda dela. Talvez elas não mais insultassem uma à outra pelos corredores de Rosewood, mas não iriam almoçar juntas no refeitório. Era apenas mais uma coisa que A tinha destruído.

O barco ancorou no cais, e todos fizeram fila para descer.

— Hanna, há outra coisa que talvez eu deva lhe contar — disse Naomi de repente, quando o barco entrou no porto.

— O quê? — perguntou Hanna.

Naomi afastou uma mecha de cabelo do rosto.

— Ali me ligou uma vez, depois que ela voltou para Rosewood como Courtney. Ela me contou tudo. Que ela era a *Verdadeira* Ali, mas tinha sido internada na clínica à força, no começo do sexto ano, por causa dessa troca, e que tudo o que acontecera com ela era, tipo, culpa *sua*.

Hanna arregalou os olhos.

— Você contou a alguém?

Naomi balançou a cabeça.

— Pensei que ela estivesse bêbada, porque aquela história era uma loucura. E ela ficava dizendo coisas como '*Eu as odeio, Naomi. Elas destruíram minha vida. E destruíram a sua, também, você não vê isso? Não acha que elas não lhe devem alguma coisa?*'.

— *Você* concorda com isso? — perguntou Hanna.

Naomi deu de ombros.

— Era bem bacana ser amiga de Ali, e eu *fiquei* com muita raiva quando ela trocou Riley e a mim por vocês. Mas, com o passar do tempo, comecei a achar que não tinha sido assim tão ruim. Sabe, Ali era muito mandona. E tinha um monte de segredos.

— Como o quê?

Naomi deu a Hanna um olhar estupefato.

— Ora, que tal o fato de que Ali tinha uma irmã gêmea sobre quem ninguém sabia? — Ela limpou a garganta. — E Ali ainda disse outras coisas pelo telefone no ano passado. Coisas como *Eu vou arrasar essas vadias, Naomi. Nós vamos fazê-las pagar pelo que fizeram.*

— Meu Deus! — sussurrou Hanna. Ali tinha *mesmo* feito com que elas pagassem. Então ela olhou para Naomi. — Queria que você tivesse dito alguma coisa bem antes. Queria que você tivesse dito a *alguém*. — Se Naomi tivesse levado Ali mais a sério, Hanna e as amigas talvez não tivessem passado por aquela experiência horrenda na casa em Poconos. Se a *Verdadeira* Ali tivesse sido mandada de volta para a clínica — porque ela certamente seria se alguém soubesse daquela conversa —, elas teriam sido poupadas de toda a confusão na Jamaica, também. Tabitha teria sido apenas uma amiga esquisita de Ali da clínica, agindo como uma louca a mando de Ali, e nada mais.

Hanna imaginou como seria se o tempo pudesse voltar; como seria se cada uma das coisas horríveis que elas haviam feito pudesse virar poeira. Que tipo de vida poderia estar vivendo agora? Ela seria feliz, despreocupada? Não seria maravilhoso se A não estivesse na vida dela?

Uma expressão esperta e vingativa cruzou o rosto de Naomi, fazendo com que Hanna novamente se lembrasse da menina que conhecera anos atrás, aquela que tinha sido sua inimiga desde sempre.

— Bem, acho que estamos quites.

31

UM REENCONTRO AGRIDOCE

O saguão do Hotel Royal Arms era decorado em tons de bege e marrom, com móveis sem personalidade e luminárias de latão horrendas, o que fazia Spencer se sentir como se estivesse num hotel barato próximo ao aeroporto da Filadélfia em vez de nas praias de Hamilton, Bermudas. A única coisa especial sobre o saguão era que estava abarrotado com os passageiros que haviam abandonado o navio em chamas. Garotos da escola Pritchard estavam jogados nos sofás. Uma turma de Rosewood Day havia invadido o pequeno restaurante do hotel, onde três TVs transmitiam partidas de críquete. Meninas do Villa Louisa se apoiavam no balcão da recepção, conversando com os pais em seus celulares. Todo mundo tinha recebido ligações dos pais, que estavam furiosos por seus filhos terem de fugir em botes para salvar suas vidas. Havia rumores sobre ações judiciais contra a empresa de viagens. Mason Byers anunciou que o pai viria buscá-lo naquela noite em seu avião particular. A história já estava nos noticiários – O TRIÂNGULO

DAS BERMUDAS, dizia a chamada de um telejornal exibido antes da partida de críquete, mostrando a imagem de dezenas de botes salva-vidas avançando rumo à costa, enquanto se afastavam do navio em chamas. Infelizmente, a história sobre a quase morte das quatro amigas teve alguma repercussão, também – os repórteres praticamente babaram ao descobrir que se tratava das Pretty Little Liars. Spencer descobrira, pelos jornais, que a tripulação ainda estava tentando decidir se iriam processar as garotas pelo roubo do bote salva-vidas.

– Tudo bem, pessoal! – gritou Jeremy num megafone, ainda dando o seu melhor para não perder a animação. – O incêndio no navio foi contido, mas não é mais seguro viajar nele! Por isso, estamos providenciando passagens de avião para todos. Vocês sairão daqui amanhã ou depois. Estamos tentando ajeitar todo mundo em quartos aqui mesmo, neste hotel, então não vão a lugar nenhum! Quem se perder ficará retido nas Bermudas até que seus pais venham buscá-lo.

– Como se isso fosse *ruim* – murmurou Spencer, revirando os olhos. Ela e as amigas estavam num corredor dos fundos do saguão, perto de um par de terminais de computadores e máquinas de bebidas e salgadinhos, assistindo a confusão a uma distância segura. Nenhuma delas tinha se recuperado completamente do *tempo* passado na água fria. Ainda tinham toalhas penduradas nos ombros e sentiam calafrios. O cabelo delas estava parcialmente seco, mas Aria tinha fiapinhos de algas na franja. Emily tinha uma caneca de chocolate quente nas mãos, e Hanna ainda tremia. Mas talvez fosse porque acabara de informar às outras que Naomi *não era* A.

– Ela não sabia de nada sobre a Madison – disse Hanna, depois que Jeremy calou a matraca. – E, bem, o fato é que ela organizou uma equipe de resgate para nos buscar. Parece óbvio que o verdadeiro A nos enganou e nos fez acreditar num monte de mentiras. De novo.

Spencer assentiu, não muito surpresa. Assim que Naomi aparecera com uma equipe de resgate para salvá-las, ela começara a duvidar de suas suspeitas. Mas era interessante observar como A tinha sido hábil em fazê-las acreditar que Naomi estava por trás de tudo. Por exemplo, enviando mensagens para elas quando Naomi estava por perto. Ou colocando Hanna e Naomi na mesma cabine.

Ela fechou os olhos.

— Mas A *estava* no navio. E A *esvaziou* nosso bote. Certo?

Aria assentiu.

— É muita coincidência. A definitivamente esvaziou o nosso bote. Isso quer dizer que só nos resta Graham. Talvez ele seja A. O único A, desde o começo.

— Mas não consigo entender como Graham poderia ter nos seguido para a enseada sem que o víssemos — disse Emily, parecendo intrigada. — Nós estávamos em águas abertas. E ele deve ter agido rapidamente; não ficamos na enseada por muito tempo.

— Talvez ele tenha escutado nossa conversa sobre ir até a enseada e deixou o navio antes de nós — sugeriu Hanna. — Ou talvez ele já *estivesse lá* quando chegamos, escondido numa das cavernas.

Aria fez uma careta.

— Eu não sei se ele conseguiria chegar lá tão rapidamente após a explosão. Mas acho que tudo é possível.

Spencer brincou com seu anel de prata.

— É bem provável que Graham tenha ficado de orelhas em pé, prestando atenção em todas as nossas conversas. E só porque Naomi não estava por perto, acreditávamos estar a salvo.

— Alguém *viu* Graham? — sussurrou Hanna. — Ele pode estar ouvindo nossa conversa agora mesmo.

As meninas ergueram os olhos. Spencer observou a multidão no saguão. Jennifer Feldman estava mexendo em seu iPad perto da recepção. Lucas Beattie rondava pelo saguão, tirando fotos para o anuário. Mas ela não viu Graham em lugar algum.

— Eu me pergunto qual será a próxima jogada dele — disse ela, aflita. — Vocês acham que ele vai nos delatar assim que chegarmos aos Estados Unidos?

Aria se aprumou.

— Acho que *nós* devemos confessar antes que Graham nos denuncie.

Confessar. Spencer respirou fundo. Hanna e Emily se remexeram, desconfortáveis. Era óbvio que elas estavam pensando melhor sobre a promessa feita no meio do oceano.

Arrancando pedacinhos da sua cutícula, Emily disse:

— Tenho tanto medo do que vai acontecer quando confessarmos.

— Mas temos que acabar com isso — disse Aria. — Eu tive uma epifania no meio do mar. Prefiro viver com minha consciência limpa a ter uma vida cheia de mentiras. Mesmo que isso signifique que tenhamos de passar por alguns maus bocados. Não creio que consiga viver nem mais um dia com tantos segredos trancados no coração.

Spencer assentiu.

— Eu me sinto assim também. Mas você está subestimando o que vamos passar quando fala de *maus bocados*, Aria. Nosso julgamento pode se arrastar por anos e anos. E depois disso, podemos ser condenadas a passar o resto da vida na cadeia.

— Mas A também pode nos atormentar pelo resto da vida — disse Aria.

— Mas na cadeia não veríamos mais nossas famílias — ponderou Hanna. — E todos aqueles que amamos nos odiariam.

Os olhos de Aria foram tomados pelas lágrimas.

— Eu sei. Mas como eu disse, eu posso assumir tudo sozinha, e...

— *Não*! — disseram Spencer, Emily e Hanna ao mesmo tempo.

Spencer tocou a mão de Aria e engoliu em seco.

— Você está certa. Temos de acabar com isso, e confessar é a única saída. Eu estou de acordo.

— Eu também — disse Hanna, depois de hesitar por um instante. Emily também assentiu.

Elas ficaram em silêncio por um tempo, ouvindo as conversas e risadas animadas do pessoal apinhado no saguão. Jeremy mais uma vez avisou a todos que o pessoal da organização do cruzeiro estava reservando voos para todo mundo de volta para a Filadélfia para os próximos dias. Spencer sentiu-se enjoada só de pensar nisso. Quando chegassem em casa, a vida delas estaria acabada. Ah, se ela *pudesse* ficar nas Bermudas para sempre...

De repente, um vulto se aproximou. Era Bagana, com as mãos nos bolsos.

— Podemos conversar? — perguntou ele, encarando Spencer.

Spencer olhou para as amigas, que deram de ombros, concordando. Ela foi até Bagana hesitante, com o coração disparado. Assim que Spencer estava perto o suficiente, ele a agarrou, trazendo-a para junto de seu peito.

— Acabo de descobrir o que aconteceu — disse ele no ouvido dela. — Você está bem? O que deu em você para pegar um bote salva-vidas e voltar para a enseada?

Sem relaxar um músculo sequer, Spencer olhou em volta do salão com cautela, para verificar se alguém os observava. Ainda que não fosse Naomi, A enviara mensagens ordenando que ela ficasse longe de Bagana.

Mas, então, ocorreu a Spencer que ela e as amigas confessariam um crime em breve. A vida era muito curta para que ficassem afastados.

— Ah, é uma longa história — admitiu ela. — Mas tudo acabou bem. Naomi salvou minha vida e a das minhas amigas, para falar a verdade. Então, acho que ela não é uma psicopata, afinal.

Bagana negou, balançando a cabeça no mesmo instante.

— Não, Spencer, ela é sim! Ela me contou tudo!

Spencer franziu a testa.

— Ela contou o quê?

— *Era* ela que estava fazendo todas aquelas coisas com você — disse ele, num sussurro. — Ela jogou óleo de bebê na passagem da sauna para a piscina, serrou a cama para que ela quebrasse, tudo mesmo. Tudo o que você disse que ela estava fazendo, ela estava *mesmo* fazendo.

Spencer piscou, aturdida.

— Ela realmente *admitiu* isso?

Bagana assentiu.

— Acabei de falar com ela. Primeiro, Naomi me contou sobre o resgate de vocês, e depois admitiu toda a trama. Ela parecia péssima com tudo o que fez e... Bem, eu também me sinto mal, Spencer. Duvidei de você. Pode me perdoar?

Spencer olhou para ele com intensidade.

— Eu é que deveria implorar seu perdão. *Eu* agi como uma louca, *eu* terminei nosso namoro. Nunca deveria ter feito isso.

Bagana a abraçou com força.

— Claro que eu perdoo você — murmurou ele. — Essa foi uma viagem muito esquisita, não foi? Naomi atormentando você, aquela garota fugitiva pulando no mar, e... você soube sobre a explosão? Pode ter sido criminosa.

Spencer engoliu em seco.

— Eu não fiquei sabendo disso. — Spencer esperou que sua voz tivesse soado sincera.

Bagana assentiu.

— Começou na sala das máquinas. A direção do cruzeiro acha que foi um dos passageiros quem armou a bomba.

Spencer baixou os olhos, sabendo que confessaria tudo se Bagana olhasse dentro de seus olhos.

— Eles já sabem quem fez isso? — perguntou ela.

Bagana deu de ombros.

— Nenhuma pista. Estão tentando pegar as imagens das câmeras de segurança da sala das máquinas, mas duas delas foram destruídas. Porém, eles identificaram duas pessoas pela terceira câmera, e ainda estão tentando descobrir quem eram.

Spencer desviou os olhos para Aria, que ainda estava conversando com Hanna e Emily. Spencer sabia que as duas pessoas na fita de segurança eram Aria... e Graham. Fechou os olhos por um momento, pensando em Graham como A.

Eles sequer se *conheciam*. Tudo parecia tão... *impessoal*. Que tipo de louco furioso persegue e atormenta as assassinas de sua namorada em vez de simplesmente entregá-las para a polícia?

Um lunático chamado A, é claro.

Ela se voltou para Bagana, querendo pensar em outra coisa.

— Eu senti tanto a sua falta — admitiu.

— Eu também senti sua falta — disse Bagana, inclinando-se para beijar seu pescoço.

Spencer inclinou a cabeça para trás, aproveitando a sensação. Mas, de repente, quando um grupo de turistas usando camisetas com a bandeira americana passou pelos garotos no saguão, a realidade a atingiu. Ela e suas amigas confessariam tudo ao FBI *no dia seguinte*. Mas como? Primeiro, fariam uma ligação; em seguida, seriam interrogadas por um dos investigadores, e então...? Uma confissão em meio às lágrimas? Spencer imaginou seus pais sendo chamados à delegacia, os gritos dos jornalistas fazendo perguntas na frente da casa dela, os nomes das quatro estampados em todos os noticiários mais uma vez, todos apontando para elas... O que Bagana acharia disso tudo quando descobrisse?

Spencer reprimiu um gemido baixo de desespero e retribuiu o abraço de Bagana. Quando eram pequenas, ela e Melissa costumavam jogar um jogo inventado por elas, chamado "Príncipe Encantado", em que listavam todas as características que desejavam encontrar em seus futuros namorados. No começo, Spencer sempre copiava o que Melissa dizia — alto, moreno, bonito, com um carro bacana e um emprego legal. Mas um dia ela percebeu que aquela era uma descrição bem parecida com a do pai delas. Ainda assim, *cheiro de maconha e saber de cor músicas obscuras do Grateful Dead* foram características que nunca constaram na sua lista. Mas enquanto observava o rosto gentil e suave de Bagana, o sentimento esperançoso de "algum dia meu príncipe chegará" que ela sentia quando brincava com sua irmã tomou conta naquele momento. Ainda que Bagana não fosse o tipo de rapaz com quem ela fantasiava namorar quando pequena, ele era exatamente o que ela queria.

Mas será que *Spencer* seria o tipo de garota dos sonhos de Bagana, depois que descobrisse o que ela havia feito?

32

A QUESTÃO DO NAMORADO

Apesar de a empresa responsável pelo Cruzeiro Ecológico ter fretado voos para levar todo mundo de volta à Filadélfia, havia ainda a questão da bagagem que permanecia nas cabines. O navio foi levado até o porto de Hamilton às sete da manhã de segunda-feira, e os passageiros tiveram uma hora para entrar e arrumar suas malas. Aria e Noel subiram a rampa e foram espiar o auditório, ainda decorado para o show de talentos. Dava uma sensação melancólica espiar toda a decoração ainda lá – balões, bandeirolas e refletores. Até a comida estava intacta em cima da mesa do bufê, com moscas ávidas zumbindo em torno dela.

Noel apontou para a Vespa que seria o prêmio do primeiro colocado, estacionada ao lado do palco.

– Quem será que vai ficar com ela?

– Ninguém, eu acho – murmurou Aria.

Noel balançou a cabeça com ar sombrio.

– Ontem foi um dia *terrível*. – Ele apertou a mão de Aria. – Simplesmente não posso acreditar que vocês pensaram ser uma boa ideia ir até uma enseada remota procurar uma relíquia estúpida da família da Spencer. Vocês poderiam ter morrido.

Aria baixou os olhos.

— Eu não pensei que teríamos problemas. Nós não pensamos que o bote poderia desinflar. Foi tudo fora do normal.

— Você deveria ter pensado melhor! — Noel tomou o rosto de Aria nas mãos. — Quando Naomi me disse que vocês estavam indo de bote para longe da costa e que ainda não tinham voltado, meu coração quase parou. Eu não sei o que seria de mim sem você.

— Ah, não faça drama — murmurou Aria, mas já estava com os olhos cheios de lágrimas. Aqueles momentos horríveis no mar ainda estavam frescos em sua memória. Ela ainda não conseguia acreditar realmente que Naomi não era A — e que Graham, e apenas ele, era o responsável por tudo. Ele as vigiara, esgueirando-se pelas sombras com tanta destreza! Tinha sido ele o assassino de Gayle, e também quase matara a todas elas.

Conforme caminhavam pelo interior do navio, o cheiro de fumaça tornava-se mais intenso. Noel torceu o nariz.

— Que horror. — Ao passarem pelo cassino, Noel olhou para a mesa da recepção, com o banner da CAÇA ECOLÓGICA AO TESOURO. — Você falou com Graham depois que deixamos o navio? — perguntou ele, fazendo uma careta. — Estou surpreso por *ele* não querer ir para alto-mar salvar você.

Aria engoliu em seco, revisitando os momentos horríveis que passara fugindo de Graham na sala das máquinas. Spencer dissera a ela que uma das câmeras de segurança pudera ser salva e que seu conteúdo estava sendo investigado, mas ela não sabia ao certo como se sentia sobre o conteúdo que a câmera revelaria. Por um lado, seria maravilhoso se Graham fosse identificado e preso. Mas por outro, *ela* também teria que dar explicações. Noel provavelmente perderia a cabeça se descobrisse que Aria quase tinha sido feita em pedacinhos por uma bomba.

Ela esfregou a testa e olhou ao redor, observando a multidão de jovens indo buscar seus pertences. A cabine de Graham ficava naquele andar, mas ele não estava por ali. Na verdade, Aria não o vira em lugar nenhum. Tinha procurado no saguão do hotel, em restaurantes e espaços ao ar livre, mas ele parecia ter desaparecido. Mas se Graham era A, esconder-se era o que fazia de melhor.

Enfim, em breve isso não teria a menor importância. Quando as quatro amigas confessassem o que haviam feito com Tabitha, Graham não poderia mais atormentá-las. Estariam livres.

— Terra chamando Aria.

Ela pulou. Noel a encarava.

— Tudo bem com você? – perguntou ele.

Aria tentou sorrir, mas sua boca não cooperou. A realidade do que estava para acontecer era um balde de água fria sobre sua cabeça. *Elas iriam confessar tudo.* Será que não seria mais correto contar antes a Noel? Ela não queria que ele descobrisse assistindo ao noticiário das dezoito horas.

— Eu preciso... – começou ela, com a voz embargada.

Noel pareceu preocupado.

— O que foi? – perguntou com delicadeza.

— Eu... fiz uma coisa horrível – sussurrou Aria.

— O que foi? — Noel se aproximou dela. Não estava claro se não tinha ouvido direito o que Aria dissera ou se queria que ela falasse mais.

Alguém bateu uma porta perto dali. Algum barco no porto emitiu um sinal sonoro alto e assustador. A história estava na ponta da língua de Aria, implorando para ser contada.

— Eu preciso...

De repente, a voz de Jeremy os alcançou.

— Quarenta e cinco minutos, pessoal! Por favor, façam as malas rapidamente!

Noel olhou para Aria por alguns segundos, esperando que ela falasse. Aria se virou.

— Não importa — disse ela. Não havia como ela colocar tudo para fora agora.

Ele deu-lhe um grande abraço, então se afastou e tocou seu pescoço.

— Onde está sua corrente com o medalhão?

A mente de Aria se revirou procurando uma desculpa.

— Devo ter perdido enquanto estava na água. — Ela esperava que aquilo tivesse soado convincente. — Acho que ela queria ser devolvida ao mar.

Noel concordou, balançando a cabeça devagar, parecendo tranquilo.

— Eu acho que é melhor você *perdê-lo* do que eu *perder você*.

Ele a abraçou e então foi para sua cabine arrumar as malas. Aria entrou no elevador — a cabine dela ficava dois deques abaixo. Cada músculo do seu corpo estava tenso. Ela estava inquieta, pensando que aquele poderia ser o último abraço de Noel que receberia. Será que ele falaria com ela depois de descobrir que ela era uma assassina?

De repente, Aria viu passar, por entre as portas do elevador que se fechavam, um homem usando uniforme da polícia. A postura dele era rígida, e ele olhava diretamente para frente. Aria apertou o botão ABRIR PORTAS e saiu do elevador, ainda no deque de Noel. O policial foi até o final do corredor; em seguida, entrou por uma porta aberta à esquerda. Aria estava quase certa de que era a cabine de Graham: ela se lembrava da ocasião em que fora buscá-lo para uma partida de minigolfe. Agora parecia que isso tinha sido há muito tempo.

Aria observou quando Noel caminhou até sua cabine, inseriu a chave na porta e entrou. Então, respirando fundo, ela começou a descer o corredor, também. Passou pela porta de Noel, indo para o fim do corredor até a porta que o policial havia entrado. Era definitivamente a cabine de Graham – Aria reconhecia a etiqueta de cavaleiro no quadro de avisos.

Aria espiou para dentro do quarto, preparada para ver Graham, mas apenas o policial e Jeremy estavam lá. Eles estavam próximos um do outro e pareciam agitados.

– Quanto tempo o garoto esteve inconsciente? – perguntou o policial.

– Desde a evacuação – murmurou Jeremy. – Ainda não se tem certeza da extensão de seus ferimentos; os médicos não querem falar conosco. A família dele chegará em breve e então saberemos mais.

Aria piscou.

Graham estava no *hospital*?

O policial torceu o nariz.

– Ficar inconsciente é uma maneira fácil de não falar, não é? O vídeo de segurança mostra duas pessoas, uma das quais é ele – Ele olhou para o celular. – O rapaz tem muita coisa para temer neste momento.

– Vocês identificaram a segunda pessoa na gravação? – perguntou Jeremy.

Aria prendeu a respiração. O policial deu um passo para o lado e respondeu:

– Ainda não conseguimos pegar muitas características faciais da segunda pessoa. Acreditamos se tratar de alguém do sexo masculino, porém.

Aria franziu a testa, confusa. Correu os dedos por seus cabelos longos e depois examinou suas mãos, delicadas e femininas, com as unhas pintadas de coral brilhante. Ela havia sido confundida com uma porção de coisas ao longo dos anos, mas nunca, nunca mesmo, com um homem.

De repente, os dois ergueram os olhos e a viram. Os olhos de Jeremy se arregalaram. O policial pareceu irritado.

– Em que podemos ajudá-la, senhorita? – resmungou ele.

– Ah... estou procurando Graham e... – disse ela, surpresa por soar tão convincente e frágil. – Vocês sabem onde ele está?

Alguma coisa cintilou no rosto de Jeremy, mas só por uma fração de segundo.

– Você precisa ir arrumar suas coisas agora, certo?

Um alarme soou na cabeça dela.

– Graham está... *bem*? – perguntou ela, um pouco esganiçada.

Jeremy franziu a testa e deu um passo na direção de Aria.

– É sério. Se você não tirar suas coisas de sua cabine em meia hora, ficará sem elas.

A expressão no rosto de Jeremy endureceu, o que o fazia parecer mais velho e ameaçador. Dando meia-volta, Aria se dirigiu rapidamente para o elevador, sentindo que acabara de testemunhar algo que não era da sua conta. Ela foi tomada por uma sensação estranha, mas, antes que pudesse analisar com calma o que era, apertou o passo, querendo se afastar de uma vez por todas da cabine que possivelmente tinha sido de A.

33

EMILY CONSEGUE O QUE QUER

No dia seguinte, a van parou junto à calçada em frente à casa de Emily, e o motorista gentil, que havia falado sem parar durante todo o percurso sobre seu filho de dezesseis anos que seria *perfeito* para ela, correu para o bagageiro e apanhou as suas malas.

— Parece que não tem ninguém em casa — disse ele, espiando a construção azul estilo colonial da família Fields. As janelas mostravam o interior às escuras, as persianas estavam fechadas e havia ervas daninhas e galhos jogados pelo vento por toda a varanda.

Emily deu de ombros. Seu pai havia lhe enviado uma breve mensagem antes de ela desembarcar no aeroporto de Newark, explicando que não poderia ir buscá-la e que havia contratado alguém para buscá-la. Ele não deu nenhuma explicação, e Emily se perguntou se não seria apenas porque ele não queria ficar preso no carro com ela por duas intermináveis horas. Aparentemente, ele não sentiu muita pena de Emily ter que fugir do navio em chamas num bote salva-vidas.

Ela deu sua última nota de vinte dólares ao motorista como gorjeta. Em seguida, digitou o código do alarme da garagem e esperou enquanto a porta se abria lentamente. Como era de se esperar, os carros do seu pai e da sua mãe estavam ali, quietinhos. Ela desviou deles e seguiu rumo à porta lateral que levava ao interior da casa.

O cheiro familiar do seu lar, uma mistura de *pout-pourri* um pouco velho, água sanitária e a colônia almiscarada que seu pai sempre usava, fez sua garganta se apertar de emoção. Por algumas horas, Emily pensou que não precisaria voltar para aquele lugar. E depois de tudo o que acontecera, não tivera o tempo necessário para se preparar para o retorno à sua antiga vida.

De repente, suas pernas não se moviam. Emily sabia que não poderia suportar mais nenhum olhar de soslaio dos seus pais, mais nenhum suspiro de desânimo. Ela não poderia tolerar o silêncio pesado de decepção, a porta eternamente fechada do quarto da mãe, os jantares terríveis com o pai, nos quais nenhum dos dois falava. A situação só pioraria quando ela e suas amigas confessassem.

Emily estava na lavanderia com a mão sobre a máquina de lavar. Talvez devesse se virar, simplesmente sair e se hospedar num hotel naquela noite. Como o combinado era telefonar para a polícia no dia seguinte, provavelmente ela estaria sob custódia em vinte e quatro horas. Por que não gastar suas últimas horas de liberdade em algum lugar pacífico e relativamente calmo? Por que se torturar na companhia de pessoas que a detestavam?

Engolindo em seco, Emily começou a se virar. Mas, então, ouviu uma voz fininha e quebradiça chamá-la da sala.

— Emily? É você?

Ela hesitou. Era a sua mãe.

— Emily? — chamou novamente a sra. Fields.

Em seguida, Emily ouviu passos. A sra. Fields apareceu na porta que levava para a sala de estar, vestindo suéter cor-de-rosa e jeans. Seu cabelo estava úmido, como se tivesse sido lavado. Seu rosto estava maquiado. E — o que era ainda mais estranho — ela olhava para Emily com um leve sorriso no rosto.

Sem acreditar, Emily se perguntou se poderia estar sonhando.

— Ah... Oi?

— Oi, querida. — A sra. Fields olhou para a bagagem da filha. — Quer ajuda?

Emily piscou, aturdida. Aquelas eram as primeiras palavras que a mãe dirigia a ela em mais de duas semanas.

— Eu não tinha certeza se você me queria em casa — sussurrou ela, surpreendendo a si mesma.

A sra. Fields apertou os lábios. Ela sacudiu os ombros, e, por um breve segundo, Emily viu a decepção nas linhas de expressão da sua mãe e nas bolsas sob os olhos dela. *Lá vamos nós*, pensou. Sua mãe ia explodir em lágrimas e desaparecer novamente.

Mas, então, a sra. Fields avançou na direção da filha com os braços estendidos. Antes que Emily soubesse o que estava acontecendo, ela a apertou contra seu peito. Emily permaneceu rígida, com os braços ao lado do corpo, ainda esperando as lágrimas... ou por um sermão... ou alguma coisa tão *terrível* quanto. Mas a mãe só descansou a cabeça sobre a de Emily, respirando fundo.

— Disseram que houve uma explosão no navio — disse a sra. Fields. — E que vocês quase se afogaram no mar.

Emily baixou os olhos.

— Sinto muito — disse ela, constrangida.

— Estou tão feliz por você estar segura! — A sra. Fields tomou as mãos da filha.

Emily ergueu os olhos.

— Mesmo?

A sra. Fields assentiu.

— Querida, tive muito tempo para pensar. Nós vamos resolver as coisas, sabe? Vamos descobrir como ser uma família novamente.

Emily recuou e encarou a mãe.

— Bem, diga *alguma coisa*! — pediu a sra. Fields, parecendo aflita. — É isso que você quer também, não é?

— É *claro* que é isso o que eu quero — disse Emily. — Mas eu só... Eu nunca... Eu... — Emily sentiu lágrimas em seus olhos. — Jamais pensei que você fosse me perdoar — sussurrou, caindo no choro.

A sra. Fields a abraçou mais uma vez.

— Tive uma longa conversa com o padre Fleming depois que você viajou. Entendo que não falamos sobre uma porção de coisas. Mas me parte o coração saber que você escondeu uma coisa tão grande de nós. Eu também fui dura comigo mesma durante esse tempo, Emily. Sinto que falhei com você, falhei como mãe.

— Não diga isso. — soluçou Emily. — Foi *minha* culpa. Eu deveria ter contado a vocês, mas eu... Eu estava com tanto...

— ... medo — a sra. Fields terminou por ela. — Eu sei. Carolyn nos disse.

Emily se espantou.

— Carolyn falou com vocês sobre isso?

A sra. Fields assentiu.

— Ela sente que falhou com você, também. Ela quer passar um longo fim de semana em breve aqui em casa para que possamos resolver as coisas. Esse é um exercício para *todos nós*, Emily. Juntos. E precisamos cuidar disso, como uma família. Você não concorda?

Emily olhou para a mãe, espantada.

— Sim — sussurrou. — Eu realmente também quero voltar a ser parte de uma família.

Emily olhou em torno da lavanderia com seus cestos de roupa suja, blusas de moletom velhas penduradas em ganchos e embalagens tamanho família de detergente. Nunca prestara muita atenção àquele cômodo, mas, de repente, era o seu lugar favorito do mundo. Possibilidades se estendiam a sua frente. Refazer seu relacionamento com a irmã mais velha. Acertar as coisas com a mãe. Ter jantares normais, feriados normais — ser parte de uma *família*. Ser honesta com eles dali por diante, não fugir quando aparecesse um problema.

Então ela se lembrou: *Tabitha*. Mas ela empurrou o problema para o fundo de sua mente, decidindo concentrar-se naquele momento em sua volta ao lar e apenas nisso. Por um dia, teria sua família de volta da maneira que desejara. Provavelmente, nunca mais viveria um momento como aquele.

— Vamos lá — disse a sra. Fields, arrastando uma das malas de Emily. — Vamos nos acomodar na cozinha, eu vou fazer um chá, e você pode me contar tudo sobre a viagem.

Emily acompanhou a mãe e se sentou à mesa da cozinha. Foi bom vê-la encher a chaleira e colocá-la sobre o fogão. Estava prestes a começar a descrever o navio e as ilhas que visitara quando um envelope de correspondência expressa chamou sua atenção. *Emily Fields*, dizia a área do destinatário.

Emily apanhou o envelope.

— O que é isso?

A sra. Fields olhou por cima do ombro e sorriu.

— Não sei. Chegou hoje de manhã.

Emily rasgou o envelope e tirou de lá um cartão postal. Quando viu a foto do Aeroporto Internacional das Bermudas, seu coração deu um tranco. O postal não estava assinado, mas Emily soube imediatamente de quem era. Em seguida, leu a data, e sua cabeça parecia que ia explodir: três de abril. Tinha sido preenchido há dois dias, o dia da explosão no navio. Emily se lembrou de Jordan saltando do convés superior, as bolhas de ar subindo para a superfície, os barcos do FBI procurando por ela na baía. Então, sorriu e baixou os olhos para ler a mensagem mais uma vez.

Emily:
Está tudo bem comigo. Não fui para onde havíamos planejado, e sim para um lugar ainda melhor. Vamos nos encontrar algum dia, e, acredite, isso é uma promessa.

34

E A DIVERSÃO AINDA NEM COMEÇOU!

A campainha da casa de Byron tocou por volta das oito da manhã seguinte, e Aria pulou do sofá. A casa estava vazia; Byron estava no trabalho e Meredith levara a pequena Lola a uma consulta no pediatra.

Aria espiou pelo vidro da porta. Hanna, Spencer e Emily estavam paradas na varanda, todas com expressões sérias.

– Obrigada por virem – disse Aria em voz baixa, ao abrir a porta.

Ninguém respondeu. Ela as levou para a sala de estar. Todas as três amigas sentaram no sofá, uma ao lado da outra, encarando a televisão. As meninas pareciam tensas e seus olhos estavam vidrados e vermelhos, como se estivessem num velório. O que, é claro, elas meio que estavam.

– Vocês têm certeza de que devemos fazer isso? – perguntou Spencer, num rasgo de sinceridade.

Elas se entreolharam.

– Eu não quero – sussurrou Hanna.

— Nem eu — disse Emily. Seu pescoço tremeu ao engolir em seco.

Aria sentou-se na poltrona, tão cheia de dúvidas quanto elas. Todos os momentos daquela manhã pareceram o fim de uma era. Era a última que vez que acordaria em sua cama. Última vez que escovaria os dentes em seu banheiro. A última vez que beijaria Lola sem um agente policial ao seu lado. Será que Meredith levaria Lola para visitá-la na prisão? A mensagem provocadora de A ainda a assombrava: *Será que Aria terá um namoradinho para visitá-la na cadeia?*

Hanna examinou suas unhas. Emily olhava para a xícara de café que tinha nas mãos, mas não conseguia reunir coragem para beber. E Spencer pegava uma revista depois da outra, analisava a capa, depois a colocava de volta no lugar.

— Talvez a gente consiga um juiz bonzinho — disse Emily. — Talvez alguém que entenda como estávamos assustadas quando a Verdadeira Ali voltou para nos machucar.

Spencer bufou.

— Nenhum juiz vai acreditar nisso. Vão dizer que sabíamos que a Verdadeira Ali estava morta.

Emily se remexeu no sofá, parecendo que estava prestes a explodir ou fazer xixi na calça.

— Não vão, se nós contarmos ao júri que eu deixei a porta da casa em Poconos aberta no dia em que fugimos do incêndio.

As quatro levantaram a cabeça simultaneamente.

— *Como é?* — falou Spencer.

Emily enfiou o rosto nas mãos.

— Desculpem-me. Mas eu não podia *deixá-la* no chão daquele jeito. Não sei se ela saiu de lá, mas eu realmente deixei a porta aberta.

— Mas eu vi — disse Hanna —, eu vi você fechar a porta.

— Não fechei.

Aria ergueu os olhos para o teto, tentando relembrar os momentos desesperados, assustadores e frenéticos logo antes de a casa explodir. Ela podia jurar que olhara para trás e vira a porta bem fechada. Ou aquilo seria apenas uma invenção de sua mente?

— Deus do céu, Emily — sussurrou Spencer, de olhos arregalados.

Hanna passou as mãos pelo rosto.

— É por isso que você está tão convencida de que é a Verdadeira Ali que está nos perseguindo agora?

— Acho que sim — respondeu Emily, brincando com o apoio de copos na mesa de centro. — Mas andei pensando nisso, e sobre vocês, meninas, e talvez seja uma coisa boa. Se eu contar que a porta foi deixada aberta por mim e do medo que tínhamos que Ali escapasse, talvez o juiz entenda nossa paranoia na Jamaica.

— Ou talvez ele pense que somos umas loucas — atacou Hanna.

Aria balançou a cabeça.

— Você deveria ter nos contado antes sobre isso.

— Eu sei. — Emily parecia estar sob tortura. — E sinto muito. Mas saber disso teria realmente mudado alguma coisa? É bem provável que tivéssemos ainda *mais* certeza, na Jamaica, de que Tabitha era Ali.

— Ou teríamos ido à polícia, em vez de tentar lidar sozinhas com toda essa confusão — disse Aria.

— Todos esses problemas talvez tivessem sido evitados — acrescentou Spencer.

Emily sentia-se péssima.

— Desculpem-me.

— Você se dá conta do que isso significa? — Aria afastou o cabelo do rosto. — A Verdadeira Ali pode estar por aí! Ela pode ser A!

— É isso que venho tentando dizer a vocês! — disse Emily, aflita. — Faz todo sentido que seja Ali! Ela e Tabitha eram tão amigas que Tabitha andava por aí com a foto dela num medalhão. Talvez ela estivesse com Tabitha na Jamaica, e o plano fosse nos empurrar da cobertura, e não o contrário. Talvez ela estivesse esperando na areia, com a máquina fotográfica preparada. Mas, então, quando as coisas saíram errado, ela decidiu nos torturar.

— Mas e Graham? — perguntou Spencer. — Também faz sentido que *ele* seja A. E temos certeza de que ele está vivo.

Aria engoliu em seco.

— Eu achei que não teria importância contar ou não a vocês, já que iríamos confessar, mas ouvi Jeremy e um policial conversando ontem. Graham está no hospital.

Hanna semicerrou os olhos.

— Por quê?

— Não sei. Talvez por causa dos ferimentos causados pela explosão. Não ficou claro.

— Quem se importa se Graham está no hospital? — Spencer ergueu as mãos. — Ele sairá em algum momento. E então contará tudo que fizemos.

— Tem mais uma coisa esquisita — disse Aria. — O policial disse que estava claro, na gravação, que havia duas pessoas na sala das máquinas, e que uma delas era Graham, sem sombra de dúvida. Ainda não conseguiram identificar a segunda pessoa, mas acham que era um homem.

Spencer ergueu a cabeça.

— Você se lembra de ter visto mais alguém por lá?

Aria negou com a cabeça. Emily tamborilou os dedos na mesa.

— Talvez a câmera estivesse filmando de um ângulo estranho ou algo assim. Ou um funcionário estivesse lá, por acaso.

— Talvez — disse Aria, lentamente. Então, fechou os olhos. Sentia-se cansada de falar sobre aquilo, indo e voltando ao assunto de quem poderia ser A, permitindo que A atormentasse suas vidas. Por ela, aquilo tudo acabaria naquele momento.

— Vamos contar à polícia sobre Tabitha agora mesmo — decidiu ela.

— Certo — sussurrou Emily, arregalando os olhos com o tom autoritário de Aria. Spencer apenas assentiu. Hanna engoliu em seco, mas então fez sinal com a cabeça em direção ao celular de Aria.

— Bom. — Aria sentiu-se cheia de energia e um pouco alterada. Apanhou seu celular e procurou o número de Michael Paulson, o agente no FBI encarregado do julgamento do assassinato de Tabitha. Era um código de área de Washington, capital. Digitou os números com uma força desnecessária.

Ao apertar a última tecla ouviu o sinal de toque. Depois de um momento, alguém da recepção atendeu.

— Posso falar com Michael Paulson, por favor? — perguntou ela, colocando a ligação no viva-voz.

— Quem gostaria de falar com ele? — perguntou uma mulher que parecia muito entediada.

Aria olhou para as amigas, então se voltou para o telefone.

— Alguém com informações sobre o caso do assassinato de Tabitha Clark.

Houve uma pausa.

— O sr. Paulson está numa entrevista coletiva no momento — explicou ela, depois de um instante. — Mas se for importante, consigo localizá-lo. Um policial pode ligar para você no momento em que ele estiver na linha?

Aria concordou. Colocou o telefone na mesa de centro, com o coração disparado. O que ela diria quando o detetive ligasse? Como iria contar tudo o que acontecera? Assim que fizesse isso, suas vidas mudariam. Ela estava realmente pronta para isso?

Hanna pegou o controle remoto da televisão.

— Preciso de um pouco de barulho — disse ela. — Não aguento isso. — Um comercial de bolos de sorvete surgiu na tela. Elas o observaram, distraídas. Aria se perguntava se todas estariam pensando a mesma coisa que ela. Provavelmente, elas nunca mais teriam algo tão frívolo e festivo quanto um bolo de sorvete.

O comercial acabou, e um outro, de caminhões, começou. Depois veio um de uma pizzaria e, em seguida, um de seguro de vida. Depois disso, o jornal local começou. O homem do serviço de meteorologia falou sobre como o tempo ficaria nublado naquele dia, mas que a pressão atmosférica aumentaria no dia seguinte. 'Peguem seus shorts e camisetas!', avisou ele. 'As coisas vão ficar muito, muito quentes!'

— Deus, ele tem de ser tão animado? — resmungou Spencer para a tela.

Emily olhava desesperada para o telefone.

— Por que ele não liga de volta? Ele não sabe que é importante?

Hanna abraçou uma almofada.

— Tem uma coisa que não mencionei sobre minha conversa com Naomi ontem. Aparentemente, a Verdadeira Ali ligou para ela quando voltou para Rosewood como Courtney e contou tudo o que havia acontecido.

As meninas a encararam.

— O que você quer dizer com *tudo*? — perguntou Aria.

— A verdade, acho. Tudo o que estava naquela carta que ela colocou debaixo da porta em Poconos. Mas Naomi não acreditou nela. Achou que Ali estivesse louca.

Spencer piscou com força.

— Ali achou que ela ficaria do lado dela. Naomi me disse que Ali tentou recrutá-la, como Mona tentou recrutar você, Spencer. Ali disse, *Eu vou arrasar essas vadias, Naomi. Nós vamos fazê-las pagar pelo que fizeram.*

— *Nós?* — perguntou Aria, irritada.

— Foi o que Naomi disse. — Hanna olhou para Aria sem entender nada. — O que tem de estranho nisso?

Aria colocou o cabelo atrás da orelha.

— Não sei. Apenas, por um instante, soou estranho, como se Ali tivesse recrutado uma equipe por aí para nos pegar. Mas talvez não.

De repente, Spencer, que estivera olhando para seu telefone, levantou a cabeça.

— Aria, lembra-se de quando você disse que Graham estava no hospital? Na verdade, acho que ele está em coma.

Ela virou seu celular para elas. CRUZEIRO DO TRIÂNGULO DAS BERMUDAS FAZ UMA VÍTIMA, dizia a manchete de uma história on-line. Aria correu os olhos pelo texto. *Graham Strickland está hospitalizado por conta de ferimentos decorrentes da explosão a bordo do navio Esplendor dos Oceanos. A equipe médica nas Bermudas diz que ele está em coma, mas é mantido o mais confortavelmente possível.*

– Uau! – sussurrou Aria, com o coração disparado. Coma? Ele tinha sido atingido durante a explosão? Mas por que ela não o vira caído no chão da sala das caldeiras, inconsciente?

O âncora do jornal se materializou na tela com uma história sobre um acidente de trânsito perto de Conshohocken Curve, quebrando sua concentração. Aria agarrou o controle remoto, querendo mudar de canal, quando a câmera mostrou um rosto familiar. Os olhos azuis de Tabitha brilharam. Seu sorriso era cintilante e provocativo, como se ela estivesse guardando um segredo. NOVOS DESDOBRAMENTOS, dizia a legenda debaixo de uma foto.

O controle remoto escorregou dos dedos de Aria para o chão. Hanna segurou o braço dela e apertou-o.

– Acabamos de receber novas informações sobre o caso Tabitha Clark, a adolescente que foi assassinada na Jamaica ano passado – informou o repórter. – O legista terminou a autópsia, e tem resultados surpreendentes. Para mais informações, aqui está Jennifer Rubenstein.

O rosto de Emily ficou pálido.

– Ah, meu Deus.

– Aqui vamos nós – sussurrou Spencer. – Eles vão dizer que Tabitha foi empurrada.

A imagem cortou para Michael Paulson, o agente de quem as meninas esperavam um telefonema, parado em frente a um mar de microfones. Um homem de jaleco branco de laboratório estava ao lado dele. Flashes das máquinas fotográficas explodiam no rosto dos dois.

— Depois de um exame extensivo dos restos mortais da srta. Clark — disse Paulson, dando um passo à frente —, minha equipe e eu concluímos que ela foi morta por um trauma severo na cabeça. Ela sofreu múltiplos golpes em seu crânio, do que parece ser um objeto com a ponta arredondada.

Hanna, que cobria os olhos com as mãos, deu uma espiadela.

— Espere. O quê?

Aria aguçou os ouvidos em direção à televisão, certa de que também escutara algo errado.

— Quem quer que a tenha matado, o fez de perto — continuou Paulson. — Estas são as descobertas que podemos divulgar neste momento.

Os repórteres fizeram uma porção de perguntas, falando todos ao mesmo tempo, mas de repente um dos assistentes de Paulson o tocou no ombro e estendeu um telefone na direção dele. Paulson virou-se para o lado contrário da câmera, dirigiu algumas palavras em voz baixa para o assistente, apanhou o telefone e colocou no ouvido.

O telefone de Aria tocou e as meninas pularam de susto. Aria olhou a tela do identificador de chamadas. Era o número de Washington para o qual acabara de ligar. Paulson estava do outro lado da linha, esperando que ela atendesse a ligação.

Aria arregalou os olhos para o telefone, depois para suas amigas, e então para a televisão de novo. TABITHA CLARK MORTA POR TRAUMA CRANIANO A CURTA DISTÂNCIA, dizia a legenda no telejornal, abaixo da imagem do agente. Lentamente, ela se aproximou do telefone e pressionou a tecla

IGNORAR. O detetive fora silenciado. O tempo de duração da chamada piscou na tela.

Então, ela tirou o som da televisão e se virou para as amigas. As palmas de suas mãos pinicavam. Sua cabeça parecia ter sido destacada do resto do corpo.

– Não entendo – disse Aria, tremendo. – Por que a autópsia não diz que suas costas quebraram pelo impacto da queda? Quer dizer, trauma craniano por golpe de objeto a curta distância...

– ...não foi algo que nós tenhamos feito! – Hanna terminou a frase para ela. – A queda não a matou.

Aria piscou com força. As engrenagens em seu cérebro giravam lentamente.

– Então... isso significa que... *outra* pessoa a matou?

Na televisão emudecida, repórteres disparavam perguntas ao sr. Clark. Aria tentou sorrir. Hanna estendeu a mão e apertou a da amiga. Spencer e Emily se abraçaram, ambas se esvaindo em lágrimas. Uma estranha mistura de sentimentos inundaram Aria: alívio, entusiasmo, mas também medo paralisante. Alguma outra pessoa fizera aquilo. Elas eram inocentes. As palavras eram uma linda música nos ouvidos delas.

E, ainda assim, suas mãos tremiam descontroladamente e seu coração batia com muita força. Elas estavam à beira de confessar um crime que não cometeram. Arruinariam suas vidas. Destruiriam seus relacionamentos. Iriam fazer aquilo para que A as deixasse em paz, mas talvez isso fosse exatamente o que A queria que elas fizessem desde o começo. Porque, talvez, A fosse a verdadeira assassina de Tabitha. Não elas.

– Pessoal, não faz mais sentido achar que Graham é A – disse ela, lentamente. – Ele não teria razão para nos incriminar antes da Jamaica. Quem quer que esteja fazendo isso, é alguém que conhecemos há muito, muito tempo.

Todas se entreolharam aterrorizadas, pensando definitivamente a mesma coisa, ao mesmo tempo.

— A Verdadeira Ali — sussurrou Spencer.

— Tem de ser ela. — Hanna engoliu em seco.

De repente, o celular de Aria tocou. A princípio, ela pensou que era o detetive ligando novamente, mas então viu as palavras na tela. *Uma nova mensagem.* Aria sentiu-se enjoada. Se restara alguma dúvida quanto a Graham, ela acabava ali. Pessoas em coma não mandavam mensagens.

O telefone de Hanna tocou logo em seguida. O de Spencer fez um barulhinho para avisar da chegada de mensagem. O de Emily soltou um zumbido rouco. Elas se entreolharam, brancas como papel. Então, Aria pegou o telefone dela e apertou LER.

Vocês me pegaram, vadias. Sim, fui eu. E adivinhem?
Vocês são as próximas.

— A

O QUE ACONTECE DEPOIS...

Sim, fui eu. E estou apenas começando. A equipe de resgate pode ter resgatado as meninas do mar, mas essas lindas mentirosinhas ainda estão em um navio prestes a afundar. É apenas uma questão de tempo antes de elas submergirem para sempre.

Spencer está um pouco sem fôlego depois de correr atrás de Bagana por todo o convés principal. Ela pode até ter rastejado de volta para ele, mas o namoro com um maconheiro pode rapidamente virar fumaça. No que depender de mim, o relacionamento deles vai desmoronar antes mesmo que o casal de pombinhos alcance os portões de hera de Princeton.

E a pobre da ex-gorducha Hanna... Ela perdeu outra amiga, graças a *moi*. Acho que ninguém nunca disse a ela que pontes sobre águas turbulentas sempre são destruídas. Falando em destruição, ouvi dizer que alguém do cruzeiro tentará se reabilitar na própria clínica dos devastados de Rosewood. E nada acalma mais uma consciência pesada do que um bocadinho de trabalho voluntário!

A Bandida Patricinha roubou o coração de Emily para depois mergulhar no mar azul das Bermudas, mas o cartão postal de Jordan fez parecer que sua história de amor não acabou ainda. Ou acabou? Para Emily, todos os caminhos a levam de volta para Ali. Nada é mais difícil de extinguir do que uma antiga paixão...

Quanto a Aria, a corrente de Tabitha não é a única coisa que ela precisa manter enterrada. Se um certo alguém descobrir sobre a estrelada e apavorante noite do verão passado na Islândia, algo muito maior do que um navio vai explodir.

Aproveitem bem a luz do sol enquanto podem, *señoritas*. Bronzeados desaparecem *rapidamente* quando se está atrás das grades.

Beijocas!

A

AGRADECIMENTOS

Muito obrigada à fantástica equipe da Alloy Entertainment – Lanie Davis, Sara Shandler, Josh Bank e Les Morgenstein – que me ajudaram tanto com *Devastadoras*. Minha vida andou uma confusão nos últimos tempos, mas trabalhar com vocês foi reconfortante, acalentador e definitivamente muito divertido. Três vivas para Kari Sutherland e Farrin Jacobs: os comentários e as sugestões de vocês me ajudaram muito a estruturar este livro. Agradeço demais, também, a Kristin Marang, que sempre cuida muito bem de minha vida virtual, quando não tenho tempo de fazê-lo.

Muito amor para a minha família e para meus amigos: meus pais; minha irmã, Ali; Kristian, meu pequenininho; meus primos, Kristen, Colleen, Brian, Greg e Ryan; e, especialmente, obrigada a minha adorável amiga, Colleen McGarry, com quem fingi gostar de shows de Led Zeppelin, fiz esboços de lagartos escorregadios, dancei a noite toda com nossos "vestidinhos tricotados", levei nossos "nem tão entusiasmados assim" filhos ao viveiro de aves e sobrevivi a uma noite de vômito e mal-estar em Galway. Você é a melhor amiga que alguém poderia desejar. Beijos!

Este livro foi impresso na Gráfica JPA Ltda., Rio de Janeiro – RJ.